新潮文庫

天狗屋敷の殺人

大神　晃著

新潮社版

11918

目次

登場人物

古《こ》賀《が》　鳴《なる》海《み》　なんでも屋アルバイト。翠の彼氏。男前。

樋《ひ》山《やま》　忍《しのぶ》　なんでも屋店主。

霊《りょう》是《ぜ》　春《はる》秋《あき》　七年前に謎の失踪を遂げる。霊是家の当主。

冬《とう》夏《か》　春秋の双子の弟。

千《ち》歳《とせ》　春秋の妻。千歳くらいに見える老婆。

一《かず》高《たか》　春秋の長男。林業が嫌で霊是家を飛び出した。背が高い。

良《よし》治《はる》　一高の長男。医師。イケメン。

平澤《ひらさわ》 永美《えいみ》　春秋の長女。翠の母。若作り。

無一《むいち》　永美の夫。寡黙で無愛想。

翠《みどり》　永美の長女。鳴海の彼女。

等々力《とどろき》　住み込みヘルパー。お節介。声がよくとどろく。

樽峰《たるみね》　山林ブローカー。うさんくさい。樽のような体型。

藪井《やぶい》　地元診療所の医師。

法堂《ほうどう》　霊是家が檀家となっている大葉寺の和尚。

江口《えぐち》　霊是家の顧問弁護士。

朽木《くちき》　過去に天狗屋敷で働いていた杣夫《そまふ》。朽ちた木のような老人。

宇津木《うつぎ》　静岡県警刑事部捜査一課警部。

天狗屋敷の殺人

The Tengu House Murders

Kou Ogami

プロローグ

毎年、真夏の暑い時期になると思い出す女の子がひとりいる。

そんなことをうっかり他人に話そうものなら「モテる男はつらいねえ」と冷やかされるのがオチなのだけれども、残念。甘いひと夏の思い出とかそういう話ではないのである。それどころか、血の気の引くような陰惨な事件が背景にはある。

夏——お盆のシーズンに思い出されるのは、その事件に僕が関わるきっかけとなった女の子なのだ。

「なにぼんやりしているんだよ」

助手席に坐《すわ》っている樋山《ひやま》さんがそう云《い》って僕の頭をクリップボードで叩《たた》いた。角で。

かなり痛い。

頭を押さえながら抗議の涙目で見ると、樋山さんに睨《にら》み返された。

「集中しろよ、集中。ただの運転手で来てもらってんじゃねーんだぞ」

「分かっていますよ。でも、暑くて暑くて。クーラーつけちゃダメっすか？」

「ダメに決まってんだろ。アイドリングストップなんだから」

樋山さんが指で示した先には、近隣への迷惑になるので駐車場内ではエンジンを切ってくれ、という文言の記された看板があった。なるほど、立派な心掛けである。しかしコンビニ駐車場の近隣住民への優しさを、自分の店のアルバイトである僕にも少しは向けてほしい。クリップボードで叩くならせめて平らな箇所にしてくれ。

車内は茹《う》だるような暑さなのに、樋山さんは汗ひとつかいていなかった。人間じゃないのかもしれない。怖い。

樋山さんは一見すると関わってはいけないタイプの人に見える。肩にかかりそうな長い髪、金縁のサングラス、手首にはシルバーアクセサリーがゴテゴテ巻かれている。エアロつけてマフラーを改造した黒のアルファードに乗って、車窓全開でレゲエを大音量で流しながら他の車を煽《あお》り倒していそうな見た目ではあるが、意外と常識人だ。今乗っているのはプロボックスだし。

「なんで樋山さん、そんなに汗かかないんすか。年取ると汗腺《かんせん》詰まるんすか」

「しばくぞ。お前は忍耐が足りねえんだよ」

「いや、忍耐とかそういう問題じゃないと思うんすよ。真夏の車の中でジッとしていて汗かかないって、なんか病気なんじゃないすか。もしくは死んでいるか」

「……真面目《まじめ》に答えるとな。脇《わき》の下にヒモ巻いて圧迫すんの。そうしたら、あんまり顔から汗をかかない」

「へえ。おじいちゃんの知恵袋っすねえ」

また頭をどつかれた。年齢不詳の樋山さんだが、年寄り扱いすると本気でキレる。

「おっ、やっと出て来たぞ」

コンビニの出入口からビニール袋を提げたひとりの少女が出てきた。この炎天下にもかかわらず長袖《ながそで》の黒いトレーナーを身に着けているのに違和感がある。そして、上着とは対照的にかなりきわどい丈のデニムパンツ。耳には沢山のピアスがついていた。

正面から彼女の顔を見て、僕は少し胸がざわめいた。

気のせいだろうか。初めて見た女の子のはずなのに、どこかで見た覚えがあるような気がした。

「……人違いだったら洒落《しゃれ》になりませんからね。正面から見て、どうですか？」

樋山さんはクリップボードにはさんでいる数枚の写真と目の前の少女を見比べた後、大きく頷《うなず》いた。

「間違いない。あとをつけろ」

僕はゆっくりと車を走らせた。少女は徒歩で移動しているので、それでも車はあっという間に追い越してしまう。そのため途中で路肩に寄せて停車し、バックミラー越しに少女を観察した。

しばらくすると僕らの乗っている車の横を緩慢な足取りで目標が通り過ぎた。樋山さんがジッとその背中を見送る。五〇メートルほど先の角で少女が曲がったので、そこですかさず車を出した。

曲がり角の先はちょうど人気《ひとけ》のない狭い路地だったため、樋山さんは一旦《いったん》車を停《と》めるように指示を出すと外に飛び出していった。

「ねえちょっと！　そこの君！」

少女は振り返って樋山さんを見るとギョッとしたような顔になった。怪しい輩《やから》に絡《から》まれたと思ったに違いない。いや、その通りなのだけれど。

「城田真奈美《まなみ》ちゃんだよね？　君」

「なに、おじさん何か用？」

「おじさっ……、まあいい。あのねえ、パパがねえ、君のこと心配しているのよ。すっごく心配しているの。分かる？　帰ってあげなよ。マジで」

「あんた、ふうん。あの人に雇われたんだ。じゃあ伝えておいて。もう顔も見たくないし、二度とこんな余計な真似《まね》すんなって。大っ嫌いだって！」

少女は顔を真っ赤にして震えながらそう吐き捨てるように云うと、すぐ近くのアパートに駆け込んでいった。樋山さんはため息を吐きながら首を振るとこちらへ戻ってきた。

「やっぱ駄目だわ。完全に洗脳されている」

「男ですかねえ」

「男だろ。そこで君の出番なわけだよ、鳴海《なるみ》くーん」

鳴海君こと僕——古賀鳴海——はやれやれ、と呟《つぶや》きながら車を通行の邪魔にならない場所へ移動させてから、少女が入っていったアパートへ樋山さんとともに向かった。

築年数が半世紀は下らないと思《おぼ》しき由緒《ゆいしょ》正しき古色蒼然《そうぜん》たるボロアパートには部屋が五つあるようだったが、埋まっているのは一番奥だけの様子なので、すぐに少女の居所は見当がついた。

樋山さんが薄っぺらい合板の扉を激しくノックして、すぐ脇にあったチャイムをこれでもかと鬼連打した。

「すみませーん！　ごめんください！　ごめんくださーい！」

「なんだよ、うるせえな！」

威勢よく出てきたのは黒Tシャツ一枚に迷彩柄のズボンを穿《は》いた金髪の若い男だった。目つきが鋭く、攻撃的な雰囲気を放っていたが樋山さんの身なりに気圧《けお》されたのか、一瞬怯《ひる》んだ様子を見せた。

「ここに城田真奈美さんがお邪魔していませんかね？」

「はあ？　誰だよそれ。おっさん、なにもん？」

「真奈美さんのお父さんにね、家出した彼女を連れ戻すように頼まれた『なんでも屋』

の樋山っつーもんです。真奈美さん、いらっしゃいますよね？　こちらに」

「いねえよ、そんな女。さっさと帰れよ」

「本当ですか？　彼女の靴があるんですけれどねえ、そこに」

そう云って樋山さんは男の背後の玄関を指した。男がつられて振り返ったところで押しのけて部屋の中に入っていった。

「おい！　ちょっと待てよ。ふざけんな！　警察呼ぶぞ」

「どうぞどうぞ！　どうぞ呼んでください。ただ、この状況ではあなたは未成年者略取の現行犯を免れ得ないと思われますがねえ！」

「いや！　あいつのところに帰るくらいなら、死んだ方がマシ！」

それからやいのやいのの罵声《ばせい》と金切り声が響いていたが、僕はそろそろ出番だと判断し、樋山さんに倣《なら》って土足で部屋に上がった。

「真奈美ちゃん」

部屋に入ってきた僕を見るなり、真奈美と男は目を丸くした。その隣にいる樋山さんはにやにやと薄気味悪い笑みを浮かべている。

「君の気持ちはとても良く分かるよ。でもね、こんな場所にずっといたら君はどんどん悪い方向へ行ってしまう」

「だ、誰だよ。お前」

僕は男を無視してターゲットの真奈美に近づき、左手を摑《つか》むと同時にトレーナーの袖を捲《まく》った。すると、そこには自分でつけたと思われる切り傷が手首から腕にかけて沢山あった。僕はその傷を慈《いつく》しむように撫《な》でて、努めて悲しみを、苦悩を、同情を表情に示した。真奈美の目は僕の顔を食い入るように見つめていた。

彼女の瞳《ひとみ》を見つめ返して、僕は胸中で呟いた。

――ああ、やはり今日も美しい。彼女の瞳に映り込んだ僕の顔は。

「お父さんのことが嫌いなら、無理に帰ることはないんだよ。でも、こんな男と一緒にいちゃいけない。君がこんなに傷だらけになっているのに平気な顔をしているような男はクズだ。ゴミだ。生きている価値がない」

「おい。お前いきなり入って来て、なに好き勝手なことを」

「僕は悲しいよ。君はこんなに魅力的なのに。もっと自分のことを大事にしてほしい。ねえ、お願いだよ。約束してくれないかな。もうこんな真似はしないって。僕のために」

真奈美は魅入られたような面持ちでゆっくりと頷いた。

「良かった。ありがとう」と云って、僕はとびきりの笑顔をサービスしてみせた。すると真奈美の頬が上気し、次の瞬間には泣きながら僕の胸に飛び込んで甘えてきた。

「こいつはな、プロの女たらしだから。残念ながらアンタじゃ相手にならんよ」

呆然《ぼうぜん》としている男の横に立った樋山さんが、嘲笑《ちょうしょう》するように小声でそう云うのが僕の耳に届いた。そして、真奈美の泣きじゃくる顔を改めて眺めながら、僕は過去に付き合っていたひとりの女の子のことを思い出していた。

――彼女もよく泣く娘だったな、と。

長い説得の末、家出少女の真奈美を親元へ送り届けてから、僕たちは四条河原町にあるなんでも屋の事務所に帰ってきた。四条大橋から八坂神社に続く目抜き通りの途上に「ここ本当に道なの？　ビルとビルの隙間《すきま》じゃなくて？」というような隘路《あいろ》がある。そこを入ってしばらく行くと老朽化していつ崩壊するか分からないような螺旋《らせん》階段に突き当たる。階段をグルグル上っていった先にあるビルの一室が樋山さんの城、《なんでも屋》の事務所である。

玄関の鉄扉《てっぴ》の傍にあるポストはダイレクトメールとポスティングチラシと郵便物で膨れ上がっていた。基本的に樋山さんは新規の客の依頼は対面でしか引き受けない。常連はここに郵便を送っても無意味だと知っている人間ばかりなので、仕事の時は電話かメールを寄越す。そのため、ポストには無視された仕事の依頼が無数にうごめいており、これを見る度に僕はなにか怨念《おんねん》のようなものを感じて軽く震えてしまう。こっそり僕はこれを妖怪《ようかい》ポストと呼んでいる。

高田渡の『コーヒーブルース』を歌いながら樋山さんは数日前に拾ってきたボロのコーヒーメーカーにカップをセットしていた。削岩機の稼働《かどう》するような音と共にコーヒーがカップに吐き出された。

「よう、色男。お前もどうよ？」

「もちろんいただきますよ。今回の仕事の功労者ですからね、僕は」

「へっへっへっ、違いないね。イケメンは身を助けるってね」

仕事が首尾よく終わったためか、樋山さんは上機嫌だった。

その一方で僕は少しセンチメンタルな気持ちになっていた。真奈美が昔の恋人に似ていたからだ。そして、彼女に最後に会ったのも今くらいの季節だった。

天狗《てんぐ》屋敷。

夏になると、忘れてしまうように努力してきた彼女の名前とともに、その屋敷のことが思い起こされる。トラウマのようなものだ。

テーブルの上にコーヒーが供され、僕は一言礼を述べてからカップに口をつけ——あまりの苦さに噴き出した。

「なんすかっ、これっ、これなんすか」

「エスプレッソのダブル・ダブル？　いや、分からん。なんか普通のコーヒーのはずなんだがなあ。俺がつくるとこんなんになる」

「ゴミ捨て場から拾って来たんでしょ？　あのコーヒーメーカー。ていうか、エスプレッソマシンじゃないから絶対これはエスプレッソではないでしょ。タダの謎《なぞ》に苦いコーヒーですよ」

「この苦みもな、何度も飲んでいると癖になるんだよ。分からんかなー」

この人はこういうところがある。妙に意地を張るというか、非を認めないというか、自分が損をしているとは考えないで不良品や古いものを使い倒すのだ。そのため、事務所には色々なガラクタが散乱している。

「きっと味蕾《みらい》が死んでしまったんですよ。可哀《かわい》そうに」

僕の嫌味を聞き流すと、樋山さんは火力が異様に強い金のジッポーライターでラークに火を点《つ》けた。煙を吐き出しながら、横目でこちらを見遣《みや》る。

「なによ、ずいぶんアンニュイな表情を浮かべていたじゃない？　昔の女でも思い出したか？」

「鋭いですね」

「似ていたからな。見た目だけじゃなく、雰囲気というか。どことなく不安定で危うい感じの性質。平澤翠《ひらさわみどり》に」

翠。それこそが真夏に起きた悲惨な連続殺人事件とセットで思い出される女の子の名前だ。殺人事件などなくともかなり印象的な、僕の元カノの中でも特異なタイプの娘だった。僕に深い心の傷、もとい強烈な印象を残して去っていった。

背中まである亜麻色の長い髪、まるで白磁のような綺麗《きれい》な肌。その伸びやかな肢体は、今でも脳裏に焼きついている。掛値なしに美しかった。けれども、それと同じくらい危うい女の子でもあった。抱きしめると腕の中で砕けて、ガラスの欠片《かけら》になってしまうんじゃないか、と馬鹿《ばか》なことを考えるくらい。そんな儚《はかな》い雰囲気を持っていた。ただ、それだけではなく、少しだけ他人には云い難い困ったところも有していた。

なに、大したことではない。

端的に云えば、僕は彼女に泣きながら包丁を突きつけられた経験が十回はある。それだけのことだ。

そんな、ちょっと困ったところのある、チャーミングな女の子だった。

彼女と別れたのは平成二一年だった。

「樋山さん。覚えていますか？　天狗屋敷の事件」

「あたりまえだろ。この俺が解決したんだから」

そうだった。当時、僕と一緒に屋敷に乗り込んで事件に巻き込まれたこの人――なんでも屋店主、年齢不詳の不審人物――樋山忍《しのぶ》があの難事件を解決したのだ。

今こそ振り返るべき時なのかもしれない。目を背け続けていた過去の忌《い》まわしい事件の記憶を。そして、ともに消し去ろうとしていた翠の思い出を。

振り返り、そして弔おう。
夏とはそういう季節なのだから。

第一章

天狗屋敷の人々

1

夏の初め、貧乏学生の僕はお金の無心のために友人の家を巡礼していた。とは云《い》ってもまあ、金のある奴《やつ》なんて僕の周りにはほとんどいないので、大抵断られる。すると「金を貸してくれないのであればせめて飯を食わせてくれ。泊めてくれ。シャワーを貸してくれ」とせがみ、泣き落とした。そうすることで食費と光熱費を節約し、なんとか糊口《ここう》を凌《しの》いでいた。代わりになにか大事なものを失っている気がしたけれど、構わなかった。命あっての物種だ。命は無理だが、尊厳はいつでも買い戻せる。

一週間ばかりそんな放浪生活を送っていたが、ようやくバイト代の入る目途がついたので、一旦《いったん》帰宅することにした。

久しぶりに帰ってきたアパートのエントランスを通り抜け、自分の部屋の前に立ったところでなにか違和感を覚えた。そして、すぐにその正体に思い至った。

ポストに郵便物がまったく入っていなかったのだ。

嫌な予感がしてドアノブに手をかけると、かけて出て行ったはずの鍵《かぎ》が開いている。そして涼しい空気が室内から廊下へと流れ出てきた。冷たい空気に包まれながらも、僕は背中にじっとりと嫌な汗をかいていた。

——勘弁してよ。

内心でそうひとりごち、靴を脱いで部屋に上がった。

「おかえりなさーい」

狭いワンルームの真ん中、ローテーブルの向こう側で平澤翠が座布団の上にちょこんと正座してニコニコしていた。テーブルの上にはすでに開封された郵便物が山になっていた。中にはハサミかなにかで細かく切り刻まれたものもある。

クーラーが少し寒いくらいにかけられていたけれど、僕は冷や汗をかいた。

「ずいぶん長いこと留守にしていたねー。待ちくたびれちゃったよー」

「あの、翠さん？　ここは僕の部屋なんだけれど、いったいどうやって入ってきたのかな？　戸締りはちゃんとしたからなー。鍵がかかっていたんじゃないかなあって」

「もうー、別におかしなことはないでしょ？　だって、わたしたちって恋人同士なんだし」

「いやー、それはどうかなあ。確かに付き合っているよ？　うん。でも、僕は翠さんに合い鍵を渡した覚えはまったくないし、以前勝手に合い鍵をつくられて侵入されたから、鍵の交換もしたばっかりのはずなんだけれどなあ」

「そんなことより！　ナル君。わたし、今から真面目《まじめ》な話をしようと思っているの」

「うん」と答えたものの、彼女の侵入経路が気になってそれどころではない。しかし、経験則で翠の話はキチンと聞く姿勢を見せないと危ないと理解しているので、とりあえず正面に腰を下ろした。ちなみに、ナル君とは僕のことだ。鳴海だから、ナル君。ナルシシストだからではない。

「わたしたち付き合ってもう三ヶ月になるじゃない？」

そうだったっけ。僕は翠と交際を始めた日のことを思い出そうとした。確か、大学の入学式が終わって、各々《おのおの》のサークルが新入生歓迎コンパ合戦をやっていた頃だった。在籍する生徒数の多い大学なので、その時期になると僕は新入生のふりをして色んなサークルに顔を出してタダ酒にありついていた。

コンパに参加するにあたって、一々学生証を確認されるようなことはなかったし、名前と学部と連絡先を訊《き》かれるだけだった。一応未成年に酒は飲ませないという体裁のサークルが多かったが、こちらから飲みたいと云えばいくらでも飲ませてくれた。僕はほとんど講義に顔を出していないから、顔見知りに遭遇することもまずなかった。

数多《あまた》あるサークルのコンパのどこかで僕は翠と知り合って、なんやかんやあるうちに交際することになっていたのだ。そのため、付き合った記念日とかいう甘酸《あまず》っぱいアニバーサリーを正確に記憶していない。

だが、そんなことを正直に白状しようものなら翠が激怒することは必至なので、僕は心得顔で大きく頷《うなず》いた。

「ナル君が初めてなんだ。わたしの話を馬鹿《ばか》にしないでちゃんと聞いてくれたの」

それは酔っ払っていたからであって、今は非常に後悔している、とはさすがに口が裂けても云えない。

僕はチラリと窓の方を一瞥《いちべつ》した。窓際《まどぎわ》の床にガスバーナーと冷却スプレーが置かれていて、クレセント錠周辺のガラスが割られていた。どうやってこの部屋に侵入したのかがよく分かった。

焼き破りかー、そっかー。

「でもね、前にも云ったと思うんだけれど、わたしのオーラリーディングによるとナル君はマイナスのアストラル体が集まりやすい性質なんだ。疲れやすかったり不安感を常に抱えていたり、今だってほら、なんかすごく顔色が悪いでしょ。それはね、地球のアセンションによる典型的な症状なんだ。波動を高めてスローアルファ波優位の状態にすることでそういった症状がなくなる上に魂の次元上昇ができるんだよ。そのためにこれをわざわざプレゼントしたのに、全然使ってくれないんだからー。もうー」

そう云って彼女はよく分からない金属の置物をテーブルに置いた。パッと見は出来損ないの知恵の輪みたいなやつで、僕がちょっと前に金属ゴミで出したやつに酷似している、というか完全に一緒だ。

「あの、それ、この間」

「うっかり捨てちゃったんだよねー？　大丈夫だよ。ナル君のゴミはちゃんとわたしがすべて管理しているから。しっかりしているようで抜けているところがあるからなー、ナル君は。やっぱりわたしがついていてあげないといけないね」

　水道の蛇口だとかペットボトルに取り付けることで飲み水にオーラがどうたらこうたら云われ、うんざりしたのでもらった当日にゴミ箱へぶち込んだものだった。

「駄目だよナル君。わたしたちの将来のことだってあるんだし。魂の次元を高めて一緒に幸せになるための努力をしていかないと」

「将来っていったって、僕も翠もまだ二回生だし。今すぐそんなこと話さなくっても」

「ふうん。そういういい加減な気持ちなんだ。そっかそっか。そんな軽い気持ちでわたしと付き合ったんだね」

　すると翠はうっすらと涙を浮かべながら僕を真っすぐ見つめて、唇を噛《か》んでいる。その右手が背後に回っているので不思議に思い、腰を浮かせてよく見ると包丁の柄がのぞいていた。

　困ったことに、最近の翠はなにか不満や気に食わないことがあるとすぐに包丁を突きつけて脅す癖がついてしまった。そうすれば僕が云うことを大人しく聞くと学んだからだろう。以前、彼女の誕生日（みどりの日……ではなく、憲法記念日だ！　もう覚えた）を忘れていた時もそうだった。畜生。それにしてもいったい、どうして急に将来なんて云い始めたのだろうか。

　一般的なカップルの三ヶ月目なんて、将来がどうだとか大仰な話題は出さずに「ディズニー行きたいねー」とか「ＵＳＪなら日帰りでもいけるからいいんじゃん？」とか「一緒にできる短期バイトとか探そうかー？」とか「いちゃいちゃしたくなってバイトなんかできないかもー」とか、そういうものではないのか。全部、僕の妹が彼氏と電話している時のセリフだけれど。少なくとも、将来なんて大層な言葉が出てくる余地はない。

　もしかすると、僕の危惧《きぐ》していたことが現実になろうとしているのだろうか。

　ズバリ『け』から始まり『ん』で終わる、例のアレを迫られるのではないだろうか。

「いや、もちろん翠のことは真面目に好きだし、ずっと一緒にいたいって思っているよ？　正味の話」

「本当に？」

「あたりまえだよ」

「結婚したいって思ってくれている？」

　結婚！

　ドキリとしたが、表情にはもちろん出さない。

「そりゃあもう。できるならすぐにだって。でも、まだまだ僕は男として未熟で……」

「良かった！　じゃあ、今年の夏休みのお盆、一緒に母親の実家に来て」

はあ？

僕は笑顔のままフリーズしてしまった。母親の実家？　なんで？

「ええっと、ごめん。色々と急すぎて翠がなにを云っているのかが呑《の》み込めないんだけれどさ」

「ウチはお盆になると静岡の母方の実家に親戚《しんせき》一同で集まることになっているの。そこで両親やお婆《ばあ》ちゃんたちにナル君のことを紹介したいなって思って。将来を約束したわたしの恋人として」

将来を約束した記憶は無い。

「いや、でも、突然すぎじゃないか？　それに僕は完全に部外者だし」

「そんなの大丈夫。いずれナル君は家族になるんだから、少し参加するのが早くなるだけのことだよ」

「でも、でもさ。やっぱり家族水入らずっていうしさ。僕は遠慮しておくよ」

「やっぱり。わたしのことなんかどうでもいいんだ。結婚したいっていうのも、口先だけなんでしょ。だからみんなに会ってくれないんだ」

包丁を握っている手がプルプルと小刻みに震えながらテーブルの上に置かれた。

僕は自分の顔が引きつっているのを自覚しながらも、相手を刺激しまいと懸命に笑顔を浮かべた。

「そ、そうじゃない！　そうじゃないよ。まいったなあ」

「来てよ。絶対だからね」

それから翠は静岡にあるという母方の実家の話を始めた。なんでも、浜松市のかなり山奥に祖母は住んでいるらしく、公共交通機関ではたどりつけないので自家用車で行く必要があるという話だった。結構な山持で地元ではそれなりに有名な家だとか。

「すっごく自然豊かなところだから森林浴なんかもできて、素敵なんだよ。自然に近いところで過ごすのは魂の浄化にも良いってホメオパシーの天王寺先生も云っていたし。ほら、携帯電話の待ち受けを天王寺先生にしてから、わたしずっと調子良いんだよ。ナル君にも送ってあげるから、あとで絶対待ち受けにしてね」

「ああ。う、うん」

目の前で左右に振られる包丁の切っ先が恐ろしくて、強く拒絶する意思が挫《くじ》かれてしまった。とにかく目の前の生命の危機からは脱したい。そのためであればどんな無謀な手形でも切ろう。

「お婆ちゃんはリョウゼっていう珍しい苗字《みょうじ》なの」

「へ、へえー。どういう字を書くの？」とまったく興味がないのに訊く僕。

「幽霊の霊に是正の是で霊是。静岡の地名が由来らしいんだけれど、こんな名前よそでは聞いたことないよ」

　はあ、としか云いようがない。

「……やっぱりお盆くらいは会ってあげたいし。それに、わたしが結婚するまで生きていてくれるか分からないから、恋人をつれていってあげたら喜ぶと思うんだけど」

　夏休みに入ってからの予定は現時点でアルバイトくらいしかないので、スケジューリングの問題はない。浜松といえばウナギ、餃子《ぎょうざ》、お茶、ミカン、あとなにがあっただろうか。こんな誘われ方でなければとても魅力的な場所なのだが。

　翠の握っている包丁を見ながら、今後生きてやりたいことを思い起こし、とにかくこの場を逃れようという一心で僕はようやく観念した。

「……わかった、わかった。一緒に行こうじゃないか」

「本当？　ありがとう！」

「だけど、条件がある。翠は僕と一緒に車で行くことだ」

　翠の親戚の車なんかに乗せられて、気まずさを紛らわせるためだけに延々と毒にも薬にもならない世間話を続ける羽目に陥るのは御免だ。それに自分の車でいけば最悪、翠が今回のように包丁を突きつけて長期の滞在を強いて来ても、振り切って帰ることが出来る。

「ええー。でも、京都からだと結構遠いから高速代も馬鹿にならないよ？　それにナル君の車って、その、あの、バイト先の人からタダ同然でもらったってやつでしょ？」

「大丈夫だって。こないだ車検に出して、整備士から乗っても問題ないってお墨付きもらったんだから」

　整備士は「次の車検まではなんとかもつと思いますが、高速は走らない方が良いと思います。いや、絶対その方が良い」とかなんとか云っていたが、今のところ目立った不具合も出てきていないし、まあ平気だろう。

「分かったよ。でも、嬉《うれ》しいな。ナル君がそんなにちゃんとわたしのことを考えてくれていたなんて」

　純度一〇〇パーセントの脅迫だったじゃないか。そう思ったものの、ようやく翠がほがらかに笑って包丁を仕舞ったので安堵《あんど》した。再び曇らせるようなことは云えない。それに長期休暇に遠出をする予定ができるのは悪くない、よね？

　命の危険があるかもしれないけれど。

2

「お前死ぬな。絶対」

　そう云うと手《て》牌《はい》をぐちゃぐちゃにして樋山さんはラークをくわえた。僕は自動卓の開閉ボタンを押して、牌《パイ》を卓の中へ流し込む。

「さっさと縁を切れよ。そのうち、その女にマジで殺されるぞ、お前」

「別れようとしたことは何度もありますよ……。でも、なんでか分からないんですけれど僕の実家の住所と家族構成とその勤務先とか、僕ですらはっきり分かっていない家族の事情とかにめちゃくちゃ詳しいんすよ。怖いでしょ、ホント。そんで、刃傷沙汰《にんじょうざた》に及んだことも何度か。でも、僕が云うことを聞いている間は機嫌よくしてくれるし、本当に刺されたこともないし、なにより可愛《かわい》いから警察に相談して大事にするのは躊躇《ためら》われてしまって」

伏見《ふしみ》稲荷《いなり》駅から徒歩五分のところにある雀《ジャン》荘「椿姫《つばきひめ》」に僕は来ていた。大学が近くにある為《ため》、必然的に利用客には学生が多い。ウナギの寝床のような敷地に建った二階屋は、一見すると隠れ家的喫茶店のような佇《たたず》まいである。道から見えるところに看板を立てていない上、両側を雑居ビルとアパートに挟まれているので、場所を知っている者でなければ前を歩いていても、うっかり見過ごしてしまいそうになる。隠れ家、という意味では間違いはない。

店内は夕方の時間帯ということもあって多少混み合っていた。六台ある全自動卓のすべてに人が入っていた。二階のフリーもそれなりに繁盛《はんじょう》しているようだった。

樋山さんは僕のバイト先の店長だ。今日は給料のダブルアップを賭《か》けてサシ馬の真剣勝負だった。樋山さんはパッと見はヤンキーに見えるが意外と常識人だ。若い時に大きなヤバい事件に関わって、その時につくってしまった借金を返すために三六五日二四時間働かなくてはいけないという話だった。

上家《カミチャ》と下家《シモチャ》にはそれぞれ数合わせでスタッフと馴染《なじ》みの客に入ってもらっている。ふたりとも打ちながら喋《しゃべ》るのはあんまり好きじゃないらしいので、ずっと黙々と打っている。僕もうっかり三味線にならないようにだけ注意して樋山さんとの会話を続ける。

「そんな悠長なこと云っていて良いのかねえ。まあ、なにかあれば『なんでも屋』の樋山にご相談をっと」

「いやですよ。樋山さんにお願いするのは」

別れることはできるかもしれないが、樋山さんは結構手段を選ばない人なので後が色々と怖い。それに、社員割引とかは特にないので請求される金額もきっと高額だ。

「鳴海君はねえ。男前だからねえ。モテちゃうから悩みが多くて困るねえ」と、上家に坐《すわ》っている馴染み客のお爺《じい》ちゃんが珍しく口を開いた。

「こいつが良いのは顔だけですよ！　性格はゴミですから、ゴミ！」

「そこまで云わなくてもいいでしょうが。僕の顔が良いのは両親のせいであって、僕に責任はないですからね！」

「はん。それはもういい。で？　結局彼女の母方の実家、浜松に行くことになったのか。

まあ、いいんじゃねえの。浜名湖の畔《ほとり》でウナギ食って楽しんでくれば」

　樋山さんはそう云ってからリーチをかけてきた。僕は捨て牌を見ながら、ここで放銃するわけにはいかないと現物を捨てる。

「いや、それがねえ。どうも浜名湖からはだいぶ離れているみたいなんですわ。天竜区ってところで、自家用車じゃないとたどり着けないって話です」

「へえ。そりゃあまあ、お気の毒さま」

「しかも苗字が一風変わっていましてね。霊是っていうらしいんですよ。こんな物々しい名前初めて耳にしました」

「リョウゼ？　天竜のリョウゼっていったら……あれか、悪霊《あくりょう》の霊に是生滅法の是で霊是か」

「え？　そうだったと思いますが」

　すると樋山さんの動きがピタリと止まって、途端に腕組みをしてしまった。なんでリーチをかけているのに長考する必要があるんだ、と思っていたがどうやら考え込んでいるのは麻雀《マージャン》のことではないらしい。

「じゃあ、お前が行くのは天狗《てんぐ》屋敷っていわれている家だろうな」

「て、天狗屋敷？　なんですかそのおっとろしい名前は」

「ウチのジジイは三重県にいるんだけど、林業をやっていてな。大昔に霊是の家、天狗屋敷で雇われていたことがあったんだよ。霊是家はあのへんじゃ名の通った家柄で、大変な山持だそうだ。仕事していたジジイ曰《いわ》く、えらく金払いが良かったって話だが、今ではすっかり落ちぶれているらしい。俺も多少は山仕事の経験があって、去年シイタケ原木の仕事をジジイに手伝わされた時にも色々と詳しいことを聞いたんだが」

それから樋山さんは麻雀をしながら天狗屋敷の来歴をざっくりと話してくれた。

天狗屋敷——霊是の家は静岡県浜松市天竜区にある。

霊是家は代々林業をやってきた家系であり、高度経済成長期にはすごく儲かったのでかなりの財産をなしたのだとか。昔は林業も景気が良かったのだ。

一〇〇〇町歩《ちょうぶ》を超える広大な山林を所有しており、それらが木材価格の最も高騰《こうとう》している時期に伐採適齢期を迎えたので、伐採業者である杣夫《そまふ》を何人も高額な報酬で抱え込んで原木の搬出をさせた。自社の製材工場もあったのだが、原木の競売所にも出荷して多額の利益を得た。とにかくトラック一台分丸太を出せば一〇〇万円なんて云われていた時代だったので、相当無茶な仕事もしていたようだった。

当時、山麓《さんろく》に住んでいる村人の間では霊是家に雇われている杣夫は天狗と呼ばれていたそうな。山に住み込んで作業をし、偶《たま》に麓《ふもと》へ下って来ると酒や博打《ばくち》に興じて派手な遊びっぷりを見せて、日が昇る前には山に帰っていく。その様を揶揄《やゆ》するように「天狗が帰っていくわ」と云ったとか。

とにかく木を出せば儲かる時代だったので、山林のある霊是家はどんな滅茶苦茶《めちゃくちゃ》な事業計画を立てても損をすることだけはなかった。飛ぶ鳥を落とす勢いの霊是家は増長し、良きにつけ悪《あ》しきにつけ目をつけられる存在になった。

「そんでまあ、長年地元民からの反感を買っていたわけだよ。山っていうのは権利上個人のものであっても、実際は公益が多いために個人だけで済まないことが結構あるからな。だから、公的な補助金とかも多く投入されているわけなんだけれど。それを周りへの気遣いもへったくれもなく伐《き》りまくって出しまくっていたからな。まあ嫌うやつは嫌うわな」

　しかし、外材の輸入が増加するにつれて国産材価格の急激な下落が始まった。それまで伐って出すだけで良かったはずの山林経営が立ち行かなくなり、運送コストや伐出費用、製材歩留まりなどに関して採算をとるために猛烈な企業努力がもとめられるようになった。当然、それまで胡坐《あぐら》をかいて商売をしていた霊是家にそのような計算ができるはずもなく、あっという間に尾羽打ち枯らすこととなった。

　とどめの一撃となったのは昭和六二年の夏に自社の大型製材工場にて起きた火災だった。出火元は工場設備の一画であり、漏電が原因なのではないかと推察されたが正確な出火原因は不明であった。製材工場棟が全焼する事態となり、その際に類焼した近隣への損害賠償のために霊是家は再起不能となった。

天狗の鼻が折れた。口さがない人々の間ではそう云われるようになった。

「天狗屋敷はな。もともと山仕事する木こりのための山小屋だったのよ。なにせかなり水源に近い、奥深い山で毎日仕事するわけだから、一々麓まで下りていたら非効率だ。だから、住み込みで仕事させるために辺鄙《へんぴ》な場所に大きな山小屋を建てたわけ」

「なるほど。そんで製材工場で火災が起きて周囲からの擯斥《ひんせき》に耐えられなくなり、町中にある家を処分し、その山小屋を霊是家の本格的な住居にした、と」

「そうそう。まあ、今でも山仕事はしているみたいだけれど、昔みたいに手広くやっているわけではないっぽいな。いわゆる一人親方ってやつなんじゃねえの。ただ、面白い話がある。霊是家の当主、これが春秋《はるあき》っていうんだけれど、この爺様が七年前に突然失《しっ》踪《そう》しちまっているんだ」

「えっ、いや全然面白がれる要素がないですけど」

「まあまあ、最後まで聞けや。春秋には双子の弟がいて、こっちが今は細々と事業をやっているみたいなんだけれど、それはまあいい。重要なのはここから。旧民法の施行時期に前当主が春秋に家督相続をしていたから、天狗屋敷、もとい霊是家の財産はすべて春秋の所有になっているんだよ。それで、失踪宣告がおそらく今年に出される。いや、もう出ているのかな。分からんけれど。失踪宣告が出れば、これで当主の春秋は晴れて死亡扱いになるわけだ。っていうことはつまり？」

「つまり？」と僕は首をひねった。

「分からんのか？　犬神家状態になるってわけだよ」

「犬神家……ああ、遺産相続でもめるってことっすか？」

「その通り！　だが、それは通らず！　ロン！」

　はあ？

　そう思った時には既に樋山さんは手牌を倒していた。

「四暗刻《スーアンコウ》単騎、清老頭《チンロウトウ》。トリプル役満だな」

「はあ？　なんで、なんで？　役満なのになんでリーチかけるんですか」

「これっきゃないってなれば、俺は役満でもリーチをかける男なのさ。逃げ場を残すのは好きじゃないんでね」

　嘘《うそ》だ。絶対イカサマだ。僕の注意を樋山さんの手牌から逸《そ》らす――手出しかツモ切りかを確認しないようにさせる――ためにわざわざリーチをしたのだ。恐らく、どこかのタイミングで牌をすり替えたのだろうが、今となってはあとの祭りだ。

　ショックのあまり僕はガックリと項垂《うなだ》れた。目の前が真っ暗になっていくような気分だった。ああ、これでまたしばらく金欠だ。静岡までのガソリン代は翠に出してもらうとして、高速代くらいは自分で払おうと思っていたんだが、すまん翠。両方出してもらうことになるかもしれない。

「まああ、落ち込むなって。俺だって鬼じゃないんだぜ。給料をまったく払わないっていうのも悪いし、そうだな……ひとつ簡単な頼み事を聞いてくれるなら、今回の勝負はなかったことにして、元本分の給料は払ってやるよ」

「ほ、本当ですか。いったいなにをすればいいんですか」

「なあに、とっても容易なことだよ」

樋山さんの頼み事は、確かにとても簡単なものではあった。しかし、その結果引き起こされるであろう波乱のことを思うと、はした金くらいは諦《あきら》めようかとも悩んだ。

そして悩んだ挙句、彼の頼みを承諾してしまったのだった。

なにせ、その時の僕の預金残高は小学生のお小遣いのような数字になっていたのだ。

3

八月一〇日。天狗屋敷へ出発するその日、天候は僕の心中を反映したかのように曇っていた。いっそのこと台風でも直撃してくれれば取りやめになるのではないかと考えたけれど、翠の場合は高速道路が通行禁止になっても一般道でなんとかして静岡まで走れと云いだしかねないので、やっぱり台風は来なくていいです。

愛車の日産・シルビアに乗り込んで、翠の元へ向かった。彼女は岡崎にある瀟洒《しょうしゃ》なマンションで暮している。平安神宮や美術館、図書館、動物園が近くにあって、夏休みの今時分なんかは観光客が非常に多いのだが、朝の七時半という時間帯はさすがにそれほどでもない。

ゆったりとした白のロングワンピースを身に着けて翠はマンションの入り口に立っていた。大型のキャリーバッグの他に大きなボストンバッグをふたつも提げている。まるで夜逃げでもするのかというような荷物の多さだ。

僕はマンションの正面に車を横付けすると、すかさず手もみをしながら翠に駆け寄った。そしてひったくるように荷物を預かってトランクに詰め込むと、彼女が口を開く前に助手席に押し込んで車を発進させた。

あんまり人目のあるところで押し問答はしたくない。

翠が眉《まゆ》をひそめてこちらを見る。

「あのね、ナル君」

「はい」

「まあね、色々と云いたいことはあるんだ。三泊四日の予定なのに、その荷物の少なさはなんなの？　とか。この車、早速ちょっと変な音がしているけれど大丈夫？　とか」

「はい」

「でもね、そんなことはもうどうでもいいかな。ただ、これだけはきちんとした説明をしてくれる？　後ろにいる人はどこのどなた？」

後部座席には樋山さんが大股《おおまた》開きで坐っていた。片手にはサッポロ黒ラベルが握られている。昼間からビール。なんて羨《うらや》ましい。

「あっ、俺のことはお構いなく。勝手にやっているんで」と樋山さんが云ったのを無視して、翠は僕をジッと睨《にら》みつけてくる。

「後ろの方はね……僕のバイト先の店主である樋山さん。翠のお母さんの実家のことを話したんだ。そしたらね、なんと樋山さんのお爺さんが昔に霊是家で働いていたんだって」

「ええっ、本当に？」と怪《け》訝《げん》そうな顔をする翠。

「ホント、ホント。そんでね、是非とも同行させてほしいって頼まれちゃったんだ。もしかしたら、樋山さんのお爺さんのことを知っている人がまだいるかもしれないでしょ？　ホント、この人はそういう純粋な気持ちなんだよ。分かるでしょ？　翠ちゃんもお爺ちゃんのこと好きでしょ？」

「まあ、うん。わたしもお爺ちゃんっ子だった……から、分かるけれど」

そう云う翠の顔は、気のせいか少し青ざめているようだった。

――車酔いにしては早いけれどな。

「でしょう？　理解してくれてうれしいよ」

「ありがとう。翠さん。俺もね、今は亡《な》き爺さんの話が聞けるかもしれないと考えると、なんていうか、いてもたってもいられなくって……非常識だとは思ったんだけれど、古賀君を拝み倒して、つれていってもらえることになったんですー」

　彼の魂胆を知っている僕からすると、えらく白々しく聞こえる。

　しかし、翠はとてもピュアな女の子なのであっさり騙《だま》された。

「そうだったんですね。大変失礼いたしました。どうぞよろしくお願いいたします。祖父はもういないんですけれど、その弟である大叔父は健在です。大叔父なら、きっと樋山さんのお爺様のことを知っていると思います」

「ありがとうございます。では遠慮なく」

　しれっと樋山さんは淡然とした返事をして、再び黒ラベルを呷《あお》り始めた。ちなみに樋山さんの祖父はまだ死んではいないはずだ。方便のために勝手に殺したわけである。

　そう。樋山さんの頼み事というのは、天狗屋敷へ同行させることだったのだ。遺産相続を巡って骨肉の争いが起こるとすれば、自分のようななんでも屋の手を借りたいと考える人間が出てくるかもしれない、という計略なのだ。

「霊是家といえば腐っても大山主なんだ。金の匂《にお》いがするぜ」と昨日は云っていた。とにかく金儲けの気配には聡《さと》い人なのだ。

　京都東ＩＣから名神高速道路に乗り込み、草津ＪＣＴで新名神高速道路に乗り換えて、あとはひたすら山間《やまあい》を抜けて行った。特別目を楽しませてくれるようなものはない、つまらない道路ではあったが、伊勢《いせ》湾岸道に入ったら一気に視界が開けた。

　樋山さんの同行を納得してくれた様子の翠ではあったが、やはり機嫌はすこぶる悪かった。僕とふたりきりのドライブの予定だったのに、とんだおじゃま虫が紛れ込んだわけだから当然だろう。ただ、僕としては樋山さんが傍にいてくれれば、翠もあまり物騒な真似《まね》はできないので、そういう点では助かった。まさか、こんなところにまで包丁は持ち込んではいないだろうが、万一ということもある。

　そうした気配を察したわけではないだろうが、樋山さんは翠に対してはやや低姿勢であった。機嫌を窺《うかが》いながら当たり障《さわ》りのない世間話を繰り広げている。僕は運転に集中していたのであまり聞いていなかったけれど、浜松ＩＣあたりでは翠のガードもやや緩くなっていて、樋山さんは上手《うま》いこと彼女に取り入ることができたようだった。

「そうなんです。昔は事あるごとに天竜に来ていたんですけれど、ここ数年はお盆くらいしか行かなくなっちゃって。去年も大学の入学祝いを送ってくれたのに、なんだかんだ忙しくて会いに行けずじまいで、電話は何度かしているんですけれど……祖母には不義理なことをしてしまっています」

「まあまあ。離れたところに住んでいたらそういうもんですよ。むしろ、電話だけでもしている分、世間の若い人より感心なもんだと思いますよ。古賀君なんてなあ！　お爺さんとお婆さんの名前も知らないんじゃなかったっけ。最後に会ったのは小学生の頃だとか云ってなかったか？」

「そうなんですよ。ナル君の良くないところだと思うな。そこは」

　そういった調子で、ふたりで意気投合して僕をサゲるような話までできるようになった。

　樋山さんはそろそろもう少し踏み込んだ話をしても良いと判断したのだろう、缶ビールを適当な所に置いて、少し身を乗り出した。

「そういえば、さっきは軽く聞き流してしまったんだけれど、翠さんのお爺さんがもういないっていうのは、お亡くなりになったってこと？」

　翠の祖父――春秋の失踪は樋山さんも知っていることだったが、その委細までは把握していない。自然な会話の流れで相手から情報を引き出すためには、なにも知らないふりをしている方が良いと判断したのだろう。僕は余計な口をはさまなかった。

「いえ、そうじゃないんですけれど……ちょっと込み入った事情があって」と云う翠の声は遠いところから聞こえるようにか細いものになっていた。

「良ければ教えてもらえないかな。ほら、これから霊是家の色々な人と話をするにあたって、避けた方が良い話があるなら承知しておきたいじゃない。俺に話せる範囲でいいから」

「そうですね。じつはナル君にも話していなかったんですけれど、わたしの祖父の春秋は七年前から行方不明になっているんです」

「行方不明？」

「はい。ある日、車ごといなくなっちゃって……警察が来たりして大騒ぎになったらしいです。わたしもその時屋敷に滞在していたはずなんですけれど、山で遊んでいて転んで頭を打ってしまったので、大叔父の冬夏《とうか》さんに地元の診療所に運ばれていました。だから、そのあたりの事情を詳しく知らないんです。あの……すみません、この話はここまでにしてもらってもいいですか？」

　チラリと見てみると、翠は今にも気を失ってしまいそうなくらいに真っ白な顔をしていた。相当気分が悪いようだった。

「大丈夫か。次にコンビニを見つけたらちょっと停《と》まるよ」

「あ、ありがとう。ナル君」

　すでに町中を通り抜け、大きな川に沿って山手の方へ走り出したところだった。周囲の商屋《あきないや》と車の数が少しずつ減っていき、川の向こう側もこちら側も山が迫ってきていた。国道三六二号線の標識を目にして「これが本当に国道なのか」と疑ってしまうような道の狭さだった。

「まったくコンビニがないな。ひょっとしたら、町中へ戻った方が良いのかな」

そう呟《つぶや》いたところで天に思いが通じたわけでもないだろうが、それまでの道中でお店なんて少しも見かけなかったはずなのに、突然デイリーヤマザキの看板が現れた。

駐車場に入って車を停めたところで、翠はコンビニへ駆けて行った。

「車酔いかなあ。珍しいな、翠が酔うなんて」

すると樋山さんが「いや、違うな」と云ったので、僕は振り返った。

「理由は分からないが、彼女にとって祖父の話題はタブーになっているようだ。さっきから注視していたんだが、話が祖父のことに及ぶと彼女のテンションが少し下がる。気分を悪くしたのも、そのあたりが原因かもしれない」

「はあ。やっぱりお爺ちゃんっ子の翠にとっては、失踪自体が大きなトラウマになっているんですかねえ」

「さあな。あるいはもっと別の事情があるのかもしれないが……ちょっとビール買ってくるわ」

「まだ飲むんですか？」

ギョッとして樋山さんの足元を見やると、既に空になった缶ビールが四、五本ビニール袋に入って転がっている。いくらなんでも昼間からへべれけになられるのは困る。

「ちげーよ。天狗屋敷に行くまでの間、ここが最後のコンビニなの。屋敷にいる間の飲み物を確保しとくんだよ」

「ええっ、マジですか。先にそれ云ってくださいよ」

道案内は翠にしてもらっていたが、彼女の話だと屋敷まではあと一時間半くらいは掛かるとのことだった。それでここが最後のコンビニとは。僕も慌《あわ》てて車を降りた。

翠は運転免許を持っていないので、ここまでずっと僕ひとりで運転しっぱなしだった。体力的に余裕はあったけれど、まだ道のりは長いので少し休憩時間をはさむことにした。

翠の体調が戻ったところで、再び車を走らせた。そこからの道では度々、欄干に天狗の顔がついた橋や、大きな天狗の像などが見られて、この地域では天狗が有名なのだなと思った。

だがしかし、基本的には見るべきものはなにもないまま一時間以上が経《た》った。

「ごめんね、ナル君」

唐突に翠に謝られたので、僕は面食らってしまった。

「どうしたのさ、急に」

「お爺ちゃんのこと黙っていて。なんだか話しそびれちゃってさ。わたし自身、心の整理ができていないっていうか。まだ信じられないことだから」

「いいよ、いいよ。気にすんなって」

「でも、ウチに来てくれるんだから、話さないといけないなとは思っていたんだよ。本当に。ただ、その……ふたりきりで話ができると思っていたから」

　バックミラーを見ると、後部座席で樋山さんは横になってイビキをかいて眠ってしまっていた。なるほど、この人の耳を少し気にしていたのだな。

「ナル君がお世話になっている人だから、悪い人じゃないとは思うんだけれど。あんまり色んな人に話せることでもないから」

「謝るようなことじゃないよ。僕こそ事前の相談もなしに勝手なことをして悪かった」

「いいの。ただ、他にも云っておかなきゃいけないことがあって。今日これから家に到着したら、お爺ちゃんの遺言状の開封があると思うんだ。失踪したのが七年前で、ついこの間、失踪宣告が出たんだけどね。それで、死亡したことが確定したから弁護士の人を呼んで遺言状の開封をしてもらうんだって」

　この遺言状は生前の春秋が公証人に作成を依頼し、霊是家の顧問弁護士に預けていたものだそうだ。遺産相続なんて聞くと小市民の僕なんかには遠い世界のことに思えるが、翠の話によると霊是家に財産らしい財産など既にほとんど残っていないのだという。

「広大な山だけが残っているんだけれど、これがいくらになるのかなあってところみたい」

「山ねえ。確かに山もらってもしゃあないよなあ」

「うん。でも、なんだか少し物々しい話も出ていて。ちょっと不安……なんだ。わたしも山なんて大した遺産にならないと思っていたんだけれど、それを開発工事するために買い受けたいって会社があるらしくって、わたしの伯父さんが山林のブローカーみたいな人を何度か天竜につれて来たみたいだから」

「ブローカー？」

「うん。樽峰《たるみね》っていう、なんだか得体の知れない人なんだけれど」

樽峰。あまり聞かない珍しい名前だ。

とまれ山林開発工事をめぐって親族の中で争いが起きるのではないか、という心配を翠はしていたのだった。今回の遺言状開封による遺産相続は、そのきっかけになるように思えてならないのだという。

「ナル君をお婆ちゃんに会わせたいっていうのは本当だよ。だけど、それだけじゃなくってね。なにか起こるんじゃないかって不安だったんだ。こんな予感みたいなことで付き合わせられて迷惑だと思うんだけれど、一緒にいてくれないかな」

翠は妙にしおらしい態度だった。いつもなら包丁を突きつけて「云うこと聞いてくれるよね？」というおねだりで済ませるのだが、今回は大人しい。

「分かったよ。翠の不安が解消されるまではいるようにするよ」

「本当？　ありがとう！　良かったー。ナル君は優しいから、わたしを置いてさっさと帰ろうとしたりはしないって分かっていたんだけれど。もし帰ろうとしたらこれを……」

　そこで唐突に翠は口をつぐんだ。

　——これを？　これを……なに？

　気になって助手席を一瞥したところ、いつの間にか翠は鋭利な千枚通しを片手に握りしめていた。僕の視線に気がつくと、彼女は照れたように手提げのカバンに千枚通しを仕舞った。

　え？　帰ろうとしたらどうするつもりだったんだ。まさかあれで僕のことをめった刺しにするつもりだったのか。

　気になって仕方なかったけれど、とにかく目下は運転に集中しなければならない。気がついたら道はかなりの悪路に変わってしまっていた。うっかり脱輪でもしたら目も当てられない。

　視界の左右は延々と針葉樹林が続き、道幅はグッと狭くなっていた。急なカーブが幾度も続き、しばらくするとアスファルト舗装すらされていない林道に入った。

「おいおい、マジかよ。こんな道を進むのか」

「うん。慎重に進んでね」

　シャコタンであれば何度も車体の下を擦っただろう。時折、道の陥没を埋める為か割《わり》栗《ぐり》石が入れられているような箇所もあり、タイヤがパンクしてしまわないか心配だった。幅員は車一台分がやっとといった感じなので、対向車が来たらと思うと不安で仕方なかった。こんな狭いうえにガードレールもない蛇行した道をバックで長々戻るのは勘弁願いたかった。

三〇分くらいはそんな不安と闘っていただろうか、やがて視界が一気に開けた。

道の右手にはテニスコートくらいの広さの駐車場があった。そこには既に車が六台停めてあった。スバル・フォレスター、ダイハツ・ハイゼット、スズキ・ジムニー、トヨタ・クラウン、ホンダ・フィット、レクサス。こんなところにレクサスやクラウンで来たくないな、としみじみ思った。クラウンに至ってはシャコタンなので、ここに来るまでで相当車体下を擦っただろう。

車を停めて荷物を下ろしたところで（翠さんの荷物はもちろん僕が持ちますよ！）、後部座席にいる樋山さんに顔を近づけた。小さくイビキをかいて目を瞑《つぶ》っているが、

「狸《たぬき》寝入りはそこまでにしてください」

僕がそう云うと、樋山さんは目を開いて薄く笑った。

「ばれていたか」

「あたりまえですよ。樋山さんが本当に眠ったら、そんな可愛らしいイビキで済むわけないでしょう」

「はあ？　俺はそんなデカいイビキはかかねーよ！」

自分のイビキの大きさなんてどうやって分かるんだ、と僕は呆《あき》れた。

樋山さんと並んで歩きだす。身軽な翠は少し先に進んでいた。

「俺が寝ていると思わせた方が耳寄りな話を聞けるかな、と思ってな。遺言状が今日開封されるそうじゃねえか。これに立ち会わない手はねえな。だが、あの樽峰のやつが来ているのには驚いたな」

「珍しい名前だなって思ったんですけれど……有名な人なんですか」

「その筋では有名な山師だ。食えないやつだよ。何度か顔を合わせたこともあるんだけれど、金になりそうな話はどこからでも嗅《か》ぎつける」

それだけ聞くと樋山さんに似ているな、と思った。

駐車場の向かい側は土場《どば》になっていて、大小様々な鉄板が地面に何枚も敷かれていた。土場と道の境には元々側溝があったのか、大きなグレーチングが見受けられたものの、土が詰まってしまってほとんど地面と同化している。土塀の近くに細い杉丸太が掽積《はえづ》みされていて、その向こう側に杉林がのぞいていた。小型のユンボも置かれている。

駐車場と土場にはさまれた径《みち》を進んでいくと、正面に木組みの簡素な門が現れ、門を越えた先からは左右に土塀が延びていた。

ふと見上げると、丘の上に立つ広壮な日本家屋に気が付いた。木立に隠れて全体がよく見えないが、かなりの規模に思われる。こんな辺鄙なところには似つかわしくない一大邸宅であった。木材に関しては周りの山から調達してきたとしても、それ以外の建材をここまで運び入れるのは大変な手間だったに違いない。そこまでの労力を注ぎ込んで作業拠点をつくっても十分に採算が取れるくらい、昔の林業は儲《もう》かっていたということだろうか。

　門の前に立ってまぐさを見遣《みや》ると、そこに天狗の面が飾られていて苦笑した。これでは天狗屋敷だと揶揄されても仕方ない。

　正面の門を抜けてしばらく歩くと、土塀が途切れたところで屋敷側にのぼっていくための坂道が右手に現れた。かなり急勾配《きゅうこうばい》なので、実際の距離以上に玄関までが遠く感じられる。坂をのぼらずに行った先には小さな橋があり、細い小径が山手へと続いているのが見えた。

　坂のふもとで翠が僕と樋山さんを待ってくれていたので、一緒に玄関へとのぼり始めた。

「あの建物はなに？」

　僕は坂の中ごろに差し掛かったところで背後を振り返って、屋敷の向かい側の林に建つ塔のような建造物を指さした。

「ああ。あれは作業小屋だよ。昔、ここには山仕事をする人たちが住んでいて、屋敷は主に住居スペースとして使われていて、仕事道具とかはあっちに置いていたんだ。今も色々な道具が置かれているよ。ほとんどが埃《ほこり》をかぶっているけれど」と翠が云《い》った。

「あの塔は？」

「昔は林業架線の演習みたいなことをやるための柱として使っていたんだけれど、杣夫の人たちがいなくなってからは櫓《やぐら》に改築したんだって」

「林業架線ってなんだ」

「ワイヤーロープを張った索道だ。要するに木材を運ぶための大掛かりなロープウェイだ。国家資格が必要なんだが、なにより経験が重要な仕事でな。今では架線を設計する技術を持つ人間は本当に限られている」

　樋山さんがすかさず解説をしてくれた。さすがは林業経験者。

「そうらしいですね！　でも、今は塔の天辺《てっぺん》には鐘がぶら下げてあります」

「なんでまた鐘なんか」

「知らない。なんか、どっかで貰《もら》って来て、せっかくだからぶら下げようとか思ったんじゃない？」

　ずいぶんとアバウトな理由だ。ちゃんとした理由があるのかもしれないけれど、翠は知らないだけだろう。

　長い坂道を上りきると左手に小さな納屋《なや》があった。その前には一メートルに満たない長さの丸太を積載した大八車が停められていた。車輪の接地部分には坂道を転がっていかないようにするためだろうか、クサビが打たれていた。

「厨房《ちゅうぼう》はプロパンガスなんだけれど、お風呂《ふろ》は未《いま》だに薪《まき》で沸かしているんだよねえ。その薪木にするタンコロは大叔父さんがこうやって山から運んでくるの。最近は年だから森林組合からもらってきたりもしているみたいだけれど」

「タンコロって？」

「そんなことも知らねえのか？　木の根っこに近い曲がっている部分のことだ。ここは製材には適さないから山に捨ててくることが多いけれど、薪にはちょうどいいからな。ただ、最近じゃタンコロみたいな林地残材もバイオマス発電の燃料として注目されているから、今後は薪にするどころか燃料用チップの原材料として集める業者も出てくるかもしれねえが」

「へえー、樋山さんって物知りなんですねえ」と翠が感心した。

　そんな会話をしながら、屋敷の正面に回った。

　天狗屋敷の前に立った時、その異様な姿に僕は気圧《けお》された。住居として完成してからまだ二〇年も経っていないという話だったが、経年による日焼けや汚れで黒ずんでいる部分と、増築をして新しく造られた白木の箇所がはっきりと分かれている。まるで陰陽太極図だ。元々作業員が寝泊まりする山小屋として使われていた部分は苔《こけ》むしていたり、表面が脆《もろ》くなってボロボロと崩れていたりした。一番古い部分だと明治時代のままになっているという話だ。

玄関は来客が一〇〇人いても履物を揃《そろ》えておけそうな広さがあった。正面の広間には様々な民芸品が並んでいて、ひときわ目立っていたのは木彫りの天狗像だった。なんでも大叔父さんがチェーンソーでつくったものなのだとか。

しかも、天狗は弓を構えており、驚いたことに矢尻《やじり》の先端が玄関に入った客に向くようになっている。背中には矢筒を背負っており、そこにも何本か矢が入っていた。

矢はさすがに本当に弓の弦に番《つが》えられているわけではなく、弦は矢筈《やはず》に引っかけてあるものの張ってはいない。矢自体は弓を構える天狗の手に乗せてあるだけだった。

しかし、一見《いちげん》さんはこんな出迎えを受ければギョッとさせられるだろう。それでなくとも矢は本物のようだし、先端恐怖症の人間なら卒倒してしまうかもしれない。

けったいなもんを入口に置いているな。まあ天狗屋敷だし仕方ないか、と僕は思った。

4

廊下で霊是一高《かずたか》を見た時、巨大な熊《くま》が屋敷に入り込んできたのかと思った。上背は欄間に届きそうなくらいに高い。僕より二〇センチくらいは高く、一九〇センチ以上あるだろう。そしてがっしりとした肩幅と太い二の腕をしている。

喪に服すためか、一高は黒いネクタイと背広を身に着けていた。

「一高伯父さん。やっぱりわたしも喪服持ってきた方が良かった？」

「翠ちゃんか。いや、いいよ。失踪宣告はとうに出て、葬儀も済んでいるんだ。今さら新盆でもないだろう。どうせ集まるのも身内ばかりだし、そんなに畏《かしこ》まらなくても。ただ、不思議なもんでね。これまで親父《おやじ》が死んだっていう実感はまるで湧《わ》かなかったんだけれど、遺言状が開封されるとなると、もう戻って来ないんだなって気持ちになってさ」

山仕事が大嫌いで家を出て行った、と先刻翠に教えられたので、もっと線の細い軟弱な男のイメージを勝手に抱いていたのだが、眼前の一高はまさに山男といった風貌《ふうぼう》だった。

一高が僕と樋山さんの方を見て怪訝そうな表情を浮かべたので、翠が慌てて紹介してくれた。

「なるほど。君が翠ちゃんのボーイフレンドか。噂《うわさ》に違《たが》わぬ男前だ。よろしく。わたしは霊是一高。もしかしたら君の義理の伯父になるかもしれない男だ」

「古賀鳴海です。翠さんにはいつもお世話になって」

「はっはっ、まあそう緊張するなよ。親戚《しんせき》の家に遊びに来たと思って気楽にしてくれ」

白目がやや黄色くなっていて、肝臓が悪いんじゃないかと思った。先刻まで酒を飲んでいた樋山さんと同じような顔色をしている。この人も飲んでいたな！　昼間から！

一高は僕から樋山さんの方へ視線を転じた。

「それで樋山さん、でしたか。お爺《じい》様がこの屋敷で働いていた、とか」

「そっス。当時のことを知っている人がいるなら、是非お引き合わせ願えませんかねえ」

「そうですね。わたしの母か、叔父であれば知っているとは思います。ただ、申し訳ないが少しバタバタしていて、わたしはちょっとお相手できそうにないので……翠ちゃん。案内をしてもらえるかな」

「それは別に構わないけれど……遺言状はいつ開けるの？」

「弁護士の江口先生が予定では今日到着するはずなんだ。来たらすぐに開けてもらうさ。そしたら後は相続に関わる登記だとか税金のことだとか、色々な手続きについて打ち合わせをする手筈になっている」

「一高はん。ちょっとええでっか？」

廊下の角に達磨《だるま》のような男が立っていて、一高を手招きしていた。ずんぐりとした体型をしている。一高が年の割に（翠の話ではもうすぐ還暦だとか）若々しいのに対して、達磨は頭が禿《は》げ上がり額には深い皺《しわ》が刻まれていて、かなり老《ふ》けて見える。焦《こ》げ茶色のズボンをサスペンダーで吊《つ》っており、腹は太鼓を抱えているようにせり出している。

「伯父さん。あの人は？」

「あ、ああ。あの人は樽峰さんといって、山の相談に乗ってくれる人だ。ほら、親父の山も俺が相続することになるだろうが、その時普段ここにいるわけじゃない俺だと管理もロクにできないだろう。そういった問題に知恵を出してくれることになっているんだ」

一高はそれ以上説明せず、樽峰の方へ歩いて行った。

あの男が樽峰。山林を専門に扱うブローカーだとか。見た目で人を判断するべきではないだろうが、陰険そうな目つきをしていて近寄りがたい感じだった。

それから翠に案内されて一階の西側にある客室に僕は荷物を広げた。六畳一間だが、一泊するだけのつもりなので充分だった。調度品はテーブルと座椅子《ざいす》があるくらいで殺風景なものだった。樋山さんはそのすぐ隣の同じような部屋を宛《あてが》われた。

翠の両親も既に屋敷に到着しているとのことである。その翠たちは一家そろってひとつの大きな部屋で寝泊まりする、というわけではなく、一高の妹である母親は天狗屋敷に住んでいた時に使っていた自室、父親と翠は僕たちと同じような客室をひとつずつ利用するらしい。昔に住み込みの作業員が大勢いた時の名残で個室が沢山余っているため、そのような部屋割りになる。広い屋敷なので掃除の行き届いていない部屋もあるそうなのだが、僕と樋山さんは比較的小《こ》綺麗《ぎれい》な部屋を見繕ってもらえた。

長い時間運転をしてきてすっかりくたびれていたので、半時間ほど横になって休んでいたが、うとうとしかけてきたあたりで襖《ふすま》が開いて翠と樋山さんが入ってきた。

「じゃあ、ナル君と樋山さんには千歳《ちとせ》お婆《ばあ》ちゃんと大叔父さんに会ってもらおうかな」

「はいはい。分かりましたよ」

疲れてはいたが一応滞在する以上は家主への挨拶《あいさつ》を欠かすわけにはいかない。僕は身を起こして翠の後についていった。

長い廊下を歩いて急な階段を上がって二階に行き、回廊を進むとやがて屋敷の正面側に部屋がいくつか並んでいるのが見えた。

そのうちのひとつの襖に向かって翠は「お婆ちゃん！　翠だけど、開けてもいい？」と大きな声で呼びかけた。すると「はーい」と間延びした声が返ってきた。

部屋にいたのは皺くちゃの顔をした白髪の老婆《ろうば》だった。目が開いているのかいないのか分からないくらい満面に皺が刻まれている。五分袖《そで》の花柄ブラウスに灰色のパンツスタイルでぺちゃんこの座布団《ざぶとん》に正坐《せいざ》していた。

いったい何歳くらいなんだろう。もはや年齢はおろか性別もはっきり分からない。老婆だと思ったのは服装の趣味から判断しただけで、老爺《ろうや》だとしても驚かない。

「あんたが翠の彼氏かい？」

「えっ、はい。そうです。古賀鳴海といいます」

「そうかいそうかい、えらい男前な彼氏で翠も良かったなー」

老婆の右目が薄く開いて僕を鋭く見据えた。そして立ち上がると意外に矍鑠《かくしゃく》とした動きでこちらに近寄ってきて、僕の両手をつかんだ。千歳の手には太い血管が浮き上がっていて、爪《つめ》は何度も割れたり剝《は》がれたりしたのだろう、短くなっているものもあり、長年の苦労を感じさせられた。

「これからも翠のことよろしく頼んだに」

「あっ。はい、分かりました」

「ええ彼氏で良かった、良かった。お婆ちゃん心配してたからさー。本当に。翠が変な男に引っかかっているんじゃないかと。でも安心した。この人は優しい目をしているから、きっと大丈夫」

「お婆ちゃん、心配しすぎだよー。ナル君はちゃんとわたしとの将来のことも考えてくれているからさー。滅茶苦茶ラブラブなんだからー」

「そりゃあ安心した。お兄さん。翠のこと、くれぐれもよろしく頼んだよ」

「は、ははは。任せてくださいよ」

なんだか、孫を泣かせたらタダじゃおかないぞ、と暗に脅されているような声音だった。

「それで……こちらの人は？」

千歳は少し困惑した顔で樋山さんを見た。正直、この場での樋山さんの浮き具合は半《はん》端《ぱ》ない。そりゃそういう顔にもなるわ。

「ちわーす。昔、ここで働いていた樋山の身内の者なんスけれど」

「樋山……樋山ねえ」

老婆はそう云って首を傾《かし》げた。心当たりがない、といった感じだ。

そこで背後に人の気配を感じて振り返ると、ひとりの老爺が立っていた。顎《あご》の先に綿埃のような髭《ひげ》がうっすらと生えていて、長い白髪を後ろにひっつめている。かなり高齢の方に見受けられたが、腰は串《くし》でも打ったかのように真っすぐで姿勢が良い。

「翠さん、いらっしゃい」

「冬夏さん。お元気ですか」

翠がそう云ったのを聞いて、目の前の老人が失踪した春秋の弟であることに思い至った。

老爺はゆっくりと翠に近寄り、その手を取って満面の笑みを浮かべた。

「よく来てくださった。立派になられて」

「お身体《からだ》の方は大丈夫ですか？」と翠が尋ねた。

「いやあ。この間、傘寿《さんじゅ》を迎えたじゃん。さすがに身体のあちこちが思うようにならんのよ。本当にいやくなる」

「ええ？　そんな風には見えないけど……、そういえば春先に一度倒れたと聞いたけれど病院には行ったの？」

「藪井《やぶい》さんが来て診てもらったもんで、病院には行ってないんだって。その時は法堂《ほうどう》のおっさまとか、直哉《なおや》とかも来てくれていたから、ちょっと大ごとになっただよ。まあ、結局なんともなかった。年だからしょんないよお」

「まだ木を伐《き》っているの？　よしたら良いのに」

「生涯現役よ。まあ、自分の手では月に四トンで三台分くらいしか出材できていないけど、年金分くらいにはなるもんね。あとはまあ、人に頼んだりもしてぼちぼちやっている」

　そう云って冬夏は快活に笑った。八〇歳になる老人が山で木を伐っているというのが僕には信じられなかったが、林業はひどく高齢化が進んでいるらしいから珍しいことではないのかもしれない。

「どうせ一高君が山を相続するってなったら誰も手入れなんかしないだら？　その前に、俺が動ける間はできるだけやっておきたいのよ。山が荒れ果てて崩れたり、流木で沢が溢《あふ》れて洪水なんかが起こったりしたら、命を懸けて天竜川を治めてきたご先祖様に合わせる顔がないじゃんか。死んだから後は知らない、なんて無責任だら？　山って云うのは次の世代に、正しい形で遺《のこ》していかないといけないのよ」

　寂しそうな顔で冬夏はそう呟き、僕と樋山さんを見た。

「ところで、こちらの方々は？」

「こっちがわたしの彼氏の古賀鳴海君。こちらの方は……冬夏さんなら分かるかな。昔、この屋敷で働いていた樋山さんって方のお孫さん。なにかお爺さんの話が聞ければと思って来てくださったんだけれど」

「樋山……申し訳ない。珍しい名前だが、ピンとこないな。お爺さんが働いていたのはいつ頃のことかな」

「三〇年前くらいだと思うけど」

「その頃は人の出入りが一番激しかった頃だからなあ。俺も最近はボケてきて、いかんな。昔のことがとんと思い出せなくなって……遠いところまで来てくださってすみませんが、樋山さんのお爺さんについて詳しいお話はできそうにない。だけどまあ、ゆっくりしていってくださいな。お越しになって分かったでしょうが――こんな辺鄙《へんぴ》なところだと、たまにある変わったお客人が嬉《うれ》しくてねえ」

「いや、気にしないでくださいよ。俺も無理云って来たもんですから。ですが、ここから日帰りっていうのもしんどいんで、お言葉に甘えます」

　実際、樋山さんはまったく残念がってはいない様子だった。この件については恐らくただの方便なので、ひょっとしたら嘘《うそ》の可能性まである。その場合、僕から天狗《てんぐ》屋敷の話を聞いた時点ですぐに思いついた嘘ということになるが、この人であればありうることだった。さらりと泊っていく宣言をしているし。

「ええ。泊っていくといいですよ。それにしても……とうとう翠さんにもいい人ができたかあ。うれしいなあ。これはお祝いしなくては。ちょっと前まであんなに小さかったのになあ」

冬夏にも「翠さんをくれぐれもよろしく」と云って強く手を握られた。僕はプレッシャーに押しつぶされそうだった。

それじゃあまた後で、と云いおいて冬夏は階段へ向かっていった。あの急な階段を上り下りしているのかと思うと、ひどく危なっかしく感じられたけれど山仕事ができているのなら平気なのだろう。

「お婆ちゃんも冬夏さんも、部屋を一階にしたらいいのに。階段、きついでしょう？　それともエレベーターかスロープでもつくる？」

「いいんよ。いいんよ。翠と違ってわたしらは二〇年近くもここで暮らしているから、今更手を加えられたりする方が危ない。家って云うのは不思議なもので、生活をしていると自分の身体の一部のように感じてくるもんでね。翠が思っている程、階段や段差なんかは危なく感じないいんよ」

しみじみとした調子で千歳はそう云って、窓を振り返った。遠くから車のエンジン音が聞こえてきたのだ。

窓からは屋敷を囲繞《いにょう》する杉の木立の先端部分が正面に見えた。窓際《まどぎわ》に近寄っていくと、遠目に作業小屋を見下ろすことができた。先刻、坂を上っていた時は林に囲まれていて建物の全体像は見えなかったが、この二階の高さからだと良く分かる。塔とその横に消防署の大きな車庫のような建物が並んで建っていて、そのふたつの間を渡り廊下がつないでいた。塔の一階部分に窓があることも、二階からなら確認できた。

駐車場の方を見ると黒の高級車が停まり、ひとりの男が出てくるのが見えた。新しい客のようだった。翠が云う。

「あれは多分、弁護士の江口さんだと思う」

「ああ、江口さんだに」

ということは、ついに遺言状が開封されるのか。

僕にはまったく関係ないことだが、なんだか緊張してきてしまった。翠も同席するのか、と尋ねた。

「そうだね。ナル君も来て良いよ」

「いいのかな。完全に部外者だけど」

「いいの！　だって、ナル君はもう家族みたいなもんだよー。マイ・スイートハートなんだから！」

いや、違うと思うけどな。

「わたしの両親とかにも紹介したいしさ。全員が集まる良いタイミングだもん」

しばらくして玄関扉の開く音が響き、一高の応対する声が聞こえてきた。ガヤガヤと階下は騒がしくなっていた。

僕と翠は間に千歳をはさんで階段をおりて、皆が会する大広間へと向かった。後ろから樋山さんもしれっとついてきているが、翠も千歳もなにも云わなかった。

遺言状の開封が行われるのは、ふたつの広い和室の襖を取っ払って続き間にした部屋だった。床の間を背にして先ほど見た一高と樽峰が坐《すわ》っていた。そのすぐ側《そば》に翠にそっくりな見た目の女性がいて、こちらに気がつくと立ち上がって近寄って来た。

「ええっと、どっちがあなたの彼氏なわけ？」

「こっちに決まっているでしょ！　この人は、昔ここで働いていた樋山さんって人のお孫さん。ナル君、これがわたしのお母さん」

翠の母は僕を値踏みするような目で上から下まで遠慮なく見回した。なんだか居心地が悪い。娘の彼氏を見る目じゃない。舌なめずりが聞こえてきそうだった。

「これって……ずいぶんな紹介の仕方をしてくれるじゃない。それにしても、あなたにしてはずいぶんイケメンをつかまえてきたわねえ」

「もう！　やめてよー」

「翠の母の永美《えいみ》ですー。よろしくね」

「よ、よろしくお願いします」

ぱっと見は若そうなので、紹介されるまでは翠の姉かと思った。だが、間近で観察すると顔面は化粧によってかなり誤魔化されているものの、首回りに年相応の皺やくすみが見受けられた。きっと、姉妹みたいな親子と他人から云われるために必死の努力をしているのだろう。着ている服はとうがたった女性にしては肌の露出が多く、身に着けている装飾品も派手だ。

「ここに来るのはお盆だけになったわね。それも最近はご無沙汰《ぶさた》だったんだけれど、流石《さすが》に今年はみんな集まらないといけないから。なにせ、お父さんがいなくなったゴールデンウィークから七年経つものね」

「翠から聞きました。突然、いなくなられたんですよね」

「そうそう。あの時は本当に大変だったわ。翠が山の中で転んで、冬夏さんと朽木《くちき》さんに抱えられて帰ってきてね。気を失っているから病院へつれていかなきゃってバタバタしていて、そんな最中だったから、お父さんが夜遅くになっても帰ってこないのを誰も指摘しなかったのよ。日付が変わる頃になってこれはなにかあったんじゃないかと警察を呼んだりしたんだけれど、仕事しているはずの山にもいないし、車もなくなっているし。書置きもなくって、忽然《こつぜん》といなくなったのよ」

「忽然と、ねえ……」

樋山さんが険しい表情でぼそっと呟いた。

なにか考えるところがあるのだろうか。

「それで、こっちがわたしのお父さん」

「えっ、ああ、すみません。古賀鳴海です」

いつの間にか永美の隣に体毛の濃い中年男性が立っていた。あまりにも気配が薄かったので、すぐそばにいたのに存在を感知できなかった。

翠の父――名を無一《むいち》というらしい。翠が教えてくれた――は軽く会釈《えしゃく》を寄越してから、口を真一文字に閉ざしてなにも喋《しゃべ》らない。不機嫌なのだろうか。娘の彼氏を前にしてどう振る舞えばいいのか分からず戸惑っているのか、どちらとも受け取れる態度だった。

白の開襟《かいきん》シャツにハーフパンツという涼し気な格好ではあるが、髭や腕毛や脛毛《すねげ》など見えている全身の毛が濃いので暑苦しく感じられた。

「ねえねえ、翠さん」と僕は少し声をひそめる。

「なんですか鳴海さん」

「こんなこと聞くのもちょっとあれなんですけれど……本当は翠さんもお父さんくらい濃いのに、シェービングを頑張っていたりするんですか？」

それなら大変涙ぐましい努力だなあ、と思って訊《き》いたことだったのだが、思い切り頭をどつかれた。

「この場で聞くことがよりにもよってそれ？」

「す、すまねえ……純粋に気になってしまって」

女の子にむだ毛は生えないというピュアな考えは中学生で捨てているので、今はむしろちょっとくらい毛深い子が気にしながら処理をしているところにグッとくるものがある、などと力説したら翠に白い目を向けられた。

「わたしはお母さん似なの。霊是の家の人はみんな色白で体毛が薄いの。冬夏さんも、いなくなったお爺ちゃんもそうだったし」

なるほど、翠さんはお母さん似で良かったですね。

「あらまあ、翠ちゃん。大きくなってえ！」

いきなり背後から大きな声がして、僕はびっくりして振り返った。

がっしりとした肩幅のある中年女性が人のよさそうな笑みを浮かべて立っていた。

「こっちが翠ちゃんの彼氏さんですか。まあなんて男前を捕まえたんでしょう。テレビに出てくる若い俳優さんみたい！　いいですねえ、ロマンスですねえ。これでもわたしだって若い頃は色んな男の人からアプローチをかけられて、よりどりみどり！　なんて時期もあったんですけれど。やっぱり若さは馬鹿《ばか》さっていうんですかねえ、本当に大事なものっていうのが見えていなかったんですよねえ。そうそう馬鹿っていえば」

「あの、あの、等々力《とどろき》さん！　もうすぐ江口先生が遺言状を開封されるので」

翠がそう云って等々力という女性の長広舌を制止した。

　等々力は高齢の千歳や冬夏の生活を支えるため、ヘルパーとしてこの屋敷に住み込みで働いているのだという。

「全員お集まりですかな」

　ブラウンのスーツに臙脂《えんじ》のネクタイを締めた紳士が部屋の入り口に立っていた。鋭い眼光で室内の人間を見渡している。豊富な人生経験に裏付けされているのであろう自信が全身に満ちあふれていて、堂々とした出立《いでた》ちをしている。

「弁護士の江口です。もし、準備がよろしければ霊是春秋様の御遺言状の開封をさせていただきたく存じます」

「よっ！　待ってました！」

　樋山さんがそう云って手を叩《たた》いたのを、江口が非難がましい目で見た。

「失礼ですが……あなたは？」

「樋山忍。今日はたまたま客としてこちらに来ていてね。遺言状開封なんて滅多に見られるもんじゃねえからな。立ち会わせてもらいたいと思ってね」

「それは……構わないのですか？　一高様」

「えっ、いやあ。まあ、内々の話ではあるので、お客様には少しご遠慮してもらった方がいいんじゃないかなあとも」

「それなら、そっちの胡散臭《うさんくさ》い男にも退場してもらいたいところですよ。父さん」

入り口脇《わき》の壁にもたれかかった若い男がそう云った。気障《きざ》ったらしく前髪を指でいじっている。

身体の線が細く、スラッとした印象を受ける。艶《つや》やかな髪は少し色が明るくて、目鼻立ちはくっきりとしていながら主張が強くなく、気品がある。どことなく貴公子然としていた。翠が僕に「一高伯父さんの息子で、わたしの従兄《いとこ》の良治《よしはる》さん。お医者さんなんだ」と簡単に紹介してくれた。なるほど、まあまあイケメンだ。僕ほどじゃないけど。

良治は速足で一高に近づき、その隣に坐っている樽峰を指した。

「この男がこの場にいることを許すのなら、お客人の樋山さんにも是非いてもらいたい。山を売り払うなんていう話、僕は断じて認められない」

「良治！　お前、こんな場でなにを云いだすんだ」

「こんな場だからですよ。今まではあまり大きな声を上げてこなかったですが、父さんの身勝手な考えは認められない」

「ふふふ。ついに本性を現しましたな。良治はんがワシらの商売に反対していたのは知っていましたよ。冬夏はんや藪井医師たちと一緒になって、農林事務所や森林組合やらにワシらの開発のことを相談に行っていたでしょう。こそこそと事業計画書をコピーして持ち出したりして」

　そう云って樽峰が邪悪な笑みを浮かべた。

「ふん。なんだ、気づいていたのですか」

「まるでスパイさながらの活躍ですわ。一高はん。獅子《しし》身中の虫とはまさにこの方のことでっせ。父親の苦境を知りながら、陰で再起の邪魔をする。育ててもらった恩義なんか胎《はら》の中に忘れてきたってわけやなあ」

　じつにいやらしい喋り方である。まるで良治のことをせせら笑うような話しぶりだった。どうでも良いけれど、あんまり変な関西弁を使わないでもらいたい。関西人がみんな、こんな変な話し方をするわけではない。

　しかし、翠の心配は的中したわけだ。山林をめぐって霊是の家の人間が見事に対立している。山を開発するために売却したい一高・樽峰のふたりと、それを阻止したい冬夏・良治、そして藪井というまだ見ぬ医師の三人。

「それに……ワシもうさんくさい輩《やから》ではありますがね、そっちの樋山って男も同じようなもんですよ。そいつは京都でなんでも屋をしとるんですわ。金になるならホンマに何でもやる男でっせ。反社やら半グレやらと付き合いがあるなんて話も聞きますしね」

「おいおい、存在が反社みたいなあんたと一緒にしないでくれよ。俺はあんたに比べればクリーンな男だぜ」

「クリーンな男が聞いて呆れますわ。播磨《はりま》での一件……忘れたとは云わせませんで。あんさんがやったことは私文書偽造、不法侵入、細かいことを挙げたらキリがありまへん」

「証拠はあんのかよ。証拠もなしにそんなことを公然と云うのは、なんの罪に該当するんだったっけ？」

　それくらいにしてくれ。あんまりこの場でやりあうと、樋山さんを帯同してきた僕や翠の立つ瀬がなくなる。

「ふたりとも、とりあえず坐ってください。分かりました。樋山さんの同席も許しますから。江口さん、とりあえず遺言状の開封に移ってください」

　このまま口論に突入すると自分も無傷では済まないと判断したのだろう、一高はそう云って場の収拾をつけた。

　江口は樋山さんや樽峰の同席についてなにか思うところがある様子だったが、全員が用意された座布団に坐ったところで、自身は正座して咳《せき》ばらいをひとつした。

「では。霊是家の皆々様がお揃いになられたところで、御遺言状を開封させていただきます」

　江口は抱えていた革鞄《かわかばん》から封筒を取り出した。

「ちなみに、本遺言状は静岡地方法務局所属の公証人によって作成され、証人は霊是家顧問弁護士である私、江口友則《とものり》と春秋氏の知己である藪井永一郎《えいいちろう》氏が務めました」

そこで室内に小さなざわめきが起こった。

「藪井先生が遺言状の証人に……？　聞いていないぞ、そんなことは」

「そりゃあ一高はん。証人には秘密保持義務がありますからな。遺言状の内容を詮索《せんさく》されたりしないように、証人になったこと自体を周囲に伏せておくのは不思議なことでもなんでもありまへん。ただ……そうなると少し雲行きが怪しいな」

樽峰がそう云うのが聞こえた。藪井というのは霊是家に深い関わりのある医師のようだ。

「公正証書遺言につき検認手続きは不要ですが、一応未開封であることを皆様にお示しいたします。……よろしいですか？　では、開封します」

封筒に鋏《はさみ》が入れられて、江口は遺言状を読み上げ始めた。

「遺言者の霊是春秋は、所有するすべての不動産を実弟の霊是冬夏に遺贈する」

「なんだとお！　そんな、馬鹿なことが」

大声をあげて一高が立ち上がった。

しかし、江口は意に介さずに先をつづけた。

「この後、遺言状には不動産の内容が記載されていますが、非常に長大ですのでここでは省略させていただきます。ただ、すべての不動産というのはこの屋敷・山林・土地のことを主に指していると理解してください。家財一式については屋敷と同じように冬夏様に遺贈されることとなっています。ただし、屋敷の遺贈は条件として、配偶者の千歳様の生活を保障すること——この屋敷での居住権の保護についてなど——が記載されていますね。それ以外の普通預金、債券や株式などの有価証券については霊是家の山林経営のために必要と認める分を冬夏様が管理することとなっています。具体的な金額はここでは明言しかねますが、およそ七割」

「なら、俺が相続できるのは残りの三割ってことか？」

「いえ。千歳様と永美様と等分に相続ですので一割、といったところですかな」

「ふざけるな！　こんな、こんなことがあるかっ！」

　まさに地団太を踏みかねない勢いで一高が激高した。その様子を物静かに見ていたのは、遺贈者と指名された冬夏であった。

「申し訳ないねえ、一高君。だが、この遺言にはきちんとワケがある。江口さん、俺が遺贈されるのには他にも条件があるはずだら？」

「ええ。ただし、この遺贈は冬夏さんが遺贈される対象の山林を適切に管理し、林業を継続することを条件としています。つまり、林業が継続されることが期待できないのであれば、他人に山林を売却することはできません。冬夏さんの手ずから行うかどうかはともかく、林業自体は続けていく必要があります」

「そういうことだ、一高君。俺も老い先短いが、その人生をかけてなんとか霊是の山を管理していこうと思っている。君も霊是家の人間として自覚を持ってくれるようになったら――」

「放棄しろ」

血走った目で一高は冬夏を睨《にら》み据えていた。

「冬夏さん。こんなところで林業なんか続けていっても金にならんでしょう。山の管理に金を費やすくらいなら、遺贈を放棄して俺に相続させてください。林業で得られるはした金以上の金額を贈与しますよ。それなら、あなたにとっては労することなく大金を得られるでしょう」

「……悪いが一高君。それは承服しかねる。俺は生涯、この天竜の山々を守っていく。そして、後継者を見つけて適切な山林経営を続けていくつもりだに」

「この馬鹿野郎！　俺には金がいるんだ！」一高が本性をさらけだした。そして飛び跳ねるようにして坐っている冬夏にのしかかると、その襟首をつかんで無理やり立ち上がらせた。背丈の高い一高が冬夏の顔を自分の顔と同じ高さまで引き上げたので、老人の身体は宙ぶらりんになった。

「やめろっ！　落ち着くんだ、父さん」

「おいおいおいおい。やべーんじゃねえのか、これ」

良治と樋山さんが一高を制止しようと駆け寄ったところで、冬夏の顔が紅潮した。老人の異変を悟った一高が手を離すと、冬夏は胸を押さえてその場にくずおれた。身体をくの字に曲げて、呼吸も苦しそうにしている。

「心臓発作です！　春先に倒れた時と同じです！」と等々力が叫んだ。

「救急車を！　いや、藪井先生のところへ直接運んだ方が早い！」

良治が冬夏を背負った。老人は額に玉のような汗をかいている。ついさっきまで穏やかな笑みを浮かべていたのに、その面影はまるでない。

「父さん！　車を正面に回してくれ！　早く！」

「あ、ああ」

「冬夏さん、冬夏さんしっかりして！」

翠の顔色が蒼白《そうはく》になり、か細い声でそう云った。手は眼前の老人へ差し向けられていたが、両足が震えて歩くことができないようだった。今にも卒倒してしまいそうな様子だったので、僕は彼女に近寄った。

「父さんが馬鹿な真似《まね》をするから」

僕の前を通り過ぎる時、良治がそうつぶやくのが聞こえた。一高も駆けだして、他の人間は全員その場に取り残された。

すると、

「また――わたしの前で人が死ぬ」と、かすれるような声で翠は云った。

「え？」

今の言葉はどういう意味か、と僕が訊き返してみても翠は「分からない……」とだけ答えた。

ほとんど無意識に出た言葉のようであり、だからこそどこか意味深長に響いた。

――また、わたしの前で人が死ぬ。

第二章

天狗寺の消失

1

遺言状の開封と冬夏の発作は天狗《てんぐ》屋敷に大きな波紋を引き起こした。車で地元の診療所へ冬夏が運ばれてから、翠はずっと落ちつきなく室内を歩き回っていた。

「どうしよう、このまま冬夏さんが亡《な》くなったら。まだまだいっぱいお話ししたいこともあったのに」

「翠。そのうち連絡があるよ。とりあえず落ち着いて」

「うん。ありがとう、ナル君」

そう云《い》って一旦《いったん》は腰を下ろす翠であったが、すぐに立ち上がって窓の外や玄関のほうをうかがう様子を見せた。

屋敷の中に古めかしい電話のベルの音が鳴り響いた。

誰かが受話器を取り上げて、なにか二言三言、会話を交わしている気配があった。なんとなく不吉な予感を抱きながら僕と翠が待っていると、やがて僕たちのいるリビングに永美が入ってきた。濃いチークの入った顔色が心なしくすんで見えた。

「あのね、翠……。落ち着いて聞いてちょうだい。冬夏さんが、亡くなったんだって」

「そんなっ。そんなことって！」

それから翠は小さな子どものように声を上げて泣き始めた。本当に悲しんでいるんだな、と分かるような泣き方で、こんな場面でありながら僕は翠のことを久々に魅力的な女の子だと感じた。どちらかというと、僕は感情的に怒ったり泣いたりすることが苦手な性質なのだ。だから、身内の死――それも大叔父という遠戚《えんせき》――にここまで嘆き悲しむことができる彼女に羨《うらや》ましさと魅力を感じた。

さすがに永美は実の娘のことだけあって、この反応は予想していたらしい。しかし、その後の言葉は僕を驚かせた。

「じゃあ、古賀君。翠のことをお願い。わたしたちはこれから通夜《つや》の段取りなんかがあるから」

「えっ、あっ、ええ？」

僕の返事も待たずに永美は踵《きびす》をかえしてリビングを出て行ってしまった。

マジか。

僕は泣いている翠のことを押しつけられ、しばらく呆然《ぼうぜん》としていた。

考えた末、ひとまず部屋に戻ることにした。これから色々な人が出入りするかもしれないリビングに彼女を置いておくわけにもいかない。僕は翠を連れて自分に宛《あてが》われた部屋に戻り、泣き止まない彼女の背中をさすりながら傍にいてあげた。

それから屋敷の中では様々な動きがあったらしい。玄関が頻繁に開け閉めされる音が聞こえ、葬儀会社と思《おぼ》しき人と打ち合わせをする永美や一高の声が聞こえた。

　完全に部外者の僕にできることなどあるわけもなく、かといって翠を放置して帰るのは忍びない。いや、当初はその予定だったのだが、今の不安定な状態の彼女を捨て置くのはあまりにも冷血漢だ。さすがに僕だって赤い血は流れている。それにしても、樋山さんはあれから自室にもどったのだろうか。まったく姿を見ない。

　日が落ちて窓の向こうが暗くなった頃、翠は泣き疲れたのか、僕の肩に寄りかかったまま、いつの間にか眠ってしまっていた。普段は睡眠薬を服用するくらいに寝つきの悪い彼女だったが、今は驚くくらいにぐっすり眠っていた。

　僕は寝息を立てている彼女を畳に横たえ、布団《ふとん》を用意しようかと思ったところで荒々しい足音を立てて誰かがこちらに近寄ってきた。

「翠ちゃんは無事か！」

　勢いよく襖《ふすま》が開かれると、霊是良治が廊下に立っていた。先刻に大広間で見た時よりも、ずっと落ち着きを失っていた。

「き、君。翠ちゃんになにもしていないだろうな」

「なにもって……そりゃ恋人ですから、なにもってことはないですけれど」

「なんだとお。なにを、いったい、どこまでやっているんだ。ま、まさかとは思うが」

「あの、静かにしてもらえませんか。今やっと彼女が寝たところなんですよ」

良治は顔を真っ赤にすると、声を抑えて「ちょっと、こっちに来い」と云って部屋を出た。僕はため息を吐《つ》いて、翠をその場に残してついていった。

先導された先は屋敷の端にある応接間であった。

ひとり用ソファに坐《すわ》り、僕と良治は向かい合って話をする体勢になった。

「君と翠ちゃんがつきあっているというのは、ほ、本当なのか？」

「あ、はい。本当ですけれど」

「そ、そうか。本当なのか」

その落胆した口調と、明らかに翳《かげ》った表情を目《ま》の当《あ》たりにして、ようやく僕は悟った。

――この男は翠に惚《ほ》れている！

蓼《たで》食う虫も好き好き、というか。だが、翠はその本性さえ知らなければ、ルックスはすごく魅力的な女の子なのだ。いやしかし、彼は翠の従兄《いとこ》だ。僕なんかよりもはるかに彼女と過ごした時間は長かったはず。彼女の少し問題のある性格を把握していないとは考え難い。

「小さい頃はね、僕と結婚の約束をしたこともあったんだよ。従兄《いとこ》妹同士なら問題ないからね。は、ははは。我ながら馬鹿《ばか》な男だな。そんな子どもの時の約束をいつまでも後生大事にして。忘れているに決まっているのにな」

「なんか、すみません。でも、僕と翠さんは付き合ってまだ数ヶ月しか経《た》っていないんですよ。むしろ良治さんの方が彼女のことを良く理解していると思います」

「そうだ。そうだよ。僕の方が翠ちゃんのことは良く知っている。彼女が九歳で僕が一五歳の頃、将来きっと一緒になろうねって。固く固く誓い合って」

おっと、大分怪しい話になってきた。というか、一五歳って高校生になるかならないかの年頃ではないか。その時に小学生の女児と結婚の約束をする、というのはかなりクレイジーな話に聞こえる。少なくとも僕の育ってきた文化圏にはない話だ。

僕の生ぬるい視線に気が付いたのか、良治はそれまでのひとり言をやめて居住まいを正した。

「失礼した。君には関係のない話だったな。そうだ。なにはともあれ、君がいなければ翠ちゃんはもっと取り乱して、大変なことになっていただろう。冬夏さんは彼女にとって、もうひとりのお爺《じい》さんとでも云うべき存在だったし。彼女はお爺ちゃんっ子だったからな。本当の祖父である春秋さんよりも、冬夏さんの方に懐《なつ》いていた節もあるからね。春秋さんは昔ながらの山仕事の職人って感じで荒っぽい人だったんだけれど、冬夏さんは穏やかで落ち着いていて、翠ちゃんにもすごく甘かったから。それになにより、彼女は結構傷つきやすい子だから。個人的に色々と思うところはあるが、君がいてくれて助かった。ありがとう」と云って、良治は軽く頭を下げた。

「いえ。それよりも大変なことになって、あの、その、ご愁傷様です」

こういう場面でそつ無く振る舞うには、僕はあまりにも人生経験が不足している。なんと云うべきなのかまるで思いつかなかった。

「いや。恥ずかしい限りだよ。翠ちゃんから聞いたかもしれないが、僕も医者の卵でね。まだまだ研修医として勉強中なんだが、ある程度の経験を積んできた自負があったんだ。でも、冬夏さんが倒れて、結局なにもしてあげられなかった。呼吸が楽にできる体勢にしてあげて、全身の状態を把握して、診療所まで運んであげるのが精いっぱい」

「いや、そんなこと」

「こんな山奥だと、救急車を待っていられなくってね。なにかあったらと常々不安に思っていたんだが、的中しちゃったな。祖母にも名古屋で一緒に暮らそうって以前から何回も声を掛けているんだけれど……云っても無駄だね。ここを終《つい》の棲家《すみか》にすると決めているようだ。冬夏さんも同じ気持ちだったらしい。どこで死んでも、ご遺体は二階にある自室へ一旦運んで安置して、その後の葬儀のことは懇意にしている寺の和尚《おしょう》に一任するよう、生前からいろんな人に頼んでいたらしい。今さっき、僕と父さんで二階に冬夏さんを運んできたところさ」

テーブルの上に両手を組み合わせて置き、良治はジッとそこに目を落としていた。

話を切り出そうかどうか迷っているような素振りを見せたものの、彼はゆっくりと口を開いた。

「大叔父——冬夏さんの死について。巻き込んでしまった以上、君にも多少は説明しておかなくてはいけない、と僕は思っている。変な勘繰りをされて、翠ちゃんと距離をおかれたりするのは不本意だからね。冬夏さんの死。それ自体にはなにも後ろ暗いところはないんだ。今年の春先にも冬夏さんは一度倒れていてね。高齢な上に、元々心臓がそれほど丈夫じゃなかった。正直、あの年までよく林業なんかやって来られたと感心してしまうくらいだよ。心不全そのものに疑問の余地はない。ただ、今回はタイミングが最悪だった。よりにもよって、父さんが摑《つか》みかかったところで、あんなことになったから……」

良治は沈痛な面持ちで続けた。

「最近、父の経営する会社が上手《うま》くいっていないことはよく知っている。その損害を埋める為《ため》に、祖父が所有する広大な山林は喉《のど》から手が出るほど欲しいんだ。数年前まで山なんて金にならないとばかり父も僕も思っていたんだが、樽峰というブローカーの話ではそうでもないらしい。だが、君も知っての通り、遺言状には山林はすべて大叔父の冬夏さんに遺贈すると書かれていた」

「どうして春秋さんはあんな遺言状にしたんでしょうか」

「やっぱり、父だと山林の適切な管理ができないと祖父は見越していたんだろうね。実際、山の仕事が嫌でここを飛び出していった人だからさ」

冬夏は「俺は生涯、この天竜の山々を守っていく。そして、後継者を見つけて適切な山林経営を続けていくつもりだ」と云った。一高はそれに激怒して「この馬鹿野郎！」と罵《ば》声《せい》を上げて冬夏に摑みかかった。

「君の目からは父が冬夏さんに迫って、それが原因で心不全を起こしたかのような光景に映ったかもしれない。だが、それは間違いだ。悪魔的なタイミングの悪さが引き起こした、偶然なんだよ」

それは良治が自分に云い聞かせているかのように僕には思えたのだが、意地悪な捉《とら》え方だろうか。それに、冬夏が倒れた際に良治自身の口から「父さんが馬鹿な真似《まね》をするから」という言葉が飛び出していたのを僕は忘れていなかった。

だが、心不全のきっかけが一高の行為にあるのかどうかは、誰にも分からないことだ。身内の間で諒解《りょうかい》が済んでいるのであれば、そのことにとやかく云うつもりはない。

「……僕は別に『変な勘繰り』なんかしませんよ」

「それは良かった。これからも翠ちゃんとは仲良くしてあげてくれ。小さい頃はよく、不安なことがあったり、怖い目に遭ったりしたら僕のところへ相談に来たものだったが、今は君のことをとても頼りにしているみたいだから……任せたよ。残念だけれど、彼女は僕のことを頼りにはしてくれないだろうからさ。ははは」

努めて軽い口調で云っているものの、良治が僕へ向ける目は切実だった。翠への淡い恋心を押し殺しながら、恋敵に好きな女の子を託すほかないという状況は、身を焼かれるようなものに違いない。

だから僕も頷《うなず》くことしかできなかった。彼はそれを見て少し安心したらしく、小さなため息を吐くと応接間を出て行った。ひとり残された僕は机に描かれた木目を眺めながら、これから先の霊是家における適切な立ち振る舞いについて――どのタイミングでこの屋敷を辞するか、という問題を含め――しばらく考え込んでいたが、やがて明確な答えを出せぬまま翠のところへ戻るべく腰を上げた。

廊下に出ると、葬儀会社の制服を着た人たちが棺桶《かんおけ》を運び込んでいる場面に遭遇した。一見するとどこにでもありそうな木製の棺桶だったが、僕が見たことのあるものと少し違っているような気がした。

ギシッ、と床板を踏み締める音が背後で聞こえた。

そこで突然、背中に氷柱《つらら》を落とされたような悪寒《おかん》に襲われた。

殺気！

慌《あわ》てて振り返ろうとしたところで、首筋に冷たいものが当てられて身動きができなくなった。

「ナル君。どこに行っていたの」

「み、翠。起きたのか」

「わたしのこと放っておくなんて——ひどいよ。目が覚めたら暗い部屋にひとりで寝ていて、どれだけ不安な気持ちになったか分かる？　ねえ、ねえ、ねえ、ねえ、ねえ？」

「ご、ごめん。悪かった、悪かったから」

「わたしのことずっと好きでいて。離さないで。ひとりにしないで。毎日愛しているって云ってくれないとイヤだから。こんなにナル君のこと好きにさせておいて、放っておいたりしたらただじゃおかないんだから」

「分かった。分かったよ。とりあえず……この包丁を離してくれないか」

「包丁？　ふ、ふふふ。あははははは」

　おかしくってたまらない、というような声で翠は笑った。

　僕も追従《ついしょう》で笑ったけれど、その顔は引きつっていたに違いない。

「ナル君ったらー。これはね、包丁なんかじゃないよ。ただのアルミ製の定規。まったくもー、早とちりしてー。こんな時に包丁なんか持ち歩いたりするわけないでしょ」

「そ、そっかー。そうだよなあ」

　性質《たち》の悪い冗談だ！　というか、明らかに勘違いさせるために持ち出してきたんだろう、その定規は！

　僕は内心で憤《いきどお》りながらも、それを表に出せないことに情けなさとやるせなさを感じた。腹は立ったけれど、彼女が笑ったことに少し安堵《あんど》する気持ちがあったからだ。

翠はいつもの彼女に戻りかけていた。あれだけ泣いて、寝て、すっきりしたのだろうか。冬夏の死を受け入れつつあるのかもしれない。きっと彼女なりに平生《へいぜい》の感覚を取り戻すべく、無理をしているのだ。多分。だとすれば、僕はそれにつきあってあげるべきだ。

そんな僕の気持ちなどつゆ知らない様子で、翠は先ほどまで僕が見ていた棺桶を一瞥《いちべつ》すると、顔をしかめた。

「冬夏さんの棺《ひつぎ》……まさか、こんなに早く出番が来るなんて」

「どういうこと？」

「今年の春に冬夏さんが倒れて、しばらく経った頃だって聞いたかな。ある日『自分が死んだらこの棺に入れてくれ』って持って帰ってきたらしいの。あんまりにもびっくりした等々力さんからお母さんに電話があったくらい」

自分の死を近い将来に見据えていたというわけか。それにしても棺を用意してから半年も経たずに死んでしまうなんて、偶然にしても気味が悪い。

「知り合いの業者に頼んだ特注品の棺だって話だよ」

「特注品の棺というにはシンプルだな。なんか彫刻があるわけでもないし」

「あれはそんじょそこらには無い。立派な棺ですよ」

声の聞こえた方を顧みると、小柄な老爺《ろうや》が立っていた。ボロボロのキャップを被《かぶ》り、薄汚れた作業着を身に着けている。背中には大きなリュックを背負っていた。

「あなたはいったい……」

「朽木さん！　来てくれたんですね」

翠がそう云って朽木と呼んだ老人に近寄って両手を取った。

女性の中では比較的背の高い翠だと、前屈《まえかが》みにならないと老人とは目線の高さを合わせられなかった。

まるで葉の落ち切った枯れ木のような老人だ、と僕は思った。細くて今にも折れてしまいそうな、いや、もう幹の真ん中から折れているにもかかわらず、腐り切ることもできずになんとか立っている。そんな印象を抱いた。

「はい。冬夏さんが亡くなられたと聞いて、着の身着のまま飛んできましたよ。ですから、こんな汚い身なりで失礼ですが……」

「そんなことないです。ありがとうございます。大叔父も喜んでいると思います。是非、会ってあげてください」

翠は朽木を二階の冬夏の部屋へと案内した。その間に聞いたことだが、朽木は元々霊是家に出入りしていた杣夫《そまふ》のひとりで、冬夏と一緒に若い頃から長年天竜の山で林業をしていた。ただ、数年前に足を悪くしてから山に入ることはなくなり、それでも冬夏のところへは時々出入りしていて、簡単な仕事を手伝っていたのだという。足も、リハビりのおかげで長時間の重労働こそ難しいが、以前と変わらないくらいのパフォーマンスを発揮できるようになったという。急な階段の上り下りくらいはなんでもない。

ちなみに、春先に冬夏が倒れた時に駆け付けた直哉、というのが朽木のことらしい。朽木直哉というのが老人のフルネームだ。

「冬夏さんからの仕事も最近はかなり薄くなってきて、薪割《まきわ》りくらいしかお手伝いできることもなくなっていましたねえ」

「春秋お爺ちゃんがいた頃は、朽木さんや冬夏さんと一緒にわたしも山についていったりしたんだよ」

「ははは。そうでしたね。あの頃の翠さんは男の子みたいにやんちゃでした。ついてきたらダメだって云っても、こっそり車に乗り込んだりして。それがまあ、えらいけっこいお嬢さんになって」

朽木の翠を見る目は、実の孫を見るような優しさと温かさに満ちていた。本当に翠はこの屋敷の人たちから大事に思われてきたのだな、と僕は改めて思った。

冬夏の部屋に入ると、布団に遺体が寝かされており、その脇《わき》に棺が鎮座していた。ちょうど葬儀社の社員たちが死化粧と清拭《せいしき》を進めているところだった。髭《ひげ》をそって爪《つめ》を切り、全身を拭《ふ》き清めている。葬儀社の社員のひとりがこちらに気付くと、手を止めて近づいてきた。

「ああ、お嬢様。ちょうど良かった。副葬品を選んでいただくように喪主の一高さんにお伝えしていたのですが、まだお返事がもらえていなくて。納棺に移りたいと思っていますので、申し訳ないのですが一高さんに確認していただけますか？」

「あっ、はい。分かりました」

翠は葬儀社の社員にそう返すと、部屋を出て行った。僕と朽木がふたりで部屋の入口あたりに立っている形になり、若干気まずい思いをすることになった。ぼんやりと珪藻《けいそう》土《ど》の壁を眺めたりしていたが、沈黙に耐えられなくなった。

「そう云えば……あの棺、そんなに珍しいものなんですか？」

先ほどの朽木の発言を思い出して、僕は木の棺を指さした。

「珍しいというと少し大袈裟《おおげさ》だったかもしれません。ただ、最近の棺というものはベニヤ板に木目を印刷したシートを貼《は》ったものなんかが多いので、ああいう無垢《むく》材をつかった棺はあんまりないですよね。それに、あれは全部天竜杉の柾目《まさめ》だけでできている」

「柾目？」

「木目の種類のことですよ。板目と柾目っていうのがありましてね。丸太の切り分け方で木材の表面の木目に違いが出てくるんです。一般的に柾目の方が板目よりも歩留まりが悪いので、高価とされています。そして板目よりも見目美しく、反りや収縮が少ない。ただ、製材の都合上あんまり大きな板はとれないんです。棺やカウンターに使うような大きな一枚板を取ろうとしたら、それだけ大きな丸太が必要になる。今時は梁《はり》や破風《はふ》板なんかは集成材か外材で済ませていますので、国産の大径材の需要がガックリ下がっていましてね。中々、大きな丸太は市場に出回らないんですよ。それに、この棺みたいにみっちりと年輪が詰まっているような、上等な杉は滅多にお目にかかれない」

朽木は愛《いと》おしそうに杉の棺を撫《な》でていた。

「冬夏さんがこの棺に入れてくれと云い遺したわけがよく分かります。天竜の山でずっと仕事をしてきたこの人にとって、天竜杉でできた棺で送られるのは悲願だったのでしょう。わたしも死んだらこんな棺に是非入れてもらいたい。そう思わせられるくらいにこの棺は美しい。立派なものなのです」

「なるほど。僕も初めて見た時になにか違うと感じたのですが、それは木目だったわけですね」

こうして間近で観察してみると、冬夏の棺はどの面も年輪が真っすぐ水平に並んで流れている。僕が見たことのある木の棺は、板目の木材でつくられたものだったのだろう。

翠が一高と永美を連れてきて話し合った結果、冬夏の写真を数枚と愛用していた手ぬぐいを副葬品として棺に入れてもらうことにした。

「突然のことだから、棺に入れるものはないかと訊《き》かれても他に思いつかないなあ」

一高が云うと永美は、

「なんだったら広間に飾ってある天狗の木彫り像も一緒に燃やしてもらいましょうか。叔父さんの作品でしょう？　あれ」

「馬鹿。あんなデカいもの棺に入るかよ」

「邪魔なのよねえ。危ないし。どう処分したらいいのかしら」

　のんびりとした調子でそんな会話を交わす兄妹《きょうだい》を見て、叔父の死をあんまり悲しんでいる様子はないな、と僕は思った。特に一高は経緯が経緯なので、罪悪感に苛《さいな》まれるまではいかなくとも、多少は気が塞《ふさ》いでいるのではないかと予想していたが、むしろ葬儀の準備を活《い》き活《い》きと進めているように見受けられた。

　それはいくらなんでも僕の見方が捻《ひね》くれているだけ、だろうか。

　副葬品を入れ終わり、棺に蓋《ふた》をしたところで、僕の隣でずっと沈黙を守っていた朽木がおずおずと皆の中心へと進み出た。

「非常識なお願いだとは承知しているのですが……、最後に冬夏さんとふたりきりで話をさせてもらってもいいでしょうか？　色々と、懺悔《ざんげ》したいこともあるもんですから」

　一高と永美が面食らったような表情を浮かべてしばらく言葉を返せずにいると、朽木はキャップを脱いで深々と頭を下げた。

「まあ、わたしたちは別に構いませんが」と、一高は答えた。

「すみません。気が済みましたら、お呼びいたします」

朽木は冬夏との付き合いがこの場にいる誰よりも長いはずだ。既に声は届かないと分かっていても、彼の顔を見て話ができる機会を逃したくなかったのだろう。

僕たちは朽木をひとり冬夏の部屋に残してその場を後にした。襖を閉める直前、朽木の小さな背中を見ると小刻みに震えているようだった。

2

一旦、僕たちは全員階下へ下りることにした。

一高と永美は翌日の通夜式の準備のために、大葉寺《たいようじ》の法堂和尚と打ち合わせがあるとのことだった。大葉寺は霊是家が代々檀家《だんか》として世話になっている地元の寺であり、冬夏の葬儀の段取りもほとんど法堂和尚が決めて葬儀社の社員に指示を出している。

大葉寺と霊是家のかかりつけ医である藪井医師の家はこの地域では古くからの名士であり、霊是家とも一方ならぬ付き合いがあった。というのも、和尚と藪井は自身の所有する山林の経営を霊是家に代々委託していた歴史があるのだという。だからこそ、寺としては一年で最も忙しい盂蘭《うら》盆会《ぼんえ》の時期であるにもかかわらず、通夜の段取りに専心してもらえているのだ。

藪井医師の手配した葬儀社は大葉寺とも昵懇《じっこん》にしており、このあたりの連携は非常にスムーズに進んでいるみたいだった。

　そういった事情を僕は翠の口から聞かされた。

「夜も更《ふ》けてきたから、ナル君は寝てていいよ」

「翠はいつまで起きているんだ？」

「うーん……みんなで冬夏さんの棺に釘《くぎ》を打つって話だから、それには立ち会いたいかな。でも、さっき少し寝たからあんまり眠くないんだ。夜明けまで起きているかもしれない」

　みんなで棺に釘を打つのか。伊丹十三《いたみじゅうぞう》の『お葬式』という映画で確かそんなシーンがあったような気がする。現代ではあんまり無い風習だそうだけれど、この地域ではまだやっているようだ。

「僕も起きているよ。眠れそうにないから」

「本当？　嬉《うれ》しい！」

　神経が昂《たかぶ》ってしまっているので、布団に入っても輾転《てんてん》反側するだけで朝を迎えるオチが容易に想像できる。

　釘打ちが始まるまでの間、僕は一向に姿を見かけない樋山さんがどうしているのか気になって、彼の部屋を訪ねた。襖を開けると、畳の上にはビールの空き缶が散乱していた。

「樋山さん！　いったい、どんだけ飲んでんすか」

「ああ？　なんだ、古賀君か。いいだろ別に。俺は客だぞー、客」

　姿を見かけないと思ったら、客室に閉じこもってずっと酒を飲み続けていたらしい。

「くっそー、遺産相続なんて金になるかもと思って来てみたが、とんだ厄介ごとに巻き込まれたな」

「いい加減にしてくださいよ。もっとシャンとしてください。明日は通夜ですよ、通夜」

「そんなもん俺には関係ないね。遺贈される冬夏が死んだんだ。こうなったらあんな遺言状なんてただの紙切れよ。法定相続人の一高や千歳とかが相続するだけだろ。そこに俺が入る余地はねぇよ。通夜なんか放っておいてよぉ。さっさと京都に帰ろうぜ」

　そう云って再びビールを飲み始めた。

　これは手に負えないなと呆《あき》れていると、いきなり背後の襖が開いて翠が現れた。

　翠は申し訳なさそうな顔をして樋山さんの前に坐り、小さくお辞儀した。

「すみません。とんだことに巻き込んでしまって。ろくなおもてなしもできずに。お腹《なか》は空《す》いていませんか？」

「あー、空いていますねえ。なんか酒のあてになるものがあればいただきたいですが。簡単なものでいいですよ。気を使わせて申し訳ないですねえ。日が昇ったらさっさと京都に帰りますんで。悪いですしね。俺らみたいな部外者がいたら」

「いえいえ。それではちょっと用意してきますね。ナル君も手伝ってくれる？」

「え？　ああ、いいけれど」

いったいなにを手伝うのだろう。

翠に引っ張られるようにして廊下に出ると、彼女の顔から表情が消えた。

「ナル君は朝になったらすぐにでも帰りたい？」

ドキッとしたけれど、慌てて首を横に振った。

「いやいやいや、そんなことはないよ。せめて、冬夏さんの通夜のお手伝いくらいはさせてもらいたいなと考えているよ。ただ、樋山さんがああ云っているから――」

「じゃあ、樋山さんにはもうちょっと我慢してもらわないとね」

それはいったいどういうことか、と尋ねる前に翠は厨房《ちゅうぼう》へ向かった。

缶詰が何個かあったので、翠がそれで簡単なおつまみをつくり始めた。しかし、僕が手伝うようなことはなにもなかった。

やがて、あり合わせでつくったものにしては美味《おい》しそうな小鉢がいくつかテーブルに並んで、思わず僕はつばを飲み込んだ。

「じゃあ、それを樋山さんに持っていこうか？」

「ううん。いいの。わたしが自分で持っていくから」

「ええ？　じゃあ、僕はいったいなにを手伝えば……」

「あそこにナル君があのままいたら、これを一緒に食べちゃうかもしれないでしょ？」

意味が分からなかったが、おつまみは翠が自分の手で樋山さんの元へ運んで行った。

それから一〇分くらい経ったところで二階から朽木が下りて来た。溜《た》め込んでいた思いを吐き出して気持ちが吹っ切れたかのようで、先刻までよりも血色が良い。ニコニコと如才ない笑みを浮かべていた。

「わたしの我がままは済みましたので、どうか納棺式を再開していただくように皆さんへ伝えていただけますか」

「分かりました」

少しの間をおいて屋敷にいる親族一同と江口、朽木、打ち合わせの為に来ていた法堂和尚が冬夏の部屋に集まった。狭い部屋なので大人数は収まりきらず、入り口の襖を開けて僕と朽木は廊下に立っていた。

法堂和尚は初めて見たが、背が高くて恰幅《かっぷく》の良い老人だった。細い目と穏やかに湛《たた》えられた口許《くちもと》の笑みから和尚自身が仏のような雰囲気を纏《まと》っている。黒の直綴《じきとつ》に深縹《こきはなだ》の袈《け》裟《さ》を身に着けており、手には数珠《じゅず》を握っていた。

一本の釘と小石が棺の上に置かれていて、葬儀社の社員に促され、一高が小石を握って釘の頭を打った。一高はその後、永美に小石を手渡した。受け取った永美も小石で釘を軽く打ち、そして小石は親族の間を次から次へと渡っていく。翠が小石を手にしたところで、彼女は葬儀社の社員の方を見た。

「棺に釘を打ったら、もう冬夏さんの顔は見られないのですか？」

「いえいえ。こうして棺に窓がついていますので、いつでもお顔を確認することができますよ」と云って葬儀社の社員は窓を開けた。そこには綺《き》麗《れい》に髪を整えられた冬夏の顔があり、化粧をしているのだろうか、生前よりもむしろ生気が感じられた。

　故人との血のつながりが濃いものから始まり、やがて江口が釘を打ったところで一本の釘は半分ほど棺に刺さった。石で打ったためか、釘の頭が少し曲がっていた。

　その後、葬儀社の社員が金槌《かなづち》を手にして四隅と四辺の中点に手際《てぎわ》よく釘を打ちこんだ。

　そうして、明日の通夜式に備えて、全員自分の部屋へ戻ることになった。朽木には二階の客室、江口は僕や樋山さんと同じく一階の客室が宛がわれ、法堂和尚は寺に戻ることとなった。翌朝には霊柩《れいきゅう》車で棺を寺へ運ぶ段取りになっているのだという。

「わたし、眠れそうにないから冬夏さんの部屋にいる」

　翠がそう云って聞かないので、僕も彼女に付き合うことにした。永美と無一はなにか云いたそうだったが、最終的には娘の好きにさせることに決めた様子だった。

　図らずも通夜の前夜に寝ずの番をすることとなった。襖を締め切るとなんだか、消臭剤特有の人工的な花の臭《にお》いが異様にキツいのが気になった。葬儀社の社員が死臭を誤魔化すために撒《ま》いたのだろうか。

　電灯をつけたまま、僕と翠は籐椅子《とういす》に腰かけて棺の傍で向かい合った。

「ナル君まで付き合わなくていいのに」と云いながら、翠はどこか嬉しそうだった。

「いいんだよ。どうせひとりでいても落ち着かないし。翠と起きている方が良い」

　環境の変化に加えて色々とバタバタしていたため、かなり疲れているはずなのにやけに頭が冴《さ》えていた。夜を徹して話をしていても、寝落ちする不安はまるでなかった。

「そうだ。ちょうどいい機会だからさ。屋敷にいる人たちのことを改めて教えてくれないかな。まだ名前と顔が一致していない人も多いから」

「そっか。そうだよね。いいよ、教えてあげるね。まずは千歳お婆《ばあ》ちゃん。屋敷の中で一番高齢だし、名前も千歳だから覚えやすいと思う。まあ、さすがに一〇〇〇歳ではないけれどね」

　冬夏が八〇歳を超えたばかりで、その双子の兄の春秋の妻なのだから、その前後くらいだろうか。

「次は一高伯父さん。これは本人がよく自嘲《じちょう》っぽく云っている覚え方があってね。『一番背が高い』から一高って。実際に小学生の頃から、背の順では常に最後尾だったんだって」

「ホントにタッパがあるよな。ひょっとして、二〇〇センチくらいはある？」

「うん。でも、あんまり云っちゃダメだよ。本人も地味に気にしているから。昔から、待ち合わせの目印代わりに使われ続けて、うんざりしているんだって」

　身長が低いことをコンプレックスにする男の話は良く聞くが、逆のパターンは珍しい。

「それで従兄の良治さん。これもお医者さんっぽくて覚えやすい名前でしょ。『良く治す』で良治なんだよ。男前だから、良治さんが開業医になったらきっとすごく繁盛《はんじょう》するだろうな」

　僕がジッと見ていると、翠はなにを思ったのか「いや、もちろんナル君が一番カッコイイし素敵だよ？　本当だよ？」と念を押してきた。なにも云っていないし、そんなことは僕が一番良く分かっている。

「危ない危ない……ナル君は他の人の容姿を褒めると拗《す》ねるからなー」

　僕は翠がぼそっと云ったのがよく聞き取れなかったので「なんか云った？」と尋ねた。

「ううん。なんでもないよ、なんでもない。ええっと、次はわたしの両親かな。わたしのお母さんはね、永美。『永遠に美しく』で永美なんだ」

　永遠に美しくありたい、という願望が名前にまで表れているわけだ。化粧が非常に濃くて、年齢のわりに派手な服装をしているので名前と関連付けしやすい。

「お父さんは無一なんだけれど、あんまり特徴のない人だからなー。まあ、ほとんど喋《しゃべ》らないし、覚えなくても良いよ！」

翠には云えないけれど、僕の中では既に「無愛想で一言も話さない」から無一という覚え方をしている。事実、まだ彼の声を一度も聞いていない。というか、いつもどこにいるのかも分からない。

「等々力さんは声が大きいお手伝いの人！」

「声がとどろく等々力さん、だな」

「うん。他にウチと付き合いのある人たちは、結構特徴的な名前をしているよね」

「ああ。樽峰とかいうオッサンは名前の通り、樽《たる》みたいな体型しているし。藪井ってかかりつけのお医者さんもいるんだろう？　すごい名前だよな」

「うん。でも、絶対に、絶対に藪井さんの前で名前の話はしちゃだめだよ。本気で怒って春秋お爺ちゃんと殴り合いのケンカになったこともあるんだから。わたしが小さいころの話だけれど」

　ヤブ医者の藪井。本当にそう思っていなくとも、確かについ口に出してみたくなるフレーズではある。

「江口さんはねー、弁護士で口が達者ってことで名前に口が入っているっていうのはどうかな。法堂さんは、名前の通り堂々としたお坊さんだから分かるよね。でも、みんな和尚さん、和尚さんって呼ぶからあんまり法堂さんとは呼ばれないかな」

「朽木さんは……あんまり名前と関連付けるのは躊躇《ためら》われるな」

「そうだね。ピッタリすぎるくらいだから」

僕はビックリして翠を見直した。まさか、棺桶に片足突っ込んでいる枯れた木のようなジジイに相応《ふさわ》しい名前だ、などと翠が認めるとは思わなかった。そこで彼女は僕の考えを読んだらしく、慌てて手を振った。

「違う違う。あのね、朽木って単語には不遇の人って意味もあるから。朽木さんは小さい頃から本当に大変なことがいっぱいあったんだよ。春秋お爺ちゃんとか、冬夏さんから聞いたことがあるんだけれどね。朽木さんは昔、天竜川の氾濫《はんらん》でご両親を亡くしているの。まだ物心がつくかどうか、みたいな子どもの頃だよ。その後、山仕事をしている親類に預けられて、学校にほとんど通わせてもらえずに山で木を毎日伐《き》って、伐って、死んじゃいそうな危険な経験も何度もしたのに、自分のお金はほとんどもらえずに気がついたら成人していて、その時には自分の名前を漢字で書けなかったんだって」

それからある程度の年齢になったところで独立し、夜学に通って勉強して、自分の林業会社を立ち上げるところまでいったのに、共同経営者に金を持ち逃げされたのだという。本当に散々な境遇で、僕だったら自暴自棄になっているだろう。

「そこで春秋お爺ちゃんが朽木さんの借金を全部払った上で自分の山の仕事を任せたんだって。以来、仕事のことで衝突することは何度かあったみたいだけれど、朽木さんは絶対春秋お爺ちゃんの悪口は云わなかったし、最後には必ずお爺ちゃんのために骨を折ってくれていたんだ」

借金の肩代わりのことを、朽木は今でも深く恩義に感じているのだという。

「未《いま》だに朽木さん云うんだもん。『わたしが人生で唯一《ゆいいつ》幸運だったのは、春秋さんに出会えたことだ』って」

その大恩人である春秋も七年前に謎《なぞ》の失踪《しっそう》をしてしまうし、本当に朽木はついていない人のようだ。

僕は目の前にある棺を見て「じゃあ、冬夏さんはどんな人だったの？」と尋ねた。棺を前にして故人のことを話題にしないというのは、その死を悼《いた》んでいないようで何だか無神経な気がしたのだ。

「冬夏さんはね。うん……そう、優しい人だった。少なくともわたしにはそうだった。今も昔も林業って命がけの仕事だから、他人に厳しい人が多いらしいんだけれど、冬夏さんと朽木さんが声を荒らげている場面ってわたし、ほとんど見たことがないんだ。逆に、いなくなった春秋お爺ちゃんはよく怒鳴っていた記憶がある――」

そこで暫時《ざんじ》の沈黙をおいて、翠はなにかを思い出したような表情を浮かべた。

「いや……冬夏さんと朽木さんが、凄《すご》く怖い顔でわたしを見たことが一度だけあった。今、思い出した。夢みたいに曖昧《あいまい》な記憶なんだけれど。確か……わたしの誕生日だった。確か、そう、山にいたんだ。なんでふたりがそんな怖い顔をしていたのか、はっきりと思い出せないんだけれど。春秋お爺ちゃんもその場にいたような気がする。でも、お爺ちゃんがどんな顔だったのか思い出せない。ただ、なにかすごく大変なことが起きたような」

　翠がゆっくり俯《うつむ》きがちになり、やがて自らをかき抱くように背中を丸めて腕を組んだ。双眸《そうぼう》を見開きながら翠の顔色が蒼白《そうはく》に変わっていく。彼女の異変に僕は気が付き、慌てて身体《からだ》を揺さぶった。

「おい、大丈夫か。どうした。気分が悪いのか？」

「ううん。そうじゃない。そうじゃないの。ただ、なんだかすごく怖いことを思い出しそうになって……ごめん。ナル君、手を握っていてくれないかな？」

　少し戸惑ったものの、僕は彼女の頼みを聞いて手を握った。小刻みに震える彼女があまりにもか弱く見えて、それから夜明けを迎えるまでの間、僕はずっと彼女と言葉を交わさなかったけれど手を離すこともなかった。

　こうしていると、翠がどこにでもいる普通の女の子みたいに思えて、なんだか変な感じだった。実際は超ヤバい女なのだけれど。

　夜が白々と明けて、障子が朝日に照らされた。朝食の支度が始まったのだろう。僕たちのところにまでみそ汁の匂《にお》いが漂って来た。キジバトの鳴き声がこだまし、屋敷のあちこちで人の動き回る気配がする。朝だ、と思った。

お腹が空いていたのでご飯を食べるために階下へ向かおうと思ったけれど、右手が自由にならなかった。

翠が僕の手を握ったまま離そうとせず、立ち上がろうともしないのだ。ジッと目を見つめて手を離すように無言で訴えても、彼女は黙って見つめ返すだけで手を握る力を一向に緩めなかった。

しかも、彼女の爪が僕の手に深く食い込んできて、痛い。

ああ、そうだった。思い出した。

こうなるから翠とは気軽に手を握ったりしてはいけないのだった。痛い。頼むから手を離してくれ。痛い。

朝食に行きたかったけれど彼女を振り切ることもできず、どうしたものかと困っていると、等々力がふたり分の朝食を載せた配膳《はいぜん》盆を持ってきてくれた。

彼女は僕たちふたりを見て、

「おはようございます。あら、もしかしてお邪魔でした？」と云《い》った。呑気《のんき》なことだ。

「いえ、全然そんなことはないです。朝食を持ってきてくださったんですね。ありがとうございます」

「簡単なものでお恥ずかしいんですけれどー。少しでもお腹に入れておいた方がいいですよお。翠ちゃんもー。あんまり気を落とさないで！　きっと、冬夏さんは翠ちゃんには笑顔で見送ってもらいたいと思っていますよー。絶対に。本当の孫のように見ていらしたんですから。スマイル！　スマイル！」

親身なようでいてどこかデリカシーに欠けているような、なんとも云えない励ましの言葉をひとしきり翠にかけると、等々力は階下へ戻った。

簡単なものと云っていた通り、みそ汁と目玉焼きにご飯だけという朝食だったが、昨晩なにも口にしていない僕にはとても美味しく感じられた。ただ、翠は少しだけ手をつけてほとんど残してしまっていた。

やがて九時になろうかという時刻になって、葬儀社の社員が冬夏の部屋に入ってきた。一分の隙《すき》も無く制服に身を包んだ社員たちは僕と翠に深く頭を下げた後、棺に向かって手を合わせた。

「それでは冬夏様を通夜式の会場である大葉寺へとおつれいたします」

一高と良治、朽木と江口らに葬儀社の社員が加わって冬夏の棺を部屋から担《かつ》ぎ出した。階段が急勾配《きゅうこうばい》な上に狭いので、一高たちは棺の前後を持って傾けながら一段一段下りていった。その様子は傍から見ているとかなり冷や冷やしたものの、無事一階に棺は下ろされた。

さて、これから僕はどうしようか。

とりあえず、このまま大葉寺に向かって通夜の手伝いをするか、京都に帰るかを樋山さんに相談しよう。

　僕は樋山さんの部屋に向かった。

　呑気に眠っていたらたたき起こしてでも支度をさせようと思っていた。襖を開けると案の定、樋山さんは布団の上で横になっていた。

「起きてくださいよ！　朝になりましたよ！　どうするんですか！」

　しかし、いくら揺さぶって大声で呼んでも樋山さんはまったく目覚めなかった。それほど眠りの深い人ではないので、少し異様に感じたけれど寝息を立てているので死んでいるわけではない。縁起でもない云《い》い方だけれど。

　酒を飲みすぎて酔いつぶれた、という感じではない。これくらいの酒量でこうなる人ではないので。いったいどうしたのだろうか。

　不思議に思いながらも、僕はとりあえず玄関へ戻った。

　ニコニコと笑みを浮かべた翠が待っていた。

「樋山さん。どうだった？」

「いや、なんか全然起きてくれなくて。ひとりで置いていって大丈夫かな」

「大丈夫だよ。後遺症はないからさ！」

　どういう意味だろう。

　なにはともあれ樋山さんが起きない以上、朝イチで屋敷を発《た》つことはできなくなった。

仕方なく、僕は翠とともに通夜式の準備を手伝うべく駐車場に向かった。

屋敷の前にある坂のふもとに霊柩車が停《と》まっていた。僕が想像していた宮型の霊柩車ではなく、どこにでも走っているような大型のバンだった。冬夏の棺が葬儀社の社員の手によって後部スペースに納まった。

霊柩車には一高が同乗した。それ以外の親族たちは各々《おのおの》の車で通夜の会場へ向かう。僕はそうした車の列の最後尾についた。

空から見下ろす鳥からすれば、僕たちはさながら一匹の百足《むかで》のようだっただろう。ゆっくりと先頭を行く霊柩車に六台の車が連なっていた。皮肉なことに雲一つない快晴だった。かといって湿っぽい雨が降っているよりは良い。助手席の翠は気の抜けた顔で車窓の外をジッと眺めていた。

天狗《てんぐ》屋敷から大葉寺に到着するまで一時間半くらい掛かった。

寺の前のだだっ広い空き地に『大葉寺参拝客駐車場』と記された看板があった。僕たち以外の車も既に何台か停められていたものの、いくらでもスペースに余裕があったので各々好きな場所に駐車した。

境内に入ると正面に金堂があり、その右手に渡り廊下で繋《つな》がった講堂がある。左側の石段を少し上った先には方丈と庫裏《くり》が建っていた。金堂の正面の戸が開けられ、法堂和《お》尚《しょう》が姿を現した。

金堂に入ると、部屋の端に天狗の像や面が並べられているのにびっくりした。このあたりでは火伏せの権現《ごんげん》として天狗が祀《まつ》られていることが珍しくないのだという。それ以外にはどこの寺に行ってもあるような磬子《けいす》や木魚といった仏具があり、部屋の奥には本尊が鎮座して、その手前に祭壇があった。

外陣には座布団《ざぶとん》が並んでいて、祭壇のある内陣とは矢来で隔てられている。法堂和尚は矢来の間隙《かんげき》を進んでいった。

「仏さまはこちらへ」

法堂和尚の指示を受けて、矢来の向こう側に棺が運ばれた。葬儀社の社員は棺を置くと通夜の打ち合わせのために喪主の一高と金堂を出て行った。あらかじめ前夜の内に自分の役割を聞かされていたのだろう永美や無一、江口と等々力も外に出て行った。取り残されたのは偶々《たまたま》天狗屋敷に居合わせただけの僕や樽峰、朽木といった部外者となにも指示を受けていなかった翠である。

樽峰は鼻を鳴らすと和尚に「便所はどこか」と尋ねた。場所を教えられると、樽のように突き出た腹を揺らしながら出て行った。

とりあえずなにか手伝えることはないかと申し出てみようか、と僕が入り口を振り返ったところでテーブルを叩《たた》くような大きな音が祭壇から響いた。一同振り返って見ると、法堂和尚がくわっと大きく目を見開いて棺に手をかけている。今の音は、和尚が棺を叩いた音だったようだ。いったい何事だろうか。尋常ではないその様子に、僕たちは声を掛けることも躊躇った。

「ご……ご遺体が、ない」

「なんですって」

「冬夏さんが棺から消えている！」

和尚の言葉に僕は矢も楯《たて》もたまらなくなり、矢来の向こうに飛び込んだ。その後に翠と朽木がついてくる。

棺の窓が開いており、そこには冬夏の顔があるはずだった。しかし、今は空っぽでなにもなかった。棺の窓に顔を近づけて中を覗《のぞ》き見るが、そこには冬夏の姿が全く見つからなかった。いつの間にか棺桶《かんおけ》から遺体が完全に消えていたのである。

3

和尚はその場にいた僕と翠に講堂の人間たちを呼びに行くよう指示し、僕らは金堂を出て講堂の方へ駆け出した。外縁を回って渡り廊下を抜け、講堂の観音扉を開けると親族一同が揃《そろ》って話し合いの真っ最中だった。そのため、慌《あわ》ただしい様子の僕たちを白い目で見てきたが、事情を説明すると彼らもひどく動揺した。

「そんな馬鹿《ばか》なことがあるもんか。死体が消えるなんて」

下らない悪ふざけをするな、と云わんばかりに一高は怒りながら講堂を出て、渡り廊下を駆けて行った。その後にぞろぞろと関係者が続いて、金堂は一気に人でいっぱいになった。棺の横では法堂和尚が渋面をして立ち尽くしており、朽木は外陣の座布団に坐《すわ》って足を伸ばしていた。老人は膝《ひざ》が痛むのか、何度かさすっていた。

「和尚様。ご遺体が無いというのは本当ですか」

「ああ……信じられんことだが、本当じゃ。冬夏さん……いや、仏様の顔を拝ませてもらおうと棺の窓を開いたら、中はもぬけの殻よ」

一高は棺に近寄ると、窓に首を突っ込んでのぞきこんだ。

「ない。叔父さんの遺体が消えている」

その場は騒然となり収拾がつかなくなった。プロとして様々なトラブルに対処してきたであろう葬儀社の社員たちも、通夜《つや》の前に棺から遺体が煙のように消え失《う》せるなどという椿事《ちんじ》は経験したことがないらしく、どうすれば良いのか判断ができないまま手をこまねいている。

一番パニックになるかと危ぶんだ翠が、周囲より比較的落ち着いているのに僕は安心していた。状況があまりにも突拍子もないので、かえってどう受け止めれば良いのか分からないのかもしれない。僕も最初は驚いたが、周りの大人たちの慌てふためく光景を眺めていると徐々に冷静になれた。

「とにかく遺体が見つかるまで通夜は中止すべきだ。そうでしょう？」

一高が葬儀社の社員にそう尋ねたが、前例のないことだけにはっきりとしたことを云えないらしく「はあ、そうでございますね。しかし……」などと歯切れの悪い返事をした。その社員を押しのけて永美が一高に詰め寄った。

「兄さん。ともかくこちらに向かって来ている方々へはすぐに連絡をしないといけないわ。遠方から来てくださったのに、通夜ができませんでしたなんて云えるわけがないし。とりあえず待機していてもらわないと」

「でも、諫早《いさはや》のおやっさんや稚内《わっかない》の爺《じい》様なんかはとっくに家を出ているだろう。携帯電話の番号なんかお前、知っているか？　そもそも、携帯なんか持っていないんじゃないのか」

「知らないけれど……最悪のことも考えて、連絡のつかない人は浜松駅近くのホテルを予約して、そこに待機してもらった方が良いんじゃないかしら。それなら今すぐホテルに連絡しないと」

「最悪のこととってなんだよ」

「馬鹿ね。最後まで遺体が見つからなくて、通夜ができなくなってしまった時に決まっているでしょう」

さすがに霊是家の親類縁者となるとかなり大勢いるようで、一高と永美はそれらの対応のことで頭がいっぱいの様子だった。

なんだか大変なことに巻き込まれてしまったな、と僕は他人事《ひとごと》のように傍観していた。

するとそこでポケットの中に入れていた携帯電話から突然《笑点のテーマ》が鳴り出したので、びっくりした。周囲の顰蹙《ひんしゅく》を買ってしまい、僕は低頭しつつ金堂を出て行った。

天狗屋敷に続く林道あたりから完全に圏外だったので、携帯電話の存在をずっと忘れてしまっていた。

「ううう。おーい。今どこに……うええっ、いるんだよ」

「樋山さん！　なんですかこんな時に」

携帯電話のディスプレイには知らない番号が表示されていた。

「これいったいどこからかけているんスか」

「天狗屋敷の黒電話だよ。朝起きたらよー、誰もいねえんだよ。どうなってんだいったい」

「冬夏さんの通夜のために大葉寺に集まっているんですよ。あんた以外は」

「じゃあ、俺の朝飯と昼飯は？」

駄目だ、こいつ。

「こっちはとんでもないことが起こって大変なんですよ。あんたの昼飯どころじゃないんです。棺《ひつぎ》にあった冬夏さんの遺体が消えてしまって」

「はあ？　遺体が消えた？　なんで？」

「なんでって……こっちが知りたいですよ。とにかく、そのことでバタバタしているんで、僕もいつ屋敷に戻れるか分かりません」

「いやでも、いずれにせよお前には通夜の準備なんか関係ないだろ。大変ですねえって云って、ひとりでこっちに戻って来ればいいじゃん。そうだ、この機に乗じてもう京都へ帰ろうぜ」

「樋山さんが朝起きてくれれば、自然な流れで帰れたんですよ。でも、いくら起こそうとしても、目を覚ましてくれなかったから」

「……盛られた。多分」

「ええ？　なにを盛られたって？」

「薬だよ。睡眠薬。お前の彼女、ホントにやべえやつだ。昨日出してくれた小鉢に薬が入っていたんだ。間違いない。頭が……ガンガン痛い。這《は》って電話口まで来たが、立ち上がるとひっくり返りそうになる」

「そんな、まさか。翠がいくらアレな娘でも、さすがにそこまでするわけが」

　そこで脳裏に過《よぎ》る、翠の不可解な発言。

――じゃあ、樋山さんにはもうちょっと我慢してもらわないとね。

――あそこにナル君があのままいたら、これを一緒に食べちゃうかもしれないでしょ？

――大丈夫だよ。後遺症はないからさ！

すべて、樋山さんを昏睡《こんすい》させて僕を京都に帰らせないための計画だったのだ！

「伏線だった！　伏線だったんだ！」

「はあ？　お前なに云ってんだ」

「すみません。なんでもありません。お大事にしてください。あと、後遺症はないそうです。安心してください」

樋山さんの返事を聞かずに電話を切った。

そうして僕が金堂に戻ると、話はおかしな方向に発展していた。

「遺体は誰かに盗まれたんじゃないか？」

一高がそんなことを云いだしたのだ。

「そんなことってあるの？」

永美が訝《いぶか》しげに尋ねた。

「知らんが、現に遺体がなくなった以上はそう考えるしかないだろう。まさか、遺体がひとりで勝手にどこかへ行ったりはしないだろうし」

「でも、なんのために叔父さんの遺体を盗んだりするわけ？」

「それは……分からん！」

一高は癇癪《かんしゃく》を起して今にもその場で地団太を踏み出しそうな勢いだった。

「分からんことだらけで腹が立つ！　そうだ、その通りだ。ただの爺さんの遺体を盗んでなんになる。なんの得になるんだ。これが新興宗教の教祖だとか要人の遺体だっていうならともかく、叔父はなんの背景も無いただの老人だ」

「一高はん。もしかしたら春秋はんの遺言状が関係しているんやおまへんか？」

それまでずっと端の方で黙って静観していた樽峰がそんなことを云った。

「遺言状？　どういうことですか。どうしてここで親父《おやじ》の遺言状が出てくるんです」

「遺言状にありましたやないですか。山林は実弟の冬夏はんに遺贈する……ただし、冬夏はんが林業を辞めた時、もしくは死亡している時はこの遺贈は効力を失う。この、林業を辞めているかどうかっていうのは簡単なようで判断が中々難しいでっせ。聞いた話では、冬夏はんの請負で山から材を出している業者もおるらしいですし。冬夏はんが自分で山に入っていなくとも、これは林業をしていることになるでっしゃろ？　この請負契約の基になっている注文書と注文請書も現物を見さしてもらいましたが、冬夏はんが音信不通——極端な話、誰にも知られずどっかで死んでいたからといって直ちに無効になるかというと怪しい。ただ、請負の契約が無効にならなくとも、冬夏はんが亡《な》くなれば間違いなく遺贈は無効になる。だが、逆に云えば死亡が確認できなければ」

「林業は叔父が不在であったとしても継続されているから、遺言状が有効になるかもしれない、ということか？」

「ワシは法律の専門家やないですから、実際の法律の運用でそないなことになるんかは分かりやしません。ですが、そんな風に遺言状の文言を曲解して遺体を盗む輩《やから》がいたとすれば……それは、山林をワシのような他人の手に委《ゆだ》ねたくない人間ということになるわな」

ジロリ、と樽峰は良治の方を睨《にら》んだ。

「良治はんはワシと一高はんが山林の開発事業をすることに反対してはりましたね？」

「だ、だからどうしたというんです？」

動揺した様子の良治を見て、樽峰はにやりといやらしい笑みを浮かべた。

「いま云った通り、冬夏はんの遺体を盗む目的なんていうのは、ワシらの事業の邪魔をするためとしか考えられませんのや。タイミングがタイミングですから、全くの第三者とも思えへん。良治はん。観念して冬夏はんの遺体を返して、通夜を続行させてください。このままやとワシらみんな往生しまっせ」

「ちょっと待ってくださいよ。確かに樽峰さんの云う通り、僕は冬夏さんたちと一緒にあなたたちの山林の開発事業を中止させるための案を考えていました。ですけれど、冬夏さんの遺体を盗んだりはしていません。そもそも、遺体が無くなろうが、死亡自体は医師の藪井さんによって確認されているわけですよ。僕と父も冬夏さんの死を確認しました。今さら、冬夏さんがよみがえったなんて荒唐無《こうとうむ》稽《けい》な主張をして、父の山林の相続を妨げようなんて考えは持っていません」

　この答えに対してはさすがの樽峰も言下に反駁《はんばく》することができず、黙り込んでしまった。云われてみればその通りで、遺体が無くなったから生存している、なんて道理はどうやっても通らないだろう。医師が死亡診断書まで書いているのだから、よっぽどの事情が無い限りは死亡の決定を覆《くつがえ》すことはできない。それこそ、生きている冬夏の姿でも見ない限り蘇《そ》生《せい》の証明はできない。

　弁護士の江口は「御遺言は文言の形式的な解釈よりも、遺言者の真意こそが重要になります。今回のような事例も、可能な限り有効になるように解釈することが遺言を作成した春秋様の遺志をくみ取ることになる、と私は判断します。よって、林業の継続が為《な》されていれば、仮令《たとえ》冬夏様の生死が不明な状況であっても、失踪宣告が出て冬夏様の死亡が確定するまでの間、御遺言は有効であるという考えも成立しうる、とは思いますね。ただ、冬夏様は受遺が未だ確定していなかったので、目下は宙ぶらりんの状態です」とかなり回りくどいことを云った。よく分からんが、冬夏の生死が不明であっても、春秋の遺言状が有効のケースはある、ということだろう。

「ですが、今回の場合は冬夏さんが亡くなったことは確定しているんです。藪井先生にも聞いてください。それに……動機があろうとなかろうと、冬夏さんの遺体を棺から盗み出すなんて云うのは不可能だと僕は思いますね」

「どういうことだ。良治」

一高が息子にそう尋ねた。

「簡単なことだよ、父さん。冬夏さんは昨日の夕方五時二七分に死亡した。それから現在まで、まだ一八時間ばかりしか経過していない。どのタイミングで棺から遺体がなくなったのかは分かりませんが、納棺の釘を打つ際には間違いなく冬夏さんは棺の中にいた。葬儀社の人が窓を開けて見せたので、そのことは多くの人が確認しています。そして、納棺は日付が変わるかどうかといった時刻だったと記憶しています。そこで……葬儀社の人にお聞きしたいのですが、納棺の時に冬夏さんの死後硬直はどの程度進行していましたか？」

唐突に話を振られた葬儀社の社員は少し戸惑った様子だったが、しばらく考えた後に口を開いた。

「上半身は少し硬くなってきているようでしたが、下肢はほとんど進んでいませんでした。ですから、肘《ひじ》の関節を温めさせていただいて、それだけで問題なく棺にお納めすることができました」

「聞いての通り、納棺時に冬夏さんの遺体は硬直が正常に進行していた。持病や服用している薬などが原因で死後硬直が発生しないケースも稀《まれ》にありますが、今回は考慮しなくても良いでしょう。死後硬直は一二時間程度で全身に及び――気温などの諸条件によってかなり幅はありますが、少なくとも二〇時間ほどは硬直が続きます。死後硬直したままの遺体をこの棺から出すのは不可能だと僕は思いますね」

良治は今や空っぽになってしまった棺の窓を開けた。

「棺は釘が打たれてしまっているので、遺体を取り出すとすればこの窓からしかない。およそ一尺四方の大きさです。自由に体勢を変えられる状態の遺体ならばともかく、硬直した遺体をここから引っ張り出すのは至難の業。いや、物理的に不可能と云っても良い」

良治の話には単なる弁疏《べんそ》とは云い切れない説得力があった。しかし、そうなるとますます遺体が棺から消えた謎が深まる。遺体が死後硬直していたのであれば、誰にとっても棺から遺体を盗み出すことは不可能だった。だが、誰も盗んでいないのであれば、どうして遺体は無くなったのだ。

訳の分からない状況であったが、とりあえず全員で遺体の捜索を始めることにした。

とはいえ、本気で探していた者はほとんど誰もいなかったと僕は思う。まさか寺の箪笥《たんす》の中や押入れに遺体が紛れ込んだりするはずもない。探すべき箇所は限定されている。

そもそも、天狗屋敷からここまでの間、棺はずっと誰かの監視下にあったのである。

もし遺体が消えていたとすれば、それは天狗屋敷にあった頃からなかったと考える方が自然なことのように思われた。

だが、棺を抱えていた者たちは中身が空っぽであればさすがに気づきそうなものだ。

そのことを疑問に思って、僕は良治に尋ねてみた。

「もちろん、中身が空だったら気づいただろうさ。ちゃんと遺体は入っていたよ。階段で棺を取り回しする際、重みを感じたからね。ただ、棺はひとりで持っていたわけじゃないから、それほど重くは感じなかったな」

最初から棺が空だった可能性について、良治も興味深く感じたらしく、金堂の中央にある棺に近づいて持ち上げた。棺の下から片手を差し入れて、軽々と持ち上げている。

「うん。間違いなくここまで軽くはなかった。この状態の棺だったなら、持ち上げればすぐ空っぽだと気が付いたよ」

「そうですか……なら、屋敷からここまでの間に棺が周囲の人の目から消えた瞬間ってありましたか」

「なかったと思うよ。霊柩車に納めるところまで僕は確認したし。それに父さんも同乗していたからね。車から寺に運び入れるまでは葬儀社の方がしてくれたので、分からないけれど」

棺を運んだ葬儀社の社員を捕まえて訊《き》いてみたが、やはり中が空っぽであればすぐに気づいたはずだ、という回答だった。すると、棺を寺に運び入れて祭壇の前に置いてから、和尚がその窓を開けるまでのわずかな間に遺体が消えてなくなったということになる。

　時間にすればほんの数分間だ。そんなことがあり得るだろうか？

　それとも、棺の重みはなにかのトリックによるもので、やはり屋敷にあった段階で冬夏の遺体は盗まれていたのだろうか。

　結局、大葉寺の境内を皆でだらだらと捜索したものの、案の定冬夏の遺体は見つからなかった。

　結果として、遺体が見つかるまで通夜は中止。一高は葬儀会社とそのように打ち合わせをして、既に家を出ている遠方からの参列予定者へは一両日中浜松駅近くのホテルに逗留《とうりゅう》してもらうように手配と連絡をした。まだ家を出ていない人には通夜の日程を変更する旨《むね》を連絡して、都合がつけば参列してもらいたい、と伝えた。

「もし、明日も遺体が見つからなければ、仕方ない。遺体無しで通夜を決行しましょう」と、一高は云った。

　状況が不可解すぎるため、警察へ相談するか否《いな》かでは最後まで結論が出なかった。それもこれも含めて、とりあえず屋敷へ戻って話し合おうという運びになった。財布がカバンに入っていないと分かって焦《あせ》った時、誰かに盗まれたのではなく家に忘れてきただけかもしれない、と自分に云い聞かせて落ち着く。一高の対応はそんな感じだった。

だが、屋敷に戻ってから事態は思わぬ方向へ転がり始めたのだった。

4

屋敷に戻ったら、樋山さんに相談しよう。

良治と樽峰の口論を目《ま》の当《あ》たりにして、僕は事件が最初に想像していたよりもややこしいことになりそうだと危ぶんだ。

樋山さんは人間性にかなり問題があるものの、こういった訳の分からない出来事には滅法強い。冬夏の遺体消失という謎に解決をもたらせる人がいるとすれば、それは樋山さんだけかもしれない、と僕は考え始めていた。

途中で各々昼食をとったりしたので、全員が天狗屋敷に戻ったのは午後三時頃だった。

僕と翠はリビングのソファに腰を下ろして一服した。

「なんだかとんでもないことになっちゃったなー」

「うん。ごめんね、ナル君。まさかこんなことに巻き込んじゃうなんて。伯父さんやお母さんたちにナル君は帰ってもらえるように、話しておくから。今日はもう……」

翠の語尾が聞こえないくらいに小さくなった。

「……えっ、帰ってもいいの？」

まさか、翠の口からそんな殊勝なセリフが出てくるとは思ってもみなかった。

樋山さんに睡眠薬まで盛る女だ。手錠をかけてでもこの場に留まらせようとするだろう、と考えていたので僕は最初から抵抗をあきらめていたのだけれど。

「そうだよね。帰りたいよね。ナル君からすれば関係ないことだもんね」

「うん、まあ関係ないといえばないよね。むしろ、僕みたいな部外者が混ざっていることに、誰も異を唱えないことを不思議に思っていたから」

ちょっと冷淡な態度かもしれなかったけれど、これぐらいはっきり云わないと翠に取り込まれかねない。ここは心を鬼にして、あえて突き放すような言葉を返そう。

「帰りたいなら、帰っても……良いよ」

「ほ、本当に？　それじゃあ悪いけれど」

翠が泣き出してしまうのではないかと心配していたけれど、彼女は不気味なほどに無表情のまま「じゃあ、お母さんたちに話してくるね」と云ってリビングを出て行ってしまった。

目下、天狗屋敷の人たちは棺から消失した冬夏の遺体を捜索中だった。しかし、棺が安置してあった部屋や屋敷内だけではなく、納屋《なや》や作業小屋などの平生《へいぜい》は人があまり出入りしないようなところまでバタバタと駆け回って探しているようだが、一向に発見される兆《きざ》しがない。

そんなわけでみんな忙しそうなので、冷たいお茶のひとつも頼みづらい。やれやれだ。

僕は厨房《ちゅうぼう》の冷蔵庫を開けて、冷やしておいた缶コーヒーを取り出した。念のために断っておくと、昨日僕がデイリーヤマザキで購入したものだ。勝手に他所《よそ》の家のものを飲んでいるわけではない。

リビングに戻ると、遺体を探し回って疲労した様子の一高に遭遇した。

「ああ、君か。すまないが、なにか冷たい飲み物をくれないか」

がっしりとした図体《ずうたい》は焦燥のためか幾分縮んでしまったように見えた。僕が冷蔵庫から取り出したばかりの缶コーヒーを手渡すと、一高は中身を一気に飲み干した。そして焦点の定まらない目を僕に向ける。

「……まったくもって訳が分からない。遺体が煙みたいに消え失せるなんて。これが事件なのかどうかも定かじゃないから、なおさら性質《たち》が悪い。遺体が盗まれたんだと分かれば警察にも通報できるんだが」

「もしかして冬夏さんが生き返ったんじゃないですか。それで棺から出て行った」

「なるほど。ひょっとしたら……ありうるな」

僕が半分冗談のつもりで口にしたことを、一高は真剣に検討し始めた。

「だとすれば、藪井先生は相当耄碌《もうろく》していることになるな。あの人もけっこうな高齢だから、冬夏叔父さんが完全には死んでいないのを早とちりして死んだと誤診した可能性はある。うん、充分あるぞ。だが、そうだとしても冬夏さんはどのタイミングで棺から抜け出せたというんだ」

「ですが、葬儀社の人たちは死後硬直が進んでいたと云っていたし、やはり死んでいたことは間違いないのでは……」

　こんな無責任な思いつきをまじめに受け止められては困る。僕は少し慌てて一高の妄想を遮った。

「葬儀社の人とは云っても、葬式のプロであって遺体を診るプロじゃないだろう。最初から死んでいると決めてかかっていれば、まだ仮死状態の冬夏さんを遺体と見做《みな》して、ただ筋肉が強張っているだけなのを死後硬直だと錯覚したかもしれない」

　そんなことが果たしてありうるのか。だが、誰かが遺体を盗み出したりすることが考えにくい以上、冬夏が生き返って自分から棺を抜け出したと考えるのも無理はない。一高は僕を見直した。

「棺が誰からも監視されていなかった時間はなかったか。昨夜の納棺の時に俺たちは冬夏さんが棺に入っているのを間違いなくこの目で見ている。以降、夜通し翠ちゃんと君が棺の側《そば》にいたんだよな？」

「ええ、まあ」

「トイレに立ったりはしていない？」

「はい。一度も。九時くらいに葬儀社の人たちが来て冬夏さんを運び出すまで、僕たちは棺から離れませんでした」

翠が昔のことを思い出そうとして様子がおかしくなり、夜が明けるまでずっと手を握っていたのだ。トイレには行きたかったけれど、なんとか我慢した。

「すると、だ。仮令《たとえ》冬夏さんが息を吹き返したとしても、誰からも目撃されることなく棺から抜け出す機会はなかったことになる」

なんだか進展がまるでない。要するにはっきりと分かったことは次の通りだ。

誰も棺から遺体を盗み出せなかったし、生き返った冬夏が誰からも目撃されることなく棺から抜け出す機会もなかった。

結局のところこれに尽きる。これだけ言葉を重ねたにしては甲斐《かい》のない話だ。徒労だ。だが、そんな徒労をさらに繰り返そうと一高が口を開きかけたところで、玄関の方から訪問客のものらしき「ごめんください！」という力強い声が響いてきた。

いったいなんだと思って僕たちは揃って声の主の方へ向かった。

上がり框《かまち》に立っていたのは、いかにも頑固そうな禿頭《はげあたま》の爺さんだった。分厚い黒縁眼鏡をかけていて、セカンドバッグを小脇《こわき》に抱えている。

「藪井先生！　どうしたんですか。診療所は留守にしてきていいんですか」

「構わん！　それよりも一高君。君たちはきっと冬夏さんを捜しているのだろう。儂《わし》は冬夏さんがどうしていなくなったのかを知っている！」

「なんですって！」

藪井医師は一高の脇を通り抜けて我が物顔で屋敷の廊下を進んでいった。しばらく呆《あっ》気《け》にとられた顔をしていた一高は、ようやく気を取り直すと慌ててその後を追いかけた。

「先生！　詳しく話してください」

「うむ！　ならば屋敷の者を全員リビングに集めなさい。みんなに事情を知ってもらいたいからな。儂は先に行って準備をしておく」

それから追いすがる一高を一顧だにせず藪井医師はリビングへ直行した。何度も屋敷に訪れている為《ため》か、間取りは案内されずとも把握しているのだろう。その足取りに迷いはない。一高が屋敷の人間を呼びに走り回っているのを僕も手伝い、一〇分後には樋山さん以外の屋敷中の人間がリビングに押し掛けた。

数少ないソファは千歳刀自《とじ》を筆頭に女性陣へ譲り、坐り切れない男性陣は立ったり適当な場所に胡坐《あぐら》をかいたりしてテレビの前に顔を揃えた。翠は何故《なぜ》か僕と目を合わせることを避けて、わざわざ少し離れた場所に坐った。帰ると云ったから拗《す》ねているのだろうか？

テレビの脇には藪井医師がしゃちほこ張って立っていた。

「あー、あー。一高君、これで全員かね？」

「はい先生。お客人のひとりを除いて屋敷にいる人は皆揃いました」

「ふん。そこの山師もいるのは少し気に食わんが……まあ、いいじゃろう」

医師に疎《うと》まし気な目で見られた樽峰はまるで意に介さず、壁にもたれながら耳の穴をほじっていた。

僕はこれからなにが始まるのか、と緊張していた。

テレビにはビデオカメラから延びたＡＶ端子がつながっている。もう最近はめっきりと見なくなった八ミリテープのビデオカメラだ。

藪井医師は僕たち全員を見回してから大きく頷《うなず》いた。

「よし！　これから君たちには、とある映像をお見せする。最初に約束しておいてもらいたい。なにが映し出されても絶対に怒らないこと」

なんだそりゃ。

「先生。それはどういうことですか？　なにが映し出されるって云《い》うんですか」

動揺した一高が全員を代表して疑問を口に出した。

「見てもらえば分かる」

「そんな。それで見る前から怒らないことを約束しろ、なんて滅茶苦茶《めちゃくちゃ》ですよ」

「なら。冬夏さんがどうなったのかはずっと分からないままだぞ？」

やむを得ないと判断したのか、一高はいい加減に頷いて応《こた》えた。話に聞く藪井医師というのは、なんとなく頑迷なイメージがあったのだが、目の前の老人は確かに頑《かたく》なではあるものの、どこか子どものような依怙地《いこじ》さを感じる。

さて、そんなこんなで大きなテレビ画面に八ミリテープの映像が流れ始めた。

テープ自体が何度も重ね撮りをされたものなのか、かなりお粗末な画質だった。映し出されているのは真っ白な壁紙、診察台。どうやら診察室のようだった。

(これ、もう撮影始めている?)

テレビから聞いたことのある声が聞こえてきた。

僕はあっと叫びそうになる。

画面に映り込んだのは他でもない、行方をくらました霊是冬夏であった。白い開襟《かいきん》シャツに黒のパンツという服装である。冬夏は画面の右側から姿を見せて、診察台に腰を下ろした。ビデオカメラに向かって老人は語り掛ける。

(ああ。なにから話そうかな。まず、葬式の準備中に突然いなくなって申し訳ない。遺体が無くなって大慌てだったかもしれないが、別に誰かが俺の遺体を盗んだとかそういうわけじゃない。だもんで、早とちりして警察なんかに電話しないように。もし、通報してしまったなら、お巡《まわ》りさん。申し訳ない。爺《じじい》がひとり自分の意思で行方をくらましただけだに。事件性はないから安心してくれ)

「ちょ、ちょっと先生！　冬夏さんは今どこに」

「質問はビデオが終わってからにしてくれ！」

藪井はそう一高に一喝すると目を閉じ、完全にこちらの言葉を拒絶するモードになった。

映像はそのまま流れ続けている。

（みんなは俺が本当に死んだと思っただろうが、じつは藪井先生に頼んでの狂言だったに。先生は昔大きな病院で麻酔科医をやっていて、あらゆる反応を抑える麻酔を使って俺を仮死状態にしてもらったんだ。医学的なことは俺にはさっぱりだが、こうして成功したところを見ると、俺の遺体っぷりはかなりのものだったら？）

「麻酔を使っただとお？」

一高は気色ばみ、今にも藪井医師に食って掛かりそうな形相であったが、映像がまだ流れているためかなんとか思いとどまる。

（おっと、念のために云っとくがこのことで藪井先生を責めるのはお門違いさー。俺がなんとか頼み込んで、協力してもらったことだもんで。こうでもしないと、中々俺の真剣度合が伝わらねえと思っただに）

冬夏は顎髭《あごひげ》を撫《な》でながらそう云って笑った。

（なにが、とみんな思っているだら？　俺が命を張ってでも成し遂げたかったのは、霊是家の山を守ることだ。兄貴の遺言状の内容については、生前から教えられていたから知っていた。山林ってやつは簡単に処分できるもんじゃない。民有林は地籍調査もやっていない箇所がほとんどだし、特に霊是家の山は奥深い箇所に広がっているのでなおさらだ。境界が明確に決まっている場所ばかりではないから、国や市区町村にだっておいそれと寄付できない。信頼できる人間に託すことができれば一番いいが、霊是家の山林は広大すぎて中々それも難しかった。結局身内に相続するほかない。だが、一高君がまともに山の手入れをするとは思えない。だもんで兄貴は俺に山林の管理を委ねたが、俺だっていつまでも生きていられるわけじゃない。最近は得体の知れないブローカーが霊是の山を狙《ねら》っているという話も聞いたもんで、不安はますます強くなった）

　樽峰がフンと鼻を鳴らした。

（だもんで色々と対策を立てることにした。まず、遺言状には俺が林業を続けている限りは正当な山主になれると書かれている。そこで、俺は付き合いがある業者に森林経営を一部任せることにした。そして、俺がいなくともその請負契約が続けられるように事務手続きをやってくれる代行業者を探して、上手《うま》いこと契約上の問題をクリアした。代行業者は森林経営による収益の一部を報酬として受け取る仕組みになっているもんで、俺が一々報酬のことでやりとりする必要はない。実際にこのシステムを運用する上で想定される法律や事務的な諸問題については江口先生にも相談した。なにがしたかったのかって云うと要するに、俺がいっさい姿を現さなくとも、指一本動かさなくとも、仮にどこかで人知れずくたばっていても、俺——霊是冬夏が林業をやっている、という状況がつくりたかったわけだ。これから俺は霊是の山をキチンと長期に管理・経営していける人をゆっくり探す。見つかり次第、その人にすべてを譲るつもりだ。もちろん、山主は俺だから、一高君はなにもできない。だもんで、山を開発するなんて話はもう白紙に戻してもらいたい。そういうことだ。それだけはっきりと伝えたかった。お騒がせしてすみません。じゃあ、これで)

それだけ喋《しゃべ》り終わると冬夏は診察台から立ち上がり、画面から去っていった。

こうして映像は終わった。

5

「ふざけるな！」

それまで懸命にこらえていた怒りが一気に爆発したのか、一高はやにわに立ち上がると藪井医師に詰め寄った。

そこに割って入ったのは良治だった。

「どけ、良治。俺はこの人に冬夏の居所を聞かないといけないんだ。こんな人を馬鹿にしたような騒ぎを起こして……」

「落ち着いてくれよ、父さん。腹を立てるのはもっともだと思うけれど」

「もっともだと？　お前はいったいどっちの味方なんだ。大学に行かせて医者にまでしてやったのに、その返礼がこの仕打ちか？　俺の邪魔をするんだったら帰れ！」

一高は完全に冷静さを失っていた。そんな父親を前にして、良治は冷ややかな目を向けていた。

藪井医師は禿《は》げ頭をつるりとなでて平気な顔をしている。

「生憎《あいにく》だがな一高君。冬夏さんがどこに行ったのかについては儂も知らんぞ」

「信用できるか。あの映像に映っていたのはあんたの診療所じゃないのか。あのビデオはあんたが撮影したもんだろ」

「うむ。そうだ。棺から抜け出した冬夏さんと、儂はあらかじめ打ち合わせていた場所で落ち合った。そして診療所に行き、今お見せしたビデオを撮影した。それから冬夏さんは儂に行き先も告げないで出て行ったよ」

なんとも呆《あき》れた話だ。どうやら棺からの消失は周到に準備された計画の一環であり、本当の目的は冬夏が行方を晦《くら》ますことにあるようだった。

「どこからが計画の内だったんですか？」

頭の回っていない父親に代わって良治が藪井医師にそう尋ねた。

「心不全自体は狂言じゃない。医者の良治君だって、さすがに完全な仮病だったらそうだと気が付いただろう？　儂のところに運ばれてきて、治療をする中ですぐに容体は安定したんだ。ただ、そこで冬夏さんはかねてから儂に話をしていた構想を実行することを告げた。それが、今回の失踪《しっそう》計画だった」

「どうして死んだふりをする必要があったんですか。ビデオで云っていたように行方を晦まし生死が分からない状態にして、父が相続するのを邪魔するだけなら別に葬式で遺体のふりまですることはない」

「端的に云えば……自分が死んだ後に一高君たちがどう動くのかを確認したかった、というのが冬夏さんの言い分だった。山林の開発に彼は強硬に反対していた。儂や法堂和《お》尚《しょう》も同じ気持ちだったから、三人でよく話し合ったもんだ。良治君も何度か協力してくれただろ？　自分が死んで、もし一高君が少しでも山林の適切な経営を考えてくれているようだったら、素直に身を引こうと冬夏さんは考えていたのよ。儂のところに来るまでの車中で、冬夏さんはずっと『自分が死んだら山のことを頼んだ。くれぐれも無茶な開発はしてくれるな』と一高君に懇願し続けていたそうじゃないか。君もその時は口先だけで『分かった、分かった』と返事していた。だが、いざ冬夏さんが亡くなると結局そんな口約束は反故《ほご》にされるのが目に見えている」

藪井医師は険しい表情で一高を見た。

「俺が相続した山をどうしようが、あんたらにとやかく云われる筋合いはない。それに、死んだ人間にはどうすることもできないのだから」と一高は心もち苛立《いらだ》たしげにそう云った。

「そう。だからこそ試しに死んでみて、それを見極めようと冬夏さんは思った。そのための死んだふり、というのは以前から考えていたことでね。儂は面白いと思った。だから協力することにしたのさ。医師の職分から大きく逸脱した行為なのは認めるがね。訴えるなり、医師会やらなんやら、しかるべきところに報告するなりすればいい。儂は逃げも隠れもせんよ」

滅茶苦茶な話のように聞こえるけれど、一応筋は通っている。少なくとも藪井医師はその主張と心中しようとしている様子だった。仮令《たとえ》そこに嘘《うそ》が混じっているとしても、藪井医師の口からそれを白状させるのは困難に思われる。

「江口先生、あなたも冬夏さんのこの計画は知っていたんですか」

一高が嚙《か》みつかんばかりの目を向けてそう云った。

江口は顎をさすりながら目を細めた。

「春秋様の依頼で遺言状の作成にご協力した後、受遺者である冬夏様から色々な相談を受けました。しかし、弁護士としての守秘義務がありますからね。一高様に話すことはできませんでした。ちなみに受遺の意思についてはずっと前に冬夏様より話していただいていますし、今ご覧になったビデオの通り、事務的な一切の手続きは代行業者が実施いたしますので、春秋様の御遺志は実現される可能性が非常に高いと私は考えます」

「勝手なことを。あんたもとんだ狸《たぬき》だな。ここにきて親父の遺志を尊重するような言葉を吐きやがって。そんな素振り、これまで全く見せなかったくせに」

「そない血相変える必要はありませんで。一高はん」

ずっと沈黙を続けていた樽峰が樽のような腹を揺すりながら云った。

「冬夏はんが生きているということがまあ、これではっきりしたわけや。すると、遺言状通り山林の所有者は冬夏はんということになるけれど……、それならそれでええ。抜け道はいくらでもある。ワシが怖かったんは、死んだものやと思って段取りを進めとったのにひょっこり出て来られることや」

「樽峰さん。なにか方法があるって云うんですか」

「グレーな方法も含めれば一〇は思いつきますわ。ただ、今回のように春秋はんの山林が遺言で全部冬夏はんのものになった、みたいな場合は春秋はんの嫡男《ちゃくなん》である一高はん——あと、配偶者の千歳はん——には遺留分の請求ができるはずです。まあ、不動産の商いをやられている一高はんからすればこんなことは釈迦《しゃか》に説法もええとこでしょうが」

「遺留分か。そうだな、よく考えればそうだ。だが、遺留分は結局共有持ち分だし、向こうが金で弁償するとなれば山林は俺のものにはならない（※作中は平成二一年のため。令和元年七月一日より、相続法の改正で遺留分は原則として金銭で清算することとなった）」

「そこでもの云うのは手練手管です。なあに、任しといてください。こういった厄介な相続問題の調停やら訴訟やらにワシは滅法強いんです。江口はんみたいな田舎弁護士とは違う、ごっつ頼りになるアーバン弁護士が大阪にはいますし、とことんやってやりましょう」

　邪悪な笑みを浮かべて樽峰は云った。山師の彼からすればこういった争いごとこそが日常であり、飯のタネなのだ。

　翠の方を見てみると、気が動転しているのか不安そうな顔色だった。本来は冬夏が生きていて喜ぶべき場面なのかもしれないが、相続に絡《から》んだ問題が収拾のつかない方向へ転がりだしている。それに、動画の冬夏の考えは自分の生死をはっきりと分からないようにする、という失踪の宣告のようなものだ。少なくとも、霊是の山を適切に管理できる人間を見つけて山林を譲渡するまでは。

　藪井医師はこれで自分の役目は終わった、というかのようにさっさと家を出て行った。それからは予定していた葬儀の段取りをすべてキャンセルし、一高と永美は方々に謝ったり弁解したりで大変そうだった。この様子を眺めているだけでも彼らには同情できる。失踪について警察に相談するかどうかの議論も、とりあえず翌日に持ち越すことになった。

全員が冬夏の狂言に振り回された。それですべてを終わらせようとしている。

だが、不可解なことにはなにも説明がついていないのではないか。

外を見ると既に日は傾き始めており、薄暮の中で杉の木立が風に揺られてざわめいていた。そろそろ帰る支度をしないと、京都に着く頃には日付が変わってしまう。

後ろ髪を引かれる思いは正直ある。翠のことが心配だというだけではなく、なにかとんでもないことが起こる予感がするのだ。

他のみんなは気が付いていないのか、あるいはどうでもいいことだと思っているのか、仮令《たとえ》冬夏が生きていたのだとしても、あの棺《ひつぎ》から誰にも目撃されることなく出ていくのは不可能な状況だったのだ。冬夏は生きていたので、どこか人目のないタイミングで棺から抜け出したんだろう、と全員は考えているのかもしれないが、それはありえない。

なぜなら、昨夜の納棺から大葉寺で棺が空であることが発覚するまでの間、常に誰かが棺の傍にいたからだ。ひょっとしたら、その中の誰かが藪井医師のような共犯者ということは考えられるだろうか。

——共犯者が冬夏の棺からの脱出を手助けした？

だがしかし、大葉寺で棺を抱えた葬儀社の社員は「人が入っているような重みが確かにあった」と語っている。中を確認したわけではないので、冬夏ではない別の《なにか》の重みだったのかもしれないが、だとしてもその《なにか》は法堂和尚が棺の窓を開けると煙のように消えてしまったのだ。

煙のように、か。

昔に読んだ推理小説に出てきたドライアイスのトリックが脳裏を過ぎった。

例えば協力者がいたとして、どこかのタイミングで冬夏を棺から逃がしたとしよう。そして、代わりにドライアイスを棺の中に入れたとすれば説明がつくだろうか。

ドライアイスの重みを冬夏の遺体の重みだと勘違いしたまま、良治たちは棺を霊柩《れいきゅう》車まで運ぶ。そして、棺の中で昇華するドライアイスはわずかな隙間《すきま》から少しずつ外に出て行き、大葉寺に着く頃にはすっかりなくなってしまって——駄目だ。それだと霊柩車から大葉寺まで、葬儀社の社員が手ずから持ち運ぶ間に異様に軽くなってしまっている棺に違和感を持つだろう。葬儀社の社員も協力者だとしたら……馬鹿《ばか》な。葬儀社の社員に協力者がいたのなら、こんな煩雑《はんざつ》で手間のかかる段取りを選ぶ必要はない。もっと簡単に冬夏を逃がす方法があったはずだ。そもそも、人間の遺体だと錯覚してしまうくらいの重さのドライアイスが半日かそこらで完全に昇華するはずがない。

けれども、藪井医師以外にも誰か協力者がいる可能性はある。

だが、誰がどうやって冬夏の消失に手を貸したのかが判然としない。絶対に手を貸さなかったであろうと思われる人物は一高、翠、樽峰といったところだろうか。翠は僕とずっと一緒にいたから。一高と樽峰は冬夏と対立関係にあったので。だが、棺は屋敷にある間は僕と翠が見ていたし、霊柩車に入ってからは一高の傍にあった。そして、大葉寺に到着してからはほとんど衆人環視と云ってもいいような状況だった。

無理だ。どう考えても協力者以外の誰にも見られることなく棺から冬夏が出て行くことは不可能だ。

でも、そんな謎《なぞ》は冬夏のビデオレターのせいで今やどうでもいいことになった。彼は生きている。なら、方法は分からないけれどなんとかして棺から出て行ったのだ。それでいいじゃないか、という空気ができてしまっている。時間を持て余している外様《とざま》の僕とは違い、当事者の霊是家は全員やることに追われて忙しく、そんな消失の謎にかかずらう暇はないようだった。

樋山さんならこの謎の答えを導き出せるかもしれない。

京都に戻ったら樋山さんに事件の話をしてみよう。いや、会話ができる状態なら帰りの車中で話してもいい。とにかくさっさとこの屋敷を立ち去ろう。

一高と永美は忙しそうだったので、別れの挨拶《あいさつ》は簡単に済ませた。千歳、良治、無一、等々力、朽木、江口にも声だけは掛けた。樽峰はどうでもいいだろう。

肝心の翠がどこを探しても見つからないのが気がかりだったが、あんまりグズグズしてもいられない。完全に日が暮れてしまったら、一度しか通ったことのない真っ暗な山道を走る羽目になる。麓《ふもと》へ下るまでに迷ってしまうこと請け合いだ。

さらば！　天狗屋敷よ！

僕は樋山さんの部屋へ駆けた。

「樋山さん！　僕らの……僕らの京都へ帰りましょう！」

「うええ。やった、帰れ、うっ、あ、あああぁ」

睡眠薬の影響だろうか、樋山さんは立ち上がろうとすると生まれたての子鹿《こじか》のようになってしまう。襖《ふすま》に突っ込んだり、柱に後頭部をぶつけたり、とてもではないが自力で駐車場まで歩けるような状態ではない。

そこで、仕方なく車を屋敷の玄関前まで回すことにした。

駐車場へ向かい、愛車に乗り込んでエンジンをかける。そして発進しようとしたところで違和感を覚えた。少しアクセルを踏んだのだが、まっすぐに走らない。さらに嫌な感触。これはまさか。

僕は慌《あわ》てて運転席から降りて、タイヤを確認した。すると、驚くべきことにどのタイヤもダリの描く時計のようにぐにゃりと歪《ゆが》んでしまっているではないか！

「な、な、なんでこんな」

「あれー、どうしたのナル君」

振り返ると、落日を背景に翠が立っていた。逆光で表情が分からないのだが、なんだかすごく怖い。

「もしかしてー、パンクしちゃったのかな」

僕は蛇に睨《にら》まれたカエルのように立ちすくみ、小さく頷いた。

「そうなの。それは大変だね。でも仕方ないよね。結構なオフロードを走って来たから。ナル君の古い車では、無茶だったんだよ」

「いや、でも、来る前にタイヤのチェックはしたんだ。その時は問題なかったし、それにいくらなんでも四本とも同時にパンクするなんて……」

そこで恐ろしい想像が僕の脳裏を過《よぎ》り、沈黙してしまった。

僕はおそるおそるタイヤを再度確認した。どのタイヤにもサイド部分に小さな穴が複数開けられていた。まるで細くて鋭利な工具かなにかで突いたような穴だった。

「今から業者さんを手配して、それから帰るのも大変でしょ。ナル君がもう一泊するってお母さんたちに云っておいてあげるね」

相変わらず逆光になってその表情はよく分からなかったけれど、僕には翠が満面の笑みを浮かべているように見えた。

——翠、後ろ手に持っているそれはいったいなにかな？　まさかとは思うけれど、千枚通しとかじゃないよね。

ただ、それだけの言葉を口に出して尋ねることもできず、僕は項垂《うなだ》れて彼女の云う通りにした。
　突然、翠が僕の手をつかんだ。
「ナル君はずっとずーっと、わたしと一緒だもんね？」
　――助けて！　樋山さん！
　心の中でそう叫んだけれど、結局その日に樋山さんが回復することはなかった。
　そして翌日、樋山さんが絶不調のままさらなる事件が勃発《ぼっぱつ》したのだ。

第三章
天狗の矢

1

金槌《かなづち》を振りかぶった翠が狂気の笑みを浮かべて僕を見据えた。

「こうすれば……ナル君を見られるのは、もうわたしひとりだけだね」

カーン、カーン、カーン、カーンッ。

「うわあああああああっ！」

早朝、釘《くぎ》を打つような音が響いてきて、最悪な気分で目が覚めた。

全身にびっしょりと汗をかいていた。原因は分かっている。翠に釘を打たれて人間標本にされる悪夢を見たのだ。とんでもない話だ。

なんとか布団《ふとん》から身を起こして立ち上がり、窓際《まどぎわ》に寄ってカーテンを開いた。屋敷の前には杉の木立が並び立っている。音はちょうどこの林の向こうにある作業小屋の方から聞こえた気がした。二階の千歳の部屋や客間――朽木が泊まっている――からであれば全景を見下ろすことができるのかもしれないが、一階からだと木が邪魔で遠くが見えない。

悪夢の原因となった音の正体を確かめるべく、僕は服を着替えると玄関を出て、坂を下って行った。

塔のあたりに小型のユンボがあり、その近くで朽木がチェーンソーを持って立っていた。

　僕が近づいていくと老人はニコニコと笑みを浮かべて振り返った。

「ああ、起こしてしまいましたか。すみません」

「なにをされているのですか？」

「千歳さんに頼まれましてね。このあたりの杉を何本か切って、根株を掘り起こして平らにして東屋を建てたいんだそうです。それでまあ、せっかく重機もあるもんだから整地まではわたしがしてあげようかと思い立ったんですよ」

「木を倒していたのですか。さっき、釘を打つような音が聞こえたのですけれど」

「ああ。それはクサビを打ち込む音です。これでしょう？」

　そう云《い》うと朽木は腰にさしていた斧《おの》を抜き、木の幹にぶち込んでいたクサビを峰で勢いよく叩《たた》いた。すると先ほどまで聞こえていた釘を打つような音が小気味よくあたりにこだました。

　やがて木が僕たちのいる方向とは逆側にゆっくりと傾いていき、倒れた。木が地面に叩きつけられ、地響きを立てた。

「木を倒す時はこうやって受け口と呼ばれる切り口をつくり、反対側から追い口をつくるのです。すると木の重心が受け口の方へ偏《かたよ》って倒れる。ただ、安全の為《ため》にこういうクサビを追い口に打ち込むのです」

「伐倒するところって初めて見ましたがなんていうか……すごいですね。壮観です」

自分の身の丈の一〇倍くらいの樹高の木がすぐ目の前で倒れるのは、僕にとってとんでもない光景だった。それも、こんな細腕の老人がそれをやってのけるのだから。

「朽木さんは林業をやられて長いんですよね」

「まあ、中学を出てからずっとこればかりやってきましたから。他に能がないんです。お恥ずかしい話です」

「そんなことは……これまでどれだけの本数の木を伐《き》ってきたのか、覚えていますか？」

「いやあ。とても無理ですね。何十万、いや、何百万本かもしれません。危ない思いも幾度となくしました。若い頃は特に無茶ばかりしていましてね。例えば」

朽木はそう云うや否《いな》やチェーンソーを地面に落とすようにしてエンジンを掛け、すぐ手近の杉に手際よく受け口と追い口を入れた。一〇秒もかかっていなかった。熟練されて無駄が徹底的にそぎ落とされた動作。

「見ていてください。三回打ったら倒れますよ」

そしてクサビを追い口にさし、斧の峰で三回叩くと宣言通りに木はゆっくりと傾き始めて、倒れた。

「追い口の深さ、木の太さと枝ぶりと重心、風の向きなどを計算すればどれだけの力を加えれば木が倒れるのかがわたしには経験で分かるのです。それが分かれば、沢山の木を伐倒する際も最初に一気に受け口と追い口だけをつくり、一番後ろにある木を一本だけ倒して浴びせることで、ドミノ倒しみたいに並んでいる木を一気に倒すこともできます。これは浴びせ倒しと云って、掛かり木、つまり他の木に引っ掛かって倒れきらない木を処理するための技でもあるのですが、もちろん危険なので今では禁止されています。ただ、掛かり木をやってしまう未熟な杣夫《そまふ》の多くは今でも悪いことと知りつつやっていると思いますがね。堂々とよそに云えないだけで」

　僕が感心して唸《うな》っていると、背後から怒声が響いてきた。

「朽木さん！　困りますよ、勝手なことをされては！」

　血相を変えた一高が坂を駆け下りてきた。しかし、あまりにも勢いがつきすぎて僕と朽木のいる地点で止まることができず、立木のひとつに衝突した。いや、衝突というと大げさだった。立木に抱き着くようにしてようやく静止することができた。

「母から聞きましたが、なんでもこのあたりを整地するとか」

「ええ。千歳さんがこのへんに東屋があったらいいな、と仰《おつしや》るものですから。お手伝いしようかと」

「よしてくださいよ。母の云うことを一々真剣に受け取らないでください。しっかりしているようで、あれで結構耄碌《もうろく》しているんだ。それに、タダでやってやろうっていうわけじゃないでしょう？」

　意地の悪い目で一高は朽木を見遣《みや》った。

　老人はニコニコと笑顔を浮かべて泰然と構えている。

「わたしはお金なんかいらないって云ったんですけれどね。だけど、千歳さんがどうしてもと仰るもんですから。まあ、わたしもお金に困っていることは事実ですので、ありがたくちょうだいしようかと……」

「なら、もっとお金になることに協力していただけませんか。こんなケチな仕事をやるくらいなら」

　そこで一高はこちらを疎《うと》ましそうな表情で見たので、僕は軽く頭を下げてその場を離れることにした。どうも朽木に内密で相談したいことが元々あった様子で、一高は老人を作業小屋の方へ連れて行った。

　この日、朝から天候はずっと良好で、昨日までのドタバタ騒ぎが嘘《うそ》のように平穏な時間が流れていた。朝食の時間には霊是家の人以外にも僕、朽木、樽峰、土気色の顔色をした樋山さんも含めて食卓を囲んだ。江口だけが朝はなにも胃が受けつけないということで、姿を見せなかった。

　事情がよく分かっていない様子の樋山さんに、冬夏の失踪《しっそう》に関わる情報を提供したのだが、聞いているのかいないのかどうでもよさそうな感じだった。京都に帰ることしか頭にないのだろう。

朝食の時に分かったのだが、冬夏の失踪は結局警察に届け出ないことになったようだった。本人が自分で家を出て行くと宣言した以上、捜索願を提出したところで警察がなにか動いてくれるとも考え難いから、というのがその理由のようだ。そう話をする一高には、まるで他人《ひと》事《ごと》を話題にするかのような冷淡さが見受けられた。

病み上がりの老人が本人の意思とはいえ行方を晦《くら》まして、心配しないのはなんだか薄情な気がした。それに、普通の成人男性であれば失踪しても恐らくタダの家出人扱いで警察は動かないだろうが、冬夏は立派な高齢者な上に持病があるので、捜索願さえ提出すれば警察も捜索を開始することだろう。きっと公開手配書も一般に向けて掲示される。それぐらいのことは無論、一高や永美たちも充分に承知しているのだ。だが、冬夏の死んだふりがよっぽど腹に据えかねているのか、あまり大ごとにして世間の人たちに騒ぎ立てられたくないという気持ちがあるのか。その両方かもしれない。

「こんなことってある？　おかしいよ」

まったく腰を上げようとしない一高と母親に対して翠は怒りを爆発させた。朝食の後はずっとぷりぷり怒っていて、自分ひとりでも警察署に行って捜索願を出すと宣告したので僕が彼女を送ることにした。樋山さんに「外に行ってきますけれど、なにかほしいものはありますか？」と訊《き》いたら死にかけの声で「新しい脳みそ」と云われた。薬のせいでまだ具合が良くないらしい。かわいそうに。

外に行く、とは云ったが僕の車は不幸な事故でタイヤがすべてパンクしてしまっている。そう、不幸な事故で。ロードサービスにも入っていないし、業者を呼ぶにも辺鄙《へんぴ》な場所なので高額請求は免れ得ない。よって、タイヤを外して直接修理工場に持ち込む方が安価で済む。

そういった事情もあったので無一のフォレスターを借りることにした。僕の愛車はジャッキアップされたままタイヤ四本抜けの不憫《ふびん》で情けない姿で駐車場に放置されることとなった。悲しい。

天竜警察署まで車で片道二時間ほどかけて出向き（近場の駐在所では捜索願は受理できないとすげなく断られた）、事の次第をかなり簡略化して（棺《ひつぎ》から消失したとか、死んだふりだったとかの事情を説明しても怪訝《けげん》な顔をされるだけだと判断した）、冬夏が行方不明になったと伝えた。心不全になり、治療を受けた病院から帰るところで失踪した、ということにしたのだ。

冬夏の氏名や年齢、身体的特徴と着衣、所持品などを尋ねられてそれに翠が受け答えしていたが、担当者はあまり親身な対応をしてくれたとは云い難かった。おそらく、老人が帰ってこないというような相談は頻繁にあり、それらが大抵何事もなく解決しているので真剣に話を聞く気になれないのだろう。

書類と一緒に冬夏の写真を手渡すと手続きは終わった。もし家に帰って来たらすぐに署へ連絡してください、と云われただけで、具体的にどこをどう捜します、という説明もなしだ。とはいえ、こちらも冬夏の行方に心当たりなどないのでどこを捜してくれとも云えなかった。

だが、やるべきことはやったという感じはした。

「タイヤが直ったら、ナル君は帰っちゃう？」

翠が僕の顔を覗《のぞ》き込んで、そう尋ねてきた。

僕は考えを色々と巡らせた結果、彼女が一番望んでいるであろう答えを口にした。

「いやあ、そうだなあ。翠と一緒にいたいしなあ。バタバタ大変なところで申し訳ないけれど、樋山さんと一緒にもうちょっとお世話になろうかなあ」

「本当？　うれしい！」

このままだと次はタイヤじゃなくてエンジンを破壊されかねない。いや、もちろんタイヤは不幸な事故でパンクしたのであって、翠さんはまったく悪くないのだけれどね。

タイヤを修理業者に持ち込むと、サイド部分の損傷なので案の定修理ではなく交換になった。それも「予約客が立て込んでいるのですぐに交換できない。夕方まではやっておくからまた取りに来てくれ」と云われたので、一旦《いったん》天狗《てんぐ》屋敷へ帰ることにした。

翠は助手席で車窓の外の景色に目を遣りながら、つぶやくような声で云った。

「せっかく来てくれたのに、変なことに巻き込んでごめんね」

一瞬、タイヤのことを謝られているのかと思ったが、すぐに違うと分かった。冬夏の失踪のことだ。

「そんなこと……。まあ、冬夏さんがあんなことを考えていたなんて驚いたけれどね」

「うん。でもね、冬夏さんのしたことは非常識だけど、気持ちは分からなくはないんだ。お爺《じい》ちゃんもそうだったけれど、あの人たちにとって山っていうのは特別なものみたい。自分のお父さん、お爺ちゃん、ご先祖様から代々受け継いで更新していったものだからね。それをお金のために滅茶苦茶《めちゃくちゃ》にされたら、死んでも死にきれないって気持ちがあるんだと思う」

「だからって死んだふりをして葬式まで進めさせて、本音を聞き出そうっていうのは少しやりすぎだよ」と云いつつ、「引き留めるために睡眠薬を盛ったり、タイヤをパンクさせたりするのもやりすぎだよ」と声には出さずに呟《つぶや》いた。

「うん。分かっている」

ほんまか？

途中の道の駅で簡単な昼食をとり、僕たちは天狗屋敷へ戻ってきた。真夏の太陽と蟬《せみ》の大合唱に加えて、山の中に入ると無数の虻《あぶ》が車にたかってくるのには閉口させられた。

ちょっと外を歩くだけで汗をかいてしまう。湿気もひどく、異様な暑さだった。

「あれ？」と玄関に入るなり翠が素《す》っ頓狂《とんきょう》な声を出した。

「どうしたんだ？」

僕は彼女の背後から屋敷の中を確認した。パッと見たところ、なにも異変はないように思われたのだが、ある一点に気が付くと僕も「あっ！」と声を上げていた。

玄関の広間には様々な民芸品が並んでいて、その中に木彫りの天狗像があることは先述した通りだ。天狗像は弓を構えており、矢尻《やじり》が玄関から入ってきた者に向けられている――はずだった。

しかし、今は弓の弦に矢筈《やはず》はかけられておらず、それどころか矢そのものがない。天狗が背中に背負っていた矢筒もなくなっている。玄関に足を踏み入れると嫌でもこの天狗像は視界に入ってくるため、矢がなくなっていることはすぐに分かった。

「なんで矢がなくなったのかな。危ないから、とうとう処分しちゃったのかな」

翠とふたりで首を捻《ひね》っていると、永美がちょうど通りかかったのでこの件について尋ねてみた。

「えっ、本当？　どうしたんだろ。誰かが持ち去ったのかしら。しかも矢筒まで」

僕はそれほど深刻なこととして捉《とら》えていなかったのだけれど、永美の顔色はひどく青ざめていた。

「一高伯父さんは？　伯父さんが事情を知っているのかも」

「屋敷にはいないと思う。樽峰さんや、朽木さんと一緒に山を見に行くって話をしていたもの。だけど、図面だとかなんだかの準備をしないといけないからって兄さんだけはしばらく残ってパソコンやプリンターと格闘していたんだけれど……その頃はまだ矢があったわ。お昼ぐらい、だったかしら。どうしよう、きっとあの毒も一緒に」

「毒？」

しまった、という表情を見せる永美の横で翠が説明してくれた。

「ここにあった矢は元々、アイヌ民族が狩猟に使っていたという毒矢なの。北海道にいる親戚《しんせき》の人が持ってきてくれたものなんだけれど、矢筒の中には毒の入った容器があって、それも一緒に無くなっているから」

「えっ、そういうものって普通無暗《むやみ》に持ち出したら駄目なんじゃないのか」

アイヌ民族の毒矢なんてなんらかの文化財に指定されていそうだ。

「そうだと思う。だから、あんまり大きな声で云えないんだけれどね」

「そもそも、どうしてそんな物騒なものを親戚の人は持ってきたんだよ」

「なんか、獣害対策に有効な良い罠《わな》はないかってお爺ちゃんが北海道に住んでいる親戚の猟師に相談したの。せっかく植林したのに、鹿《しか》とか熊《くま》に新芽を食べられたりして困っていたんだって。そこで色々持ってきてもらった道具の中に毒矢が紛れこんでいて、それをお爺ちゃんが面白がって譲ってもらったらしいの、毒と一緒に」

「毒ってなんだよ。どんな毒」

「トリカブト、らしいけれど」

「トリカブト！」

「さすがに二〇年くらい昔の話で、この屋敷に移り住むようになって間もない時期のものだし。トリカブトの毒だって、つくられたのはそれよりも遥《はる》かに昔だろうから劣化して無害化しているんじゃないかなあと思うんだけれど……」

翠はそれでも不安気にそう云った。

これはなんだか大変なことになったのではないか。

毒物にさして詳しいわけではないけれど、トリカブトくらいはさすがに僕も聞いたことがある。わずかな量で人を死に至らしめる恐ろしい毒物だ。それに、時間が経《た》ったから毒性がどうこうというのは素人《しろうと》では判断できないことだ。保存の状態によっても大きく変わるだろうし、トリカブトの主な毒成分のアコニチンは安定した物質だとなにかの本で読んだことがある気がする。だとしたら、今でも充分な致死性を有しているかもしれない。

いずれにせよ、そんな危険なものを色んな人が出入りする広間に置きっぱなしというのはとんでもなく不用心なことに思えた。しかし、普段はほとんど客の訪れることのない天狗屋敷のことだ。弾の込められた猟銃が玄関先に放り出されている田舎の家を僕は他所《よそ》で見たこともある。他人の悪意の存在に鈍感な人間であれば、そういったこともありうるのかもしれない。

「いずれにせよ、兄さんに相談した方がいいわね」

「ちょっと捜してきましょうか。どこに行かれたのか心当たりはありますか」

「ううん。山って云っていたけれど、はっきりいってこのあたりの山は全部ウチの山だから……見当もつかないわ」

「でも、僕たちが戻ってきた時、出て行っている車はありませんでしたけれどねえ。歩いていける範囲ということなのでしょうか」

「この辺りぐるりがそうだから、歩いて行ったのだとしても、どこだと目星をつけるのは難しいと思うの。誰か、外で兄さんを見た人がいないかしら」

　そこで僕たちは手分けして一高を捜すことになった。翠たちはもっぱら屋敷の中の人たちに聞き込みをかけて、僕は手掛かりを求めて外に出て行った。

　天狗屋敷の前にある坂を下っていくと、右手に小さな橋がある。そこに無一が立って煙草《たばこ》を喫《す》っていた。僕は彼に声を掛けて近づいていく。

　無一は喫っていた煙草を沢に捨てて、こちらを振り返った。

「あのっ、一高さんを見かけませんでしたか」

トリカブトがどうとか話して騒ぎになるのは厄介だな、と思って詳しくは説明しないことにした。

翠の父親の無一と僕はこれまでまったく会話を交わしていないが、やはり恋人の父親なので気になってさりげなく観察していた。その範囲内で語るなら——なんともつかみどころのない人だ。ここ三日ほどで色々な出来事が起こったものの、どんな場面でも平然としていて表情一つ変えることがない。徹底的に周りのことに無関心なのか、それとも感情の起伏が表面に出てこないだけなのか。慌《あわ》ただしい最中であってもひとりどこかに雲隠れして、周りもそれで良しとしているので不思議な存在だった。

無一は首を小さく傾《かし》げると、橋の向こうを指した。

「えっ、あっちに行ったってことですか？」

こちらの問いかけに対して、無一は口を開かずにジッと見つめ返すだけだった。目は口程に物を云う、なんて慣用句があるけれど、やはり言葉にしなければ分からないことは沢山ある！

「お父さーん！　どうしたの」

翠が玄関から駆けてきて、僕たちに合流した。

「どうやら、無一さんが一高さんを見かけたようなんだけれど」

「あっ、そうなの？　お父さん」

すると、無一は微《かす》かに口を動かした。翠は耳をそばだててその声にならない声を聞き取った様子だった。

「なるほどなるほど。天狗洞の方に行くのを見た、と。いつのこと？」

再び鯉《こい》のように口をパクパクとさせる無一。翠は目をつむって耳を澄ませ、うんうんと頷《うなず》いている。

「ほうほう。二時間半くらい前だって！　ひとりだったらしいよ。樽峰さんと朽木さんが先に行っているって話をしていたんだって。ただ、お父さんもずっとここにいたわけじゃないから、そのふたりは見ていないらしいけれど」

まるで通訳みたいなやり取りだな。

「……天狗洞ってなんだ？」

「ああ。そっか、知らないよね。この橋を越えた先の小径《こみち》をずっと歩いていくと、天狗洞っていうトンネルがあるんだよ。幅員は二メートルくらいで、普通の車はとても通行できないんだけれど、歩いて通り抜けることはできるんだ。そのトンネルの向こうもウチの山だから、そこを見に行ったようだね」

「おおい！　おーい」

樽峰の声が背後から聞こえてきたので、天狗洞へ続く小径を振り返った。ビヤ樽《だる》のような短躯《たんく》が転がるようにして坂を勢いよく駆け下りてくるのが見えた。普段のふてぶてしい態度からは想像がつかないくらいに周章狼狽《ろうばい》しているのが分かった。

僕たちのいる場所にたどり着くと樽峰は荒い息を整え、うわずった声で口を開く。

「は、はよ来てくれ。いや、いや、警察へも通報を」

「どうしたというんですか」と僕は訊いた。

その呑気《のんき》さに腹を立てたのか、樽峰は僕を睨《にら》みつけながら怒鳴った。

「一高はんがっ！　殺されているんや！」

2

さすがの無一も驚いたらしく、手に持っていた火のついていない煙草を取り落とした。

僕もあまりのことに胸を撃ちぬかれたような衝撃を受けた。

翠もひどくショックをうけたのか、目を見開いて口許《くちもと》を手で覆《おお》った。

「だから、はやく警察に通報してくれ」

もう走るのは無理だと云わんばかりに樽峰はその場に蹲《うずくま》ってしまった。無一が天狗屋敷の方へ駆け出したので、僕もその後を追おうかと逡巡《しゅんじゅん》したものの、もし一高がまだ息があるならなにかできることがあるかもしれないと思い、天狗洞の方へ走った。

「翠はここで待っていろ！」

走り出してからしばらくして、医者の卵の良治を引き連れてきた方が良かったかもしれないと後悔したが、とにかく状況を確認したかった。それに、樽峰か翠がそのあたりは機転を利《き》かせてくれるだろう。

　しばらく上り坂を全力疾走していたが、日頃の運動不足が祟《たた》って坂を八分ほど上った頃には息を切らしてしまった。だが、それでも懸命に道を進むと、やがて地面は平坦になっていった。汗をだらだらとかきつつ進むと、前方に洞穴の入口がぽっかりと開いているのが見えた。周りが雑木や草で囲まれているので、かなり近くに来るまで洞穴が分からなかった。

「ああ。あなたは、翠さんの恋人の」

　洞穴の入口脇《わき》に朽木が蹲っていた。背中に大きなリュックサックを背負っている。

「古賀です。どうかされたのですか」

「いえ。少し足をくじいてしまいまして、なんてことはないのですが……それよりも樽峰さんにお会いしましたか？」

「会いました。一高さんが殺されていると聞いたのですが、本当ですか」

「すぐそこにいらっしゃいます。見ていただくのが一番かと」

　洞穴の入口は幅員が二メートル程、高さも二メートルくらいのものだった。穴の形は正方形に近い。入口に足を踏み入れてすぐの箇所で、鎖が行く手を遮るように横一文字に張られていた。鎖が張られているのは僕の腰より少し低いくらいだったので、最初は跨《また》ごうかと思って足を上げたものの少し厳しい。くぐり抜ける方が楽だと判断して身を屈《かが》めて通った。

二、三歩進むと、一高が頭部をトンネルの奥に向けてうつ伏せに倒れているのが目に入った。トンネルの中は光源がまるでないため暗いものの、入口から差し込んでくる光のおかげで彼の姿はなんとか確認できた。右手を前に伸ばし、左手は身体《からだ》の下にある。顔は横を向いていて、死に顔を見ることができた。目を見開き、食いしばった歯の間から唾液《だえき》が流れている。苦悶《くもん》の表情を浮かべている。

服装は朝に見た時は半袖《はんそで》の白黒ボーダーのラガーシャツにジーンズといった恰好《かっこう》だったが、今は山に向かう為か、丈夫そうな生地の灰色の長袖シャツと黒のパンツ、足にはスパイク付の地下足袋を履いて紺の脚絆《きゃはん》を巻いていた。

注目すべきはその背中から突き出ている木の棒だろう。ボロボロの羽根がついているので、どうやら刺さっているのは矢だと分かった。恐らく、なくなったと騒がれた天狗の矢だろう。翠たちに確認してもらわないと断言できないが。それにしても、想定される中でも最悪の事態になったわけだ。

僕は一高の脇に立ってその全身を見回してから、屈みこんで首筋に手を当て、携帯電話のライトを目に当てて瞳孔《どうこう》の反射を確認した。それで、救急車を呼んでも無駄だということが分かった。とっくに絶命している。

矢の刺さっている周辺には血が滲《にじ》みだしていて、シャツが変色していた。首や顎《あご》のあたりの硬直が始まりつつあったので、恐らく死後二時間程度は経過しているのではないか。このあたりは司法解剖の所見を待つ必要がある。

僕は自分の脳みそが少しずつ回転し始めたのを感じた。他殺体を見るのは初めてのことではない。過去に樋山さんと一緒に取り組んだ危険な仕事の中で、殺人事件に巻き込まれたことがある。そのため、他の人よりも比較的冷静に殺人現場を観察することが出来る。

トンネルを少し進むと白の懐中電灯が落ちていた。灯りが点《つ》いていなかったのでこれまで存在に気が付かなかった。多分、一高の物だろう。背後から矢を射られて倒れ伏した時、前方に転がっていったのだ。

一高の死体は死亡から結構な時間が経っている。犯人が未《いま》だにこのあたりを悠長にウロウロしているとは考え難いものの、鉢合わせになる可能性はある。ここは危険なので、足をくじいた朽木に肩を貸しつつ屋敷に戻るべきだろうか。

本音を云えばまだ現場検証を進めたい気持ちがあったものの、それは警察の仕事だと割り切り、僕は朽木と一緒に屋敷へ戻ることにした。途中で良治と無一がやってきて、僕に一高の状態を尋ねた。既に死亡してからかなりの時間が経過しており、蘇《そ》生《せい》の見込みはないと思われたが、医師の良治に診てもらった方が確実だろうと考えて余計なことは云わず、誰かに毒矢で射られた様子だとだけ説明した。

結論から云うと、良治にも手の施しようがなかった。さらに、ただでさえ大柄の一高を屋敷まで運ぶのは困難だと判断し、殺人現場をむやみに弄《いじ》らない方が良いだろうという判断から全員警察が来るまで大人しく待機することとなった。

通報からおよそ一時間後に駐在所の警察官がやってきて、現場の保存のために一高の遺体の傍に立哨《りっしょう》した。それから所轄《しょかつ》署の刑事と鑑識課の車が続々と敷地内に入り込み、少し遅れて県警本部からも刑事がやってきて一気に屋敷の人口密度が増した。

一高の遺体は大学病院の法医学教室に運ぶことが決定し、そこで司法解剖が行われるらしい。

やがて、屋敷にいる全員がリビングへ集合させられた。

担当刑事の宇津木《うつぎ》謙治《けんじ》は痩身《そうしん》のナイスミドルといった感じの男で、刑事というよりは高級ホテルの支配人が似合いそうな佇《たたず》まいであった。ちょび髭《ひげ》を生やしており、癖なのだろうか、しょっちゅうそれを指で撫《な》でつけている。

「えぇーと。この度は皆さん、ご愁傷様です。お疲れのところかと存じますが、刑事事件においては初動捜査の成否が解決スピードを大きく左右する。ですから、何卒《なにとぞ》ご協力いただければと思います」

言葉は丁寧だけれど、どこか尊大な印象を与える話し方であった。慇懃無礼《いんぎんぶれい》、とでも云うのだろうか。

「協力は惜しみませんよ。父を殺した犯人を捕まえるためです」と良治が云った。しかし、何故《なぜ》かどこか空々しさが感じられた。

「ありがとうございます。では、個別に事情聴取を行いたいと思います。ひとりひとり別室にお呼びしますので――」

「よせよせ！　そんなまどろっこしいこと」

やめておけばいいのに、樋山さんは椅子《いす》から飛び上がるようにして立つと、全員の注目を浴びるようにリビングの中央に進み出た。

宇津木は苦虫を嚙《か》み潰《つぶ》したような表情で樋山さんを見た。

「君は……樋山君だったかな。京都でなんでも屋をしている、とか」

「へえ。俺のことを知っているのか」

「有名人だからね。悪い意味で。まさか、こんなところでお目にかかれるとは思わなかったよ。我々のやり方に文句でもあるのかな」

「文句しかねえよ。ひとりひとり悠長に事情聴取だあ？　俺はさっさと京都に帰りたいの！　てめえらバカ警察のやり方じゃ、この事件はいつまで経っても解決しねえよ。下手の考え休むに似たりってやつだ。俺がこの場で聞き取りをしてやるから、黙ってそこで見ていろ」

「ずいぶん云ってくれるじゃないか。だが、こんなオープンな場所では話したいことも話せない人間の方が多いんじゃないかな。周りの目を気にしなくてもいい別室の方が、口も開きやすいだろう」

「違うな」と樋山さんは言下に否定する。

そして、周りにいる人間を見まわした。

「この場にいる人間のほとんどが現状を正確に把握できていない。一高さんが屋敷にある毒矢で何者かに殺された。それだけのことしか知らないやつばかりだ」

「それがどうしたと云うんだ」

「霊是家の方々だって馬鹿《ばか》じゃない。一高さんを殺害した犯人がこの屋敷の人間かもしれない、くらいのことは考えているさ。けれども、なにが云うべきことでなにが黙っているべきことなのかすら、情報が少なすぎて判断できない。そうしたら、迂闊《うかつ》なことは喋《しゃべ》れないだろ。自分の何気ない言葉が、自分だけならいざ知らずうっかり家族の誰かに殺人の容疑をかけることになるかもしれないんだからな」

恥ずかしいことに、この時点で僕はそこまで考えが及んでいなかった。

だが、少し考えればすぐに思い至ることだった。そもそも、凶器として用いられているのは多分屋敷にあった天狗の矢、もといアイヌ民族の毒矢だ。外部から来た人間があの矢に目をつけて盗み出し、一高を射殺したというのは少し考え難い。ましてやここは人の出入りの激しい町中ではない。屋敷の人間が犯人だと考える方が自然だ。

その場にいた人間の顔色を観察すると、どうやら全員がぼんやりとそのことを諒解《りょうかい》しているような様子であった。

「もっとも、警察官のアンタがそういった不安を払拭《ふっしょく》できるくらいの信頼関係を、この短い時間で霊是家の人間と築けるって云うのなら、勝手にすればいいさ。だが、賭《か》けてもいいが、個別に事情聴取なんかやったところで、大した情報は引き出せないね。それなら、俺に任せた方がスムーズに進むってもんよ」

「凄《すご》い自信だな。しかしまあ、云わんとすることは分かった」

宇津木は部屋の隅の椅子を引っ張り寄せると、そこに腰を下ろした。

「お手並み拝見といこう。どうぞ、好きにしたまえ」

すると、樋山さんはいい加減に頷いてから口を開いた。

「っていうことで、警察の許可も得られたワケだから代わりに俺が尋問を進める。異存のある人はいるか？」

樽峰はそっぽを向いていたが、それ以外の人間に否やはない様子であった。あるいは、内心思うところはあるのかもしれないが、誰も口には出さなかった。警察がこんなことを許すのか？　という戸惑いを表情に出している人間は何人か見受けられたが。

そういった反応は気にせず、樋山さんはそのまま場を仕切り始めた。

「それなら早速、被害者の一高さんのタイムテーブルを作ろうじゃねえか。俺たちの出せる材料で死亡推定時刻を特定しちまおう。この中で朝の時間帯に一高さんを見た人はいるか？」

それをひとりひとり確認していくと、朝食の時間に目撃した、という者がほとんどだった。

「朝食で揃《そろ》ったのは八時半ごろだったな。それよりも前の時間に一高さんを見た人はいねえのか？」

「あっ、それなら僕と朽木さんが作業小屋のあたりで会話をしている時に、一高さんが来ました。確か、七時半くらいだったかと思いますが」と僕は今朝の出来事を思い出しつつ話した。

「七時半、ねえ。なにを話したんだ？」

僕はチラリと朽木を見た。すると老人は小さく頷いて、僕の話を引き取ってくれた。

「千歳さんから依頼されて、わたしが作業小屋周辺の立木を伐採して、土地を整地していたのです。すでに作業はあらかた終わっていたのですが、それを止《や》めるように云われました。不要なことだ、と一高さんは考えていたようです。代わりに、というわけでもないでしょうが別の仕事をその時に依頼されました」

「別の仕事っつーのは？」

「大したことではないですよ。端的に云えば山案内です。霊是家の山林を一番よく知っているのは前当主の春秋さんと弟の冬夏さん、そしてふたりと長年仕事をしてきたわたしですからね。地籍調査がされておらず、測量もしていないために境界杭《くい》が刺さっていない山の境界や搬出路などについてはわたしに相談するのが一番だと考えられたのでしょうね。そこで、今日はその山見を行う予定だったのですが、こんなことになってしまって」

「なるほど。じゃあ、一高さんと過ごした時間が一番長かったのは朽木さんということ？」

「わたしと、樽峰さんでしょうね」

　樽峰は自分の名前を出すな、と云わんばかりに顔をしかめた。

「朝食の後、簡単な打ち合わせをわたし、樽峰さん、一高さんの三人で行いました。どの山を見るか、現在の市況から判断すると樹種は檜《ひのき》と杉、どちらの方が良いか。手入れのされている地位の高い山はどのあたりか、なんてことを訊かれました。そこで天狗洞の向こうにある山は搬出もしやすいし、見てみる価値があるのではないか、という話をしました」

　大体どのあたりの山を見に行くのかが決まると、三人は山見の準備を始めた。そして出発の前に図面が欲しい、という話になった。

「森林簿だとか、公図などの図面があった方が山を案内しやすいと思いましてね。一高さんに訊いてみたら、パソコンに一応データとしてある、ということだったので出力をお願いしました。恥ずかしながら、機械はさっぱり分からないので」

「そう。ここのパソコンはインターネットにはつながってないけど、霊是家の山林データを入れたＵＳＢをワシが持ってきていたんや。ほんでもって、一高はんには公図やらなんやらの印刷をお願いして、朽木はんとワシで先に山へ行くことにしたんや。まあ、一高はんはなんだかんだ云うて、山のことはド素人やから連れて歩いてもしゃあないと思っていたしな」

樽峰の口調には死んだ一高を嘲《あざけ》るような響きがあったので、良治が嫌な顔をした。

「ワシらが屋敷を出たのは多分、一一時半やったかな。まだ正午にはなってなかったと思うけれど。家政婦に弁当もろて、出て行ったんや」

家政婦、とは等々力のことだと思われる。樋山さんに目線を向けられて、等々力があたふたしながら答えた。

「あっ、は、はい！　そうです。一高さんたちにはお弁当をつくるようにお願いされていて、なんでも山で食べるから、とか。それで、わた、わたし、一一時半頃に朽木さんと樽峰さんにお弁当をお渡しししました！」

「なるほどね。一高さんも屋敷を出て行く前に弁当を受け取りに？」

「い、いえ。一高さんの分も朽木さんが持っていきましたので」

「荷物は極力わたしが持つようにしていたんです。山案内するだけでお金をいただくのは悪いな、と思っていましたからね」

　朽木が頭をかきながら、そう云った。

　そう云えば朽木は大きなリュックを背負っていたが、樽峰や一高はほとんど手ぶらだった。そこには、そういう事情があったのか。

「じゃあ、一高さんがトンネルの方へ向かうのを見た人はいないのか？」

「ああ、それなら無一さんが」

　僕がそう云うと、無一はぎくりとした様子を見せた。

「無一さん。話してくれ」

　樋山さんがそう云った。

　普段、無表情を決め込んでいる無一は珍しく焦《あせ》っている様子だった。

「あの、父の話はわたしが聞いてお話しします。ちょっと、こういう場で話をすることが父は不得手なので」と翠がフォローを試みた。

　しかし、樋山さんは勢いよく首を横に振った。

「なにも難しいことを訊いているワケじゃねえんだからさあ。さっさと答えてくれないかな、時間の無駄だ！」

「は、はい！　申し訳ありません」

　そこで僕と樋山さんは揃って目を丸くした。

　無一が喋った――ようなのだが、その声はまるで少女のように高い声であった。

　無一は顔を真っ赤にして恨みがましい目を樋山さんに向けながら、先刻翠を通じて僕に話してくれたことと同じような話をした。

　なるほど、成人男性にしては異様に高い声。これをコンプレックスに感じていたから、無一は僕のような他所の人間がいるところではこれまで喋らなかったのか。無愛想だと感じていたのだが、そうした理由があったわけだ。僕は少し無一に申し訳ないような気持ちになった。

「ははーん。午後一時になるかならないか、といった頃に無一さんが一高さんを見送った、と。これ以降に生きている一高さんを目撃したやつはいるか？」

　その場の誰も樋山さんの声には反応しなかった。いない、ということだろう。

「そうか……なら、一高さんの死体発見時の経緯について話してもらおうか。第一発見者はそこの山師と、朽木さんだったな？」

　朽木はチラリと樽峰を見たが、彼が頑として口を開こうとしない様子なのを確認してから説明を始めた。

「はあ。お昼を過ぎても一高さんが来なかったので、一度その時に下山しようかという話になったのです。ただ、その時は山頂に近いところまで上がってきていたので、もうちょっと待とう、もうちょっとと、結局ズルズル午後二時半くらいまで山を歩いてしまいました」

「一高さんとはどこか待ち合わせ場所を決めていたのか？」

「いいえ、一高さんは山をほとんど知りませんから。山のどこかで待ち合わせというのは難しいと思い、彼が来た時にわたしたちが下山する予定でした。来た合図として、トンネルを出たところで呼子笛を吹いてもらうことになっていました。あれなら、相当離れていても一高さんが来たと分かりますから」

「ふーん。笛をねえ」

「それで、午後三時くらいでしたかね。流石《さすが》に遅すぎるだろう、ということになって樽峰さんと山を下りたのです。トンネルの山側の出入口には一高さんの姿が見えなかったので、とりあえず屋敷側へ抜けようと思い、そのまま進みました。すると、途中で地面に落ちていた一高さんの懐中電灯に足を滑らせて転んでしまって、お恥ずかしい話ですが足をくじいてしまいました」

なるほど、朽木の怪我《けが》にはそういう経緯があったのか。

「転んだ地点のすぐ傍に一高さんが倒れていて、慌ててわたしと樽峰さんが駆け寄ったのですが、素人目から見ても手遅れであることが分かりました。そこで、足をくじいたわたしの代わりに樽峰さんが屋敷へ走ってくれたのです……」

　これで、一高のタイムテーブルは大よそ完成した。

午前七時半頃、作業小屋において朽木に山見のことで相談を持ち掛ける。

午前八時半頃、皆で揃って朝食をとる。

午前九時から一一時半頃まで、樽峰、朽木とともに打ち合わせと山見の準備を行う。

午前一一時半から午後一時頃まで、自室にてパソコンで作業。

午後一時頃、屋敷前で無一と軽く立ち話をする（これが生きている一高の最後の目撃証言）。

午後三時頃、天狗洞にて死亡を確認される。

　ずっと誰かが監視していたわけではないので、なにをしていたのかはっきりしない時間が多いものの、このタイムテーブルに従えば、一高は午後一時から午後三時の間に殺害されたということが云える。司法解剖の結果次第で、さらに狭めることができるだろう。

「オッケー。これでまあ、死亡推定時刻はある程度つかめたな。あとは各人が自身のアリバイについて考えればいいわけだ――」

そこで、今まで黙って話を聞いていた宇津木がやおら立ち上がった。

「もう充分だ。君の手際はよく分かった」

「はあ？　まだこれからってところなんだが」

「結構。ここから先は我々に任せてもらおう。単刀直入に云わせてもらうとね。やっぱり君たちふたりは怪しすぎる。だから特別にわたし自ら別室で事情聴取をしてやる。その他の方々は別の刑事が対応します」

宇津木がそう云うや否や、複数の警察官が僕と樋山さんを取り囲んだ。

「なんでだよ！　俺たちのどこが怪しいんだっつーの！」

しばらくの間樋山さんはごねていたが、これ以上は抵抗しても無意味だと悟ったのか、大人しく宇津木についていった。

そして、なぜか僕まで樋山さんとセットで引っ張られることになった。解《げ》せぬ。

3

天狗屋敷の応接間が取調室兼刑事の詰め所として使われることになった。一階の端に位置しており、全員が揃っているリビングからはかなり距離がある。

天狗屋敷はほとんどの部屋が畳敷きの和室なのだけれど、応接間はすり切れたカーペットが敷かれていて、本革のソファが鎮座しており、おまけに天井には小さなシャンデリアまでぶら下がっていて、意匠は完全に洋風だった。だが、普段はほとんど使われていない部屋らしく、どこもかしこも薄っすらと埃《ほこり》を被《かぶ》っていた。部屋の隅には畳まれた段ボール箱や壊れて動かなくなったのであろう電化製品などが積まれていて、半分物置のような使われ方をしているようだった。

僕と樋山さんを応接間につれてくると、宇津木は一旦部屋を出て行った。

そうして三〇分ほど経過してから、ようやく戻って来た。

——いつまで待たせるつもりだ。

そんな文句のひとつでも云おうと僕が口を開きかけたところで、

「なんでも屋っていうのは普段、どんな仕事をしているのかな」

待たせて悪かった、といった詫《わ》びのひとつもなしに宇津木はそんなことを訊いてきた。

樋山さんは眉間《みけん》にしわを寄せた。

「俺たちが普段なにをしているかなんて、どうして事件に関係あるんだよ」

「そんなにけんか腰にならなくても良いだろう。ただの世間話の枕《まくら》じゃないか。それともなにか後ろめたいことでもあるのかな」

「後ろめたいことなんてあるわけねえっつうの。明朗会計いつもニコニコ現金払い税金完納を心掛けているっつうの。なあ？」

　なあ？　と話を振られても僕は困るのだけれど。しかしまあ、給与はいつも現金払いだ。

「そして古賀君。君は平澤翠さんの婚約者なんだって？」

「婚約はしていませんが……恋人です」

「そうなんだね。翠さんは婚約者と云《い》っていたが、いいだろう」

　宇津木は懐《ふところ》からマイルドセブンを取り出して火をつけた。樋山さんもラークをくわえる。僕は煙草を喫わないのでやや居心地が悪くなった。しかし、煙草を喫う男が好きな女性と、嫌う女性、どちらの方が多いかは経験上良く理解しているので、目の前でどれだけ美味《うま》そうに煙草をふかされても全く喫いたいとは思わない。

「まあ。さっきも云ったんだけれど……怪しすぎるんだよね、君たち」

「どこが怪しいんだよ。妙な言いがかりつけてんじゃねえよ。俺は身内が過去にここで働いていたから、ちょっと当時の話を聞かせてもらおうと思って来ただけだ。なにも疚《やま》しい事情はない」

「……その身内とかいうのは、君のお爺さんなんだろう？　しかし、この屋敷にいる誰もそのことを知らないそうじゃないか。適当な口実で屋敷に乗り込んで、なにかよからぬことを企《たくら》んでいたんじゃないのか？　ええ？」

「なんだとお」

樋山さんは唸《うな》って威嚇《いかく》しているものの、旗色が悪いことは明白だった。まさか、ここにきて樋山さんの胡散臭《うさんくさ》さが仇《あだ》になるとは。

しかし、言葉こそキツイけれど、宇津木の口調は先刻までよりもずっと穏やかなものに変化していた。その証拠にうっすらと気安さを感じさせる笑みまで浮かべている。

「とはいえ、君たちが一高さんを殺害したと本気で考えているワケではない。これだけバタバタしている中だが、樋山君について少し調べさせてもらった。まあ、最初は前科の有無を確認するくらいのつもりだったんだけれどね。いきなり飛び入り参加の不審人物だったから、君が犯人だったら楽でいいなという欲目があってさ。京都府警の纐纈《こうけつ》警部は知っているだろう？」

「あの狸爺《たぬきじじい》か。元気にしていたか？」

「ああ。春先にちょっと胃《い》潰瘍《かいよう》をやったそうだが、今はバリバリ働いていらっしゃるよ。君の悪名は纐纈さんから詳しく聞いた。いくつかの刑事事件に巻き込まれたり、警察を巻き込んだりして、その度に問題を起こすが最終的にはなんやかんや丸く収める手腕の持ち主だ、とね。普段は刑事弁護士から証言や証拠の収集なんかの仕事も依頼されているそうじゃないか。結構評判が良いらしいね」

なるほど、宇津木の樋山さんへの態度が軟化したのには、そうしたワケがあったのか。

樋山さんは頷いた後、

「他にもなんか云っていました？」と訊いた。

宇津木は苦笑する。

「ああ……貸した金を返せ、とも云っていたね」

「覚えていたかー、クソー」

宇津木は卓上の灰皿に煙草の灰を落とすと、ちらと樋山さんの顔を窺《うかが》った。

「いい加減に見えるが信用しても良い人物だ、と太鼓判を押されたよ。だからと云って、君たちへの疑いが完全に無くなったわけではないものの……今のわたしは屋敷の人間が犯人だと考えている。凶器として用いられたのが屋敷にあった毒矢だったから、だけではないよ。この屋敷の持つ、一種異様なオーラ、妖気《ようき》、怨念《おんねん》、執念、そういったものが事件を引き起こしたんじゃないかと考えている」

「冗談ですよね？」

「半ば本気だよ。わたしは」

ニコリともせずに宇津木はそう云った。

僕と樋山さんは黙って顔を見合わせた。

樋山さんは頭の横で指をクルクルと回してから、手を広げた。

刑事は足を組んでその上に肘《ひじ》をついた。

「屋敷、というよりは山かな。春秋氏が失踪《しっそう》したのは七年前。もう失踪宣告は出ているのだろう？　遺言状があるんじゃないのかな」

「よくご存じですね」

「この地域で暮らしている耳聡《みみざと》い者なら誰でも知っていることさ。わたしは春秋氏の遺言状の内容が知りたい。ただ、それが事件と関係しているという証明ができない為《ため》、未だに関係者の口を割らせることができないでいる。令状だなんだと大ごとにしなくても、君なら話してくれるんじゃないかと思ってね」

　なるほど。オーラだなんてスピリチュアルな発言のせいで警戒してしまったが、要するに刑事は遺産相続を巡る争いが今回の殺人を引き起こした、と考えているのだ。

「へっ、偉そうな口を叩《たた》いておいて、遺言状の内容すら聞き出せなかったのかよ。とんだヘボだな。あんた」

「云ってくれるじゃないか。しかし、耳が痛いのも事実だ。君たちはこの屋敷が天狗屋敷という奇妙な呼ばれ方をしていることを知っているかな？」

「いや、まあ、噂《うわさ》では」

「そうか。こんな辺鄙《へんぴ》な山奥で暮らしていること、それ自体を揶揄《やゆ》しているわけではないよ。昔、霊是家は山林のおかげでそれはそれは凄《すご》い勢いで大きくなったんだ。それで成り上がり、天狗になっている、なんて云われてね。口さがない人っていうのはどこにでもいる。要するに僻《ひが》み嫉《そね》みの的だね。そんな時に霊是家の経営している製材工場が大きな火災を起こしたんだ。死人は出なかったけれど、後々の処理がまずかった。端的に云えば、周りへの誠意がなかったんだね。それまで買っていた反感も相まって、とても地場で事業を継続できない状況に追い込まれた。その時から、霊是家っていうのは非常に閉鎖的になった。こういう田舎だと警察官ってだけで畏《かしこ》まって、なんでも話してくれる老人は多いけれど、霊是の家はちょっと特殊だ。周囲に擯斥《ひんせき》されてきたことで恨みが募っているのか、わたしのような警官にも敵意を前面に押し出してくる。おかげで事情聴取も、ちょっとしたことを確認するだけでえらく手間がかかった」

　話を聞きだすのに苦労をしているというのは事実のようで、そう話す宇津木の顔には疲労の色が見えた。

　そうと分かれば捜査に協力するのはやぶさかではないと思い、僕が口を開こうとすると樋山さんに手で制された。

「しゃーねーなあ。じゃあ、情報交換といこうじゃねえか」

「情報交換？」と宇津木は怪訝《けげん》そうに云った。

「ああ。話せる範囲でいいから、捜査の進捗《しんちょく》について教えてくれ。そうすれば俺たちが把握していることはすべて教えよう。ギブアンドテイクだ」

「バカな。民間人に捜査情報を洩《も》らしたりしたら、わたしの立場が……」

「なら、こちらから話すことは何もないな。あとはまあ、好きにすればいいさ」

突き放すような樋山さんの言葉を受けて、宇津木はしばらく呻吟《しんぎん》していた。けれども、手段を選んでいられる状況ではないと諦《あきら》めたのか、不承不承といった様子で頷いた。

「わかった。近い内に公《おおやけ》になる情報で良ければ、話そう。だが、先に君たちの知っていることを教えてくれ」

「良いだろう。ほら、古賀君。話してやれよ」

結局、なにもかも僕が説明しなくてはいけないのか。

それから僕は自分の知っている霊是家の事情について、可能な限り客観的に伝えた。とは云っても、ずっと傍観者であった僕にとって主観を排することは難しくない。

今回は天竜警察署に捜索願を提出した時とは違い、なにもかも包み隠さず説明した。宇津木はこちらの突拍子もない話に対しても素直に耳を傾けてくれたので、話しやすかった。

僕がすべてを話し終えると、刑事はしばしの間瞑目《めいもく》して考えを巡らせている様子だった。やがて目を開くと僕の方を見た。

「なるほど。いや、驚いたな。下手すると荒唐無稽《こうとうむけい》なつくり話にしか聞こえない。これじゃあ屋敷の人間が一様に口を閉ざすのも無理はない。それでは、冬夏氏は今どこにいるのか分からない、ということなんだね」

「はい。そうなんです。でも、今頃どこか遠くに」

僕が返事をするや否《いな》や、宇津木は部屋の隅で速記をしていた記録係の警察官を呼び寄せた。

「明日、この周辺で大規模な山狩りを行おう。本部にも人手を寄越すように伝えてくれ」

「はっ！」

宇津木から命令を受けた警察官は返事をすると部屋を出て行った。僕と樋山さんはその背中を呆然《ぼうぜん》と見送る。

「なにを考えているんだ。あんた。ひょっとして、失踪した冬夏がこの近くの山に潜伏しているとでも思っているのか？」

「その通り。古賀君の話を聞いた限り、一高氏を殺害する強い動機を持っているのは冬夏氏だろう。なにせ、山林の相続を妨害するために計画的な失踪をするくらいなのだから。だが、樽峰氏の手練手管のせいで、相続を妨害しても安心できないとなれば、荒っぽい手段に出ることも考えられる。極端な話、殺すことも」

「だが、いくらなんでも山に潜んでいるなんてことがありうるか。そもそも、どうやって屋敷の近くまで来たんだよ。車やバイクでもないと難しいだろ」

「君たちはこのあたりの地理に詳しくないから知らないのだろうが、じつは天狗洞と呼ばれているあのトンネルを越えた向こうの山を三〇分も歩けば国道に出られるのだよ。今は林道が整備されていないから乗用車はとても通れないが、木材を搬出するための履帯の車なんかは普通に通れる。だから、バスかなにかでその近くまで行き、徒歩で誰にも気づかれずに屋敷まで来ることも不可能ではない。もっとも、今は我々の仲間が国道側で睨みをきかせている。私道の入口の方も同じくね。マスコミやらなんやらが屋敷に押し入ってくると面倒だからな。もしも冬夏氏が屋敷の近くの山に身をひそめているのならば、完全に袋の鼠《ねずみ》だ」

　どうやらこの刑事の頭の中では殺人犯＝冬夏という式ができあがってしまっているようだった。

「ああ、そうだ。棺《ひつぎ》から冬夏氏が消失した謎《なぞ》についても警察の方で調べておくよ。わたしはどうも、棺がくさいと睨んでいる。なにかトリックが仕掛けられているんじゃないかと思う」

「棺、ですか。でも、あの後中身を検《あらた》めたのですが特段変わったところはありませんでしたよ。チリひとつ入っていませんでした」と僕は答えた。

「その棺は今どこにあるんだね」

「冬夏さんの部屋に置いてあります」

　僕の言葉を聞いて、すぐに調べることができると刑事は喜んだ。

「なんでも特注品の棺だそうじゃないか。その棺をつくった業者にも是非話を聞きたいな。棺をつくったのがどこの業者なのか、誰に訊《き》けば分かるだろうか」

「さあ。千歳さんか等々力さんならご存知なんじゃないですか。なにせ、冬夏さんと一緒に住んでいた人たちですから」

話していると、なんだか僕まで犯人は冬夏のような気がしてきた。

しかし、樋山さんはなにか別のことを考えているのか、遠くを見ながらこめかみを指で叩いていた。

それから僕は先ほど話題になった一高の死亡推定時刻——午後一時から三時の間——について話をした。

宇津木も現場の検死に基づいて同じような結論にたどり着いていて、関係者への事情聴取では午後のアリバイを重点的に確認していたのだという。

「僕は日中をほとんど翠と一緒に過ごしていました。一高さんの死亡推定時刻の間もそうです。翠に確認してもらえば分かります」

「安心したまえ。翠さんは比較的、捜査に協力的だったからね。身内を売ることを恐れてなのか、遺言状や冬夏氏の失踪のことは話してくれなかったが、自分とずっと一緒にいた古賀君に犯行はできない、ということだけはしっかりと説明してくれたよ。ところで樋山君。君にアリバイはあるのかな」

「ねえよ。ずっと部屋でひどい頭痛に苛《さいな》まれていたからな」

「それはそれは。お大事に」

他にアリバイがあるのは樽峰と朽木の二人だけだった。彼らは昼前に屋敷を出てから死体を発見するまでの間、ずっと一緒に山を歩いていたので共犯でもない限りは犯人ではありえない。他の面子《メンツ》はそれぞれ自由に動いていて、一高の死亡推定時刻にまとまったアリバイはない。

屋敷には他に千歳、良治、永美、無一、等々力、江口がいた。

犯人はこの中にいる……のだろうか。

「さあ、こっちのネタは教えてやったんだ。今度はそっちの番だぜ。さっさと捜査情報を吐きやがれ！」と樋山さんは威勢よく宇津木に詰め寄った。

「わかった、わかった。なにが知りたいんだ？」

「まず、凶器だ。一高殺しの凶器はこの屋敷に昔からあった毒矢らしいが、間違いないのか」

「司法解剖の結果が出るまで断言はできないが、まずそうだろうな。現場で行った検死では矢に塗ってあった毒による中毒死だろう、という結論に至った。矢の刺さった傷自体は浅いので、とても致命傷にはならない。それ以外に目立った外傷はほとんどないんだ。顔面に軽度の打撲の痕《あと》は見られたものの、これは倒れた拍子に地面に打ったためにできたものだと思われる。刺さっていた矢について、写真を見せながらこの家の千歳さん、等々力さんに尋ねてみたら、間違いなく玄関の広間にあった天狗の矢だと証言してくれた。毒も恐らく、一緒にあったトリカブトのものが使われたのだろう、とも」

「ですが、広間の天狗の像から無くなったのは矢筒と矢、あとは毒だけで弓は残っていました。どうやって矢を放ったのでしょうか」と僕はつたない記憶をたどりながら尋ねた。

　そこで宇津木は話すべきかどうか逡巡している様子を少し見せたものの、やがてこちらに一枚のポラロイド写真を差し出した。そこには拳銃《けんじゅう》の銃身に交差するようにして弓が取り付けられている奇妙な形の武器が写っていた。

「ピストルクロスボウ、と呼ばれるものだ。毒物と思われるものが入った小瓶、矢筒、未使用の矢と一緒に現場の近くで発見された。フルサイズのクロスボウよりも小型で軽量、扱いも簡単だから素人《しろうと》でもすぐに使える。弦をかけて矢をセットして、セーフティを外して引き金を引くだけで撃てる。普通の矢でも問題なく使用可能だ」

「こんなものがあるんですね。ですが、こういった特殊な凶器であれば流通先を調べればすぐに犯人にたどりつけそうですね。きっと、購入にもそれなりの手続きや認可が必要でしょうし」

「さてねえ。古賀君が小学生くらいの頃に矢ガモ事件っていうのが東京の石神井《しゃくじい》川であってね。クロスボウの矢が刺さったまま泳いでいる鴨《かも》がいる、とすごく話題になったんだ。社会問題にもなった。その時にもこういったクロスボウの規制がどうのこうのと取り沙汰《ざた》されたけれど、実際はほとんど機能していない。購入に許可は必要ないし、本人確認だって店頭でもあまりなされていないのが実態だと思うよ。害獣対策でこういうクロスボウを買う人もいるからね。本当は駄目なんだけれど、買う人間の使用目的を確認して売っている良心的な店ばかりじゃないからさ」

そうなると、特殊な凶器ではあるものの流通先から犯人をたどれるかどうかは分からない、ということになるのか。

「ですが、クロスボウなんて女性には扱えないのではないですか？」

「どうかな。これは精々八〇ポンドってやつ……弦を引く重さのことね。八〇ポンドだと大体、三六キロってところかな。これくらいなら女性でも道具を使わずに弦を引けると思うよ。まあ、千歳さんみたいなお年寄りだと厳しいかもしれないが、不可能とまでは云えないかな。それに、改造されていて、わずかな力で引き金を引くことができるようになっている。若い男なら小指でも引き金を引けるんじゃないかな」

トリカブトの毒は即効性なので、矢が刺さって倒れてからほとんど動くこともできないまま一高は絶命したのではないか、と刑事は推測している。

「犯人は屋敷の者の内にいるか、冬夏氏かのいずれかだ。冬夏氏ならば目的を達してすぐに逃げ出した可能性が濃厚だが、まだ山に潜んでいるかもしれない。あるいは、潜んでいた形跡がどこかで見つけられるかもしれん。わたしの推理がまるで見当違いで、明日の山狩りは空振りに終わることも充分考えられるが、なにも見つからなかったのであれば、屋敷の中にいる人間にだけ容疑を集中させられる。そういった意味では無駄ではない」

「そうかい。俺の考えは別だぜ。冬夏を追っても甲斐《かい》なしに終わると思うね。もっと大局を見ないといけねえよ。ここは大穴、犯人は七年前に失踪した春秋だ！」

「大局ねえ……犯人はあるいは、突然ぶらりとやって来た部外者という可能性もある。樋山君の容疑が完全に無くなったワケではないからな。くれぐれもそこは勘違いしないように」

「なんで俺だけに云うんだよ。こいつも等しく容疑者だろうが」

樋山さんはそう云って僕を指した。おいおい。

「古賀君にはきっちりとしたアリバイがあるからな。少なくとも実行犯ではない。だから、今のところは容疑者リストから外しても良いだろう。おっと、最後にひとつ。もちろんここで聞いたことは口外法度《はっと》だからな。くれぐれも他所《よそ》で吹聴《ふいちょう》してくれるなよ？」

「ああ、そうかよ」

そう云うと樋山さんは僕にだけ分かるように小さく手招きした。顔を近づけると、

「屋敷の中の様子には注意していろ。根拠がない予感に過ぎないが……まだ、この事件は終わらない気がする」と囁《ささや》いてきた。

僕は頷《うなず》いた。

4

さて、宇津木刑事に解放されてから僕はまずお風呂《ふろ》を借りることにした。ガスではなくて薪木《たきぎ》で沸かす風呂なのであったが、等々力が火の番をしてくれていたので熱い湯に浸《つ》かることができた。

風呂上がりに水でも一杯貰《もら》おうかと厨房《ちゅうぼう》へ行くと、流しの傍の床几《しょうぎ》に良治が腰かけて、コップ酒を呷《あお》っていた。

「ああ……君か。どうだい、一杯やらないか」

「いただきます」

これまで晩酌は控えていたが、僕は根っからの左党なので酒を目の前にして断ることなどできなかった。食器棚から適当なコップを拝借すると、良治に酒を注いでもらった。

そして、手近な椅子を引っ張ってきて腰を下ろす。

コップに湛《たた》えられた清酒をうっとりと眺めつつ馥郁《ふくいく》たる香を楽しみ、満足したところでまず一口飲んだ。

——ああ、美味い。

咽喉《のど》を通り抜けていく感覚に、思わず恍惚《こうこつ》の笑みを浮かべそうになる。胃の腑《ふ》に酒が落ち着いたところでじんわりと胸の内が温まっていく。涙がこぼれそうだった。

「どうだい。結構美味いだろ。父さんは酒豪でね。酒を飲まないと夜は眠れないってタイプだった。この酒も家からわざわざ持ち込んできたものさ。まさか、形見になるとは思わなかったけれどね」

　僕は同情するように頷いた。

「お悔やみ申し上げます。ですが、そんなお酒を僕なんかがいただいても良いんですか？」

「いいさ。どうせ、僕はそんなにいける口じゃないし、ひとりよりも誰かと飲む方が美味い」

「では、遠慮なく」

　最初は少しずつ味わって飲もうと努めていたのだけれど、それでも段々ペースが早くなっていく。酔っ払った良治は冷蔵庫を勝手に開けて、肴《さかな》になりそうなものを次から次へとテーブルに並べていった。

　コップ酒を干しながら、良治は焦点の定まらない目で僕を見た。

「前々から父さんはロクな死に方をしないと思っていたんだ。でも、まさか殺されるとはね。参ったよ。あまりに突然だったから、最後になにを話したのかも覚えていないや」

良治はそう云って少し寂しそうな笑みを浮かべた。僕はなんと答えれば良いのか分からなかったので、黙っていた。

「人間いつまで生きていられるかなんて、分からないもんだね。父さんは善人ではなかった。けれども、殺されるほどの悪人でもなかった。だから、父さんを殺そうと考える人間がいるなんて想像もしたことがないんだ。正直、犯人に対する怒りや憎しみといった感情が湧《わ》いてくる感じがしない。現実感がなさ過ぎて。それとも、殺した犯人の顔が眼前に据えられればそういった感情が自然と出てくるものなのかな」

良治は僕の空になったコップに酒を注いでくれた。

「誰が、どういう動機で父さんを殺したのか。山の開発が関係しているんじゃないかって警察は勘ぐっているようだね。だとしたら、そいつは山を守るために父さんを殺したわけだけれど、そうであれば……僕はそいつを責められないかもしれない」

「そんな。いくら山が大事だからって」

「責められないよ。特に天竜川の流域で育った人間であればなおさらね。過去に大勢の人が洪水で亡《な》くなった。家を失った。僕は直接目にしたことはないけれど、その凄惨《せいさん》な出来事については幼少期に色々な人から教わっている。天竜川の治水、ひいては山を守るためであれば、人を殺すことだって――」

「ああ、蓬莱泉《ほうらいせん》の空《くう》ですね。いいお酒を飲んでいらっしゃる」

声がした方を振り返ると、朽木がランニングシャツにステテコという格好で立っていた。完全に布団に入る前のスタイルだ。

「朽木さん。くじかれた足は大丈夫ですか？」と良治が尋ねた。

「いや、大げさに騒いでしまってすみません。この通り、なんともありませんよ」

「部屋、一階にもご用意できますけれど、いいですか？」

「二階で大丈夫です。荷物も広げてしまっていますし、それに一階はどうやら刑事さんたちが動き回っているみたいですし」

朽木の云う通り、屋敷内ではあちこちを刑事が動き回っていて、落ち着かないことこの上ない。刑事の何人かは泊り込む予定らしく、等々力が支度をするのにバタバタと駆け回っていた。頼もしいやら息苦しいやら、なんとも云えない感じであった。

「なにやら物騒な話をされていたようですね。なにを話していらっしゃったのですか？」

朽木にそう尋ねられて、良治はさっきまでの話を繰り返した。

興味深そうに聞いていた朽木だったが、最後まで聞き終えると何度か頷いた。

「なるほど。確かに天竜川は昔『暴れ天竜』なんて呼ばれていましたからね。天竜区では水源涵養《かんよう》のために造林事業が推し進められた経緯がありますし。その山が強行開発されるとなれば、阻止するための殺人は権道だと考える輩《やから》がいても不思議ではないですね」

「……朽木さんもそうですか？」と良治は云った。

ずいぶん思い切ったことを訊くな、と僕は驚いた。

しかし朽木は穏やかな笑みを浮かべたまま首を横に振った。

「山は畏《おそ》れ、尊ぶものだとわたしは考えています。自分が守る、なんて考えはむしろ傲《ごう》慢《まん》だとさえ思います。ただ……」

「ただ？」

「春秋さんや、冬夏さんに頼まれた仕事であれば、やるかもしれませんね」

しんみりとした声であったが、力が込められていた。

それからはあまり事件と関係のない話が続き、どれくらい経《た》っただろうか。時計を一《いち》瞥《べつ》すると、丑《うし》三つ時に差し掛かろうという時間だった。酒飲みからすれば宵の口である。一高の遺《のこ》した一升瓶がひとつ空になり、さて冷蔵庫のビールでも開けるか、といったところで同じく時計を見ていた朽木が妙なことを提案した。

「いい具合に酔いが回ってきましたね……どうです？　宴《うたげ》の余興にちょっとした賭《か》けを

しませんか」

「賭けですか。賭けは好きですよ。でも、いったいなにをするんですか」

　僕が訊くと、朽木は卓の端に転がっていたマッチ箱を手に取った。

「大分昔に観《み》たことのある海外のテレビドラマで、ライターを十回連続で着火させられるかどうか、といった賭けがあったんです。その時に賭けられていたのは、確か車と指でしたが、まさかそんなものを賭けられませんからね。もしも古賀さんがこの残り七本のマッチをすべて一発で着火できれば、そうですね。わたしの秘蔵のお酒を二階から持ってきましょう」

「ははあ。面白そうですね。ですが、僕が失敗したらどうなるんです？」

「その時は明日の薪割でも手伝ってもらいましょうかね」

　霊是家の世話になっているので、それくらいの仕事はお安い御用である。勝敗はどっちでもいいからちょっとつき合ってやろう。僕は軽い調子で賭けを承諾した。

　卓上の灰皿を手元に引き寄せて、朽木からマッチ箱を受け取った。一本目のマッチを取り出して、マッチ箱側面の側薬に当てて弾くように擦った。あっさりマッチ棒の先端に火がついたので、灰皿に横たえた。

　秘蔵の酒に興味はあったけれど、あんまり勝ちにこだわる気持ちはなかった。泊めてもらっている以上、霊是家のために薪割くらいの仕事はしてもいいのだが、自分から申し出るのは少しはばかられる。先方だって気が引けるだろう。しかし「賭けに負けたのだ」という言い分があれば、手伝いもしやすい。

そのため勝敗は本当にどっちでも良かったのだが、朽木の視線が意外なくらいに真剣なものだったので、僕は少し戸惑った。軽い余興のつもりで提案してきたはずだが、老人は僕のマッチを扱う手から目を離さずにビールを口に運んでいた。

これまで意識していなかったけれど、僕自身少し酔いが回ってきているようだった。マッチ棒を持つ手が少しおぼつかない。火を扱うわけだから、できる限り細心の注意を払って二本目を擦った。

おぼつかないながらも、それでも火はついた。そして、コツというほど大したものではないが、マッチ棒に火をつけやすい角度と力加減が分かってきた。三本目、四本目、五本目とそれほど間を空けることなく焦《こ》げたマッチ棒を灰皿に積んでいった。

良治は灰皿のマッチ棒を数えて、

「いよいよあと二本。なんだか賭けっていうのは不思議な緊張感をもたらすものだな。何も知らない人間から見れば、マッチに火をつけているだけなのに」

「賭けるという行為には厳粛さがつきまといますからね。賭けた以上はその結果に従うしかない。キリスト教でも使徒をくじ引きで選んだりしたでしょう。賭けには神の意思を聞く、といった側面があるのかもしれません」と、そんな適当なことを云いながら僕は六本目のマッチを擦った。

指先に灯《とも》った火を灰皿へ投じ、最後の一本をマッチ箱から取り出した。

「これで最後ですが……いきますよ」

「お願いします」と朽木は云った。

火がついてもつかなくても、どちらでもいい。不器用な自分がここまで一回も仕損じなかったことが不思議なくらいだ。最後であっさり失敗するかな。

だがしかし、あっけなく火はついた。

「……これで全部、火がつきました」

「ええ。賭けは古賀さんの勝ち、ですね」

これまでずっとこちらを注視していた朽木が少し俯《うつむ》き加減になり「これもまた、山の神の意思というわけですかな」とつぶやくのが微《かす》かに聞こえた。

――山の神？

いったいどういう意味なのかと思ったけれど、それを訊くよりも朽木が立ち上がる方が早かった。

「では！　酒を持ってきますので、ちょっと待っていてください」

しっかりとした足取りで朽木は厨房を出て行き、やがて階段を上っていく音が屋敷に響いた。飲んだ量は三人とも同じくらいだが、良治は既に限界に近い気がする。僕は脳みそこそ少しぼんやりしているが、感覚的にはまだまだいける。

ボーッと机の上の空になった酒瓶を眺めていると、突然どこか遠くでなにか大きなものが倒れるような音が――したような気がした。なんだかはっきりしない。空耳。幻聴。なにかの聞き間違いか？

その次に鐘の鳴る音が聞こえた。だが、これも耳を澄ませていたからこそ聞こえたのであって、それほどはっきりと音が響いたわけではなかった。

脇《わき》の下にじっとりと嫌な汗をかいていた。

なにかが起こるのをぼんやりと待っていたが、結局なにも起こらず、朽木が階段を下りてくる足音が響いてきた。

「今、わたしは飛騨《ひだ》高山に住んでいましてね。そこの地酒です。あのあたりは酒蔵が多くて競争も激しいですが、こいつがわたしは一番好きですね。まあ、ひとつやってみてくださいよ」

それからは怪しい音のことなどすっかり忘れて、三人でゆっくりとしたペースで酒を飲みつつ、静かに当たり障《さわ》りのない会話を交わした。人が死んだ、殺された晩だというのに酒を飲んでいるという引け目があって、さすがにバカ騒ぎはできないという気持ちがあったためか、どうしても声は小さくなった。

必然、死んだ父親について良治が語ることが中心となった。故人を偲《しの》ぶという名目でもなければ、夜通し酒を飲み続けるのは顰蹙《ひんしゅく》を買うような気がしたのだ。

良治はいつの間にか一高のことを親父《おやじ》と呼ぶようになっていた。

「親父はなあ、樽峰のやつに誑《たぶら》かされていたんだよ。あの、山師はとんでもないやつなんだ……、ここの霊是の木を全部合板とかパルプ材にして、林地を造成して大規模な発電所にしようって考えているんです。ゼネコンだとかがバックについていて、なんだか外資系企業の名前もちらほら聞くし、そういう胡散臭い連中をぞろぞろ引き連れて一遍山見に来ているのを僕とか冬夏さんは見ていたんですよ。ただ木を高く買ってやろうだなんて、そんなつもりじゃないんですよ。親父は死んだけれど、あいつはまだ山を諦めていないんです。さっき、事情聴取の間に息子の僕にすり寄ってきたくらいだから。なにを企んでいるのか分かったもんじゃない」

一高の思い出話も後半は樽峰への恨み言に転じていたが、いつしか良治は机に突っ伏していびきをかいていた。五時前には酒も尽きたので、朽木は自分の部屋に戻っていった。

僕は酒がなくなっても厨房からは出て行かないで、窓を見つめて外が明るくなるのを静かに待っていた。

不思議なことに眠気がまるで襲ってこない。時間の経過とともに潮が引くように酔いが少しずつ醒《さ》めていって、今や意識の輪郭がはっきりとしていた。

白々とした朝日が窓から差し込んでくると、僕はそこでようやく部屋に引っ込む気持ちになった。警察からまたなにか訊かれる前に、一時間だけでも睡眠をとっておこう、と思ったのだ。

そして、また悪夢を見た。

第四章

天狗倒しの殺人

1

嫌な気持ちのまま目が覚めて、布団《ふとん》から身を起こした。寸前まで悪夢を見ていた、ということは分かるのだが肝心の夢の内容はすっかり忘れてしまっていて、かえって気持ちが悪い。うっかり口に入った異物を虫か埃《ほこり》かも分からぬまま飲み下してしまったような心地であった。

時計を見ると驚いたことに時刻は正午に近い。ちょっと眠るだけのつもりが、本格的に寝てしまっていたらしい。どうせ警察の人間が起こしに来るだろうと高を括《くく》っていたのだが、どうやら当てが外れたようだ。

服を着替えて御不浄を借り、洗面所で髭《ひげ》をそってからリビングに行くと法堂和尚《おしょう》と千歳、翠が座卓を囲んでいた。

「おはよう。もしかして今起きた？」と翠が僕の顔を見てそう云《い》った。

「あっ、うん。今起きた」

「ねぼすけさん」

そう云って翠は微笑《ほほえ》み、そっぽを向いた。

なんだろう。いつになく翠の雰囲気が丸くなっているというか。僕にあんまりベタベタしないというか。淡白というか。いや、別にそれはそれでいいんだけれど。

そうだ。そもそも、僕がこんなに遅くまで寝ていたら、翠が鋭利な刃物を片手に起こしに来そうなものだ。どうしたんだろう。まるで普通の女の子みたいじゃないか。それでいいんだけど。一高の死が原因で深く気持ちが落ち込んでしまって、普段の調子が出ないのだろうか。

いや、気持ちがバッドに入っている時ほど、彼女は僕への執着が強くなる。それなのに今は少し他人行儀な感じすらある。まるで倦怠《けんたい》期のカップルのような。

この状況はむしろ、僕が彼女と別れるために望んでいたものではあるのだが。

少し、気になる。少しだけど。

法堂和尚は相変わらず穏やかな笑みを浮かべていたものの、どことなく不安そうな面持ちであった。

「一高さんが亡《な》くなられたと聞いて、ワシも急いでやってきたのですが。まさか殺されたとは知らず、驚いています」

「今、警察の人たちは山狩りをしているんです。殺人犯は屋敷の近くに潜んでいるんじゃないかって。もっと云えば、失踪《しっそう》した冬夏さんのことを疑っているみたいで」

「馬鹿《ばか》なことを。わたしも事情を藪井さんから聞きましたが、冬夏さんはもう屋敷に戻るつもりはないそうですよ。少なくとも、きちんとした山の後継者を見つけるまでは。

山狩りなんぞ、しても無駄じゃ」

　和尚は口ではそう云いながらも、リビングの窓からチラチラと外を見る。しかし、窓からは杉の木立が見えるだけで、警察官たちの姿は見えなかった。和尚の話では、警察は冬夏の行方を捜すために藪井にも事情を訊《き》きに行ったようだった。きっと「行き先も告げずに冬夏は出て行った」とにべもない対応をしたのだろう。

「もしかしたら、そのうちヘリだ、なんだという騒ぎになったりするかもしれませんね」

　何気なく僕がそう云うと、和尚は顔をしかめた。

「これで起きていないのは樽峰さんだけだね」翠が云う。

「ああ、なんだ。僕が最後じゃなかったのか」

　だが、今朝まで起きていた僕はまだしも、樽峰はどうしてこんなに遅いのだろう。なんだか不審に感じたが、すぐに気にならなくなった。

「良治さんと朽木さんも起きるのは遅かったんじゃないか？　数時間前まで一緒にお酒飲んでいたからさ」

　僕が訊くと翠は、

「残念でした。良治さんは七時には服を着替えて警察の人たちと一緒に屋敷内の捜査の立ち合いをして、今は山狩りに参加しているし、朽木さんもずっと前から薪割《まきわり》をしてくれているんだよ」

「マジかよ」

良治はあれだけ泥酔《でいすい》して寝ていたのに。朽木も僕以上に深酒をして日の出近くまで起きていたのに。

寝坊した分の失点を取り戻さなくては。

とりあえず今後の方針について話し合うべく樋山さんの部屋に行くと、すでにもぬけの殻だった。あの人が大人しくしているとは思っていなかったが、またぞろよそ様に迷惑をかけていないかが心配だった。

「どこに行ったんだよ、まったく」

樋山さんの行方を求めて僕が屋敷の中をさまよっていると、警察が詰めている応接間の方向から彼の声が聞こえた。

「はやくこの男を引き取ってくれ」

応接間に入るなり、疲労困憊《こんぱい》した様子の警察官がそう云った。その口調には不良品の電化製品を返品する時のような不満と鬱憤《うっぷん》がこもっていた。

昨夜から樋山さんは捜査情報をなんとか聞き出そうと手当たり次第に警察官につきまとい、質問攻めにし続けていたのだという。

今はどういう経緯でそうなったのか分からないが、自分はソファにふんぞり返りながらもうひとりの若い警察官を床に正座させ、滔々《とうとう》と説教をしていた。

「だからさあ、あんたら警察って組織には日ごろからガッカリさせられているわけよ。分かんないかなあ。俺が云っていることって、そんなに難しいことじゃないと思うんだけれど。俺はこう見えて北は北海道、南は沖縄まで色んな事件を解決してきた経験があるから親切心で云ってやっているワケ。老婆心《ろうばしん》ながらってやつだよ。俺は老婆じゃないけれど、老婆心。ただ、他人の忠告や意見というものを素直に聞き入れる度量っていうものが最近の若いやつ全般に欠けていると俺なんかは思うね。しみじみ思う。いや、俺もまだまだ若いつもりでいるから、必ずしも年齢が問題だっていうわけじゃないんだけれどね。そうは云ってもやはり、一度頭を打った経験のあるなしっていうのは大事だと感じるんだよ。恥をかくことを必要以上に恐れるというか、そういう姿勢が——」

「夜中から今までずっとこんな調子でぼやき続けているんだ。外郎売《ういろううり》の方がまだ意味があるような話を延々と。正直たまらん。早くつれていってくれ」

「わかりました」

僕が樋山さんに声をかけて外に連れ出すと、それまで樋山さんの被害を受けていた若い警察官からは感謝の眼差《まなざ》しを向けられた。

「お勤めご苦労様でした。警察からなにか有益な情報は聞き出せましたか?」

「いやなにも。それにしても……最近の若いやつは本当に躾《しつけ》がなってないな。そして確信した。アホ警察に任せていたら、いつまで経《た》っても京都に帰れねえ」

「はいはい、そうですね。まずはどこから調べましょう」

「棺《ひつぎ》だな。冬夏の失踪も一高の殺人に関わっている可能性がある。まずは棺の現物を確認したい」

冬夏の棺は二階にあるはずだった。

僕と樋山さんは揃《そろ》って冬夏の部屋に向かった。

狭くて急な階段を上って二階に着くと、冬夏の部屋の襖《ふすま》を勢いよく開けた。すると、そこには予期していなかったことに宇津木刑事が立っていた。

「あれ、宇津木さんは山狩りに参加していないんですか？」

「ああ。わたしはもっぱら頭脳労働専門でね。ああいった仕事は屈強な若者たちに譲ることにしているんだ。それに、この棺のことも気になっていたし」

宇津木の目の前には天竜杉の柾目《まさめ》だけでつくられた例の棺があった。蓋《ふた》は釘《くぎ》で打ち付けられていたはずだったが、今は釘抜ですべての釘が抜かれていた。抜かれた釘が傍に置かれていて、どれも丁寧に引き抜かれたためか少しも曲がっておらず、新品同様に見えた。

当然、眼前にある棺の中は空っぽでなにも入っていなかった。

「よう。なにか進展はあったかい？」

「まあ、色々な……それより、何の用だ」

「事件の捜査に協力してやろうと思ってね。どうせ、冬夏爺《じい》さんが棺から失踪した謎《なぞ》もまだ分かっていないんだろう？」

「君なら分かるというのか」

「分かるさ。必要なデータが揃えばな」

宇津木は吐息をひとつもらしてから、棺を振り返った。

「この棺自体はなにか特別な仕掛けが施してあるわけではないようだ。横幅五五センチ×高さ四五センチ×長さ一八〇センチ。冬夏氏の身長が約一六〇センチだったらしいから少し大きく思えるが、遺体は死後硬直によってつま先を伸ばしたりすることがあるので、これくらいの余尺をもたせるのが普通らしい」

「ははあ。ずいぶんと上等な杉を使っているのね。これを燃やしちまうのは惜しいな」

樋山さんは棺の蓋を持ち上げて、矯《た》めつ眇《すが》めつ観察した。僕も横に立って眺めてみるものの、なにかギミックを仕込むような余地があるようには思えない。例えば棺の底が抜けるようになっていて、中に入った人間が脱出できる、とかそういった仕掛けを漠然と想像していたのだが、板と板の継ぎ目はしっかりとしていて、とてもそんな真似《まね》はできそうにない。

「この棺の製造業者は地元の会社で、冬夏氏の旧友が勤めているんだ。今年の六月ごろ、その人に依頼してこの棺をつくってもらったらしい。そこで、今朝さっそく確認の連絡をしてみたら、ちょっと思いがけない情報を提供してくれた。なんだと思う？」

僕と樋山さんは顔を見合わせて首を捻《ひね》った。

「冬夏氏がつくるように依頼した棺はひとつじゃなかったんだ。ふたつ、製造を依頼していたんだ。それも、どちらも全く同じ寸法、デザインのものをだ。そして、ふたつとも冬夏氏は持ち帰ったとのことだが、屋敷の中のどこをどう捜しても、もうひとつの棺は見つからない。奇妙だと思わないか？　どうして棺がふたつも必要なんだ。春に病気で倒れて死を意識するようになり、最期《さいご》の寝床として納得できる棺を用意した。ここまでは理解できなくもない。だが、棺というものは通常ひとりひとつで事足りるものではないか。もし、別のデザインのものをもうひとつ作らせたのであれば、どっちの棺にいれてもらうかで悩んだ可能性もある。だが、完全に同じものをふたつ、となるとちょっとおかしい。なにか表には出てこない企《たくら》みがある。そうは思わないか？」

最後の問い掛けは僕たちに向けてというよりも、宇津木が自分自身に投げ掛けているように聞こえた。けれども、冬夏が全く同じ棺をふたつ用意した、というのは重大なヒントのように思われた。それこそが棺からの消失トリックの真相を解くうえで最も重要で不可欠なピースなのではないか。

樋山さんを見ると、なにか深く思索を巡らせているのか、虚空《こくう》をじっと見つめてピクりとも動かなくなってしまっていた。この集中状態に入ると頭を叩《たた》かれても、熱湯をかけられても彼は反応しなくなってしまう。いつものことながら、この驚異的な集中力だけは尊敬してしまう。

　やがて、樋山さんがなにかを口にしようと僕を見たところで、遠くから「警部、宇津木警部、どこですか」と叫ぶ声が響いてきた。

　宇津木は廊下に出て行き、声の聞こえた階下に向かって階段の上から「わたしはここだ！　どうした？」と怒鳴った。

　すると、予想だにしていなかった言葉が返ってきた。

「すぐに来てください！　死体が見つかったんです！」

2

　死体が見つかったという言葉から、山の中で冬夏の遺体が発見されたとばかり僕は思っていたのだが、実際は思いもかけない展開に転じていた。

　遺体が発見されたのはなんと、屋敷の敷地内にある作業小屋に隣接している塔の中だった。

　しかも、見つかった遺体というのは冬夏ではなく樽峰のものだったのだ。彼はまだ宛《あてが》われた客室で寝ているものだとばかりみんなに思われていた。そのため、いつの間に出て行ったのか、また、どうしてこんな場所にいるのか、という点など疑問は枚挙にいとまがない。だが、頭の中を整理する為《ため》にも、現場の周辺状況についての描写も含めつつ、死体の第一発見者である良治の証言を振り返ってみる。

　現場となった塔は屋敷に着いた時、翠から説明を受けた通り、昔は林業架線の演習の為に設置された柱であり、それが使われなくなって現在は塔になっている。

　屋敷の玄関を出て、坂を真っすぐ下っていって林に入るとすぐ右手に塔はある。見上げると、高さは大体六メートルほどだろうか。天辺《てっぺん》近くの二メートルほどは東屋《あずまや》のようになっていて、四隅に柱があって、可愛《かわい》らしい三角の赤い屋根が乗っかっている。全体は木造である。

　塔の一階部分に入るには、まず橋を渡る必要がある。塔の出入口は沢を越えた向こう側にあるためだ。塔自体は沢を跨《また》ぐような形で建てられている。塔と隣接する作業小屋とは屋根付きの渡り廊下でつながっており、その廊下の両端にそれぞれ塔と作業小屋の出入口の扉がある。

　塔の扉はスチール製の片開きの開き戸で、なんの変哲もないものだ。その脇《わき》に梯子《はしご》が取り付けられており、これを上ることで塔の天辺にある東屋にいける。

　さて、死体はどこにあったのかというと、この扉の向こう、塔の中である。死体を発見した良治はどうしてここに入ろうと思ったのかというと、じつはここはトイレになっているのだ。

「山狩りに参加している途中で少し用を足したくなって、その、尾籠《びろう》な話で申し訳ないんですけれど、その辺で簡単に済ませるのは抵抗があったものですから」

都会暮らしのシティボーイに野糞《のぐそ》は中々ハードルが高かったらしく、山狩りの途中で屋敷の方へ戻ってきた。ただ、屋敷の本邸まで戻るのが面倒だと感じたのか、あるいはギリギリだったのかは分からないが塔のトイレを使おうと良治は考えたのである。

時刻は正午過ぎ。塔の扉を開けると、良治はその中に惨《むご》たらしい樽峰の死体を発見し、あまりのことに便意が引っ込んでしまったのだという。そして、そのまま這《ほ》う這《ほ》うの体《てい》で近くを歩いていた巡査を捕まえ、状況を伝えた上で現場を一緒に確認してもらい、先の通りになったというわけだった。

「刑事をずいぶん長くやってきているけれど、こんな訳の分からない事件は初めてだ」

応接間で向かい合っている宇津木刑事はやつれ切った表情を見せていた。自分の担当する事件で、滞在している屋敷の人間が捜査中に殺害されたのだ。警察の保安責任を問われる事態に違いない。

卓上に置かれた捜査情報のまとめられたファイルを指で叩きながら、宇津木は口を開いた。

「まさか連続殺人に発展するなんて、想像すらしていなかった。いや、今更なにを云っても言い訳にしかならないな」

「そんなに気を落とさないで。一服しましょうや」

僕の隣に腰かけている樋山さんが懐《ふところ》からラークを取り出して、一本勧めた。意外なことに刑事は虚《うつ》ろな目でそれを受け取り、素直にくわえて火を点《つ》けた。

間違いない。刑事の樋山さんへの態度は明らかに軟化している。

脳みそがヤニを吸収して、ひと心地ついたのか宇津木は少し生気を取り戻したようだった。

そして、卓上の灰皿に煙草《たばこ》の灰を落とすと、宇津木はちらと樋山さんの顔を窺《うかが》った。

「さっき、事件の捜査に協力してくれる、と云ったね。捜査情報を外部に漏らしたとなれば、わたしは懲戒免職ものだが……正直、この事件はわたしの手に負えないような気がしてきたよ」

現役の警部からこんな弱音を聞くことになるとは、思いもよらなかった。今、この応接間にいるのは宇津木と僕たち三人だけであるからこそ聞けた、本音なのかもしれない。

しかし、樋山さんはその言葉を鼻で笑った。

「長い前置きはやめましょうや。人払いまでして、あんたがなにを考えているのかは分かっているぜ。使えそうなやつがいるから使ってみるか。だが、自分が民間人に捜査協力を頼んだことが暴露されたら後で問題になりかねないから、そうならないようにこっちから親切な提案をするように誘導しているんだろ？　さっきからこれ見よがしに捜査情報の束を目立つところに置きやがって」

　樋山さんがそう云うと、驚いたことに宇津木はそれまでの沈んだ表情を一変させて、はにかむような笑みを見せた。

「手厳しいな。だがまあ、あたらずとも遠からずだ」

「大方、そのファイルをあんたが中座している間に俺たちが盗み見した、とかそういうことにすると俺の口から云わせようとしているんだろうが、そうはいかないぜ。あんたもリスクを背負うんだよ」

　仕方ないな、と宇津木は云うとファイルを自分の脇にあったカバンに戻した。とんでもない不良刑事だな、と僕は半ば呆《あき》れてその様子を見ていた。

「じゃあ、なにが知りたい？」

「まずは現場を見たいな。被害者がどんな風に殺害されていたのか。遺体はもう運び出してある？」

「ああ。一高氏と同じ法医学教室で解剖してもらう手筈《てはず》になっているよ」

「よし、じゃあ死体の状態なんかも含めて、現場で説明してくれ」

　そう云うと樋山さんは立ち上がった。

3

だがしかし、宇津木刑事が「わたしの手に負えない事件」と吐露したのは、決して同情を誘う為の大げさな言葉ではなかった。それほどまでに樽峰の殺害現場の状況は異様であり、他に類を見ないようなものであった。

塔の入口扉を開くと、かつては中に洋式便器がポツンとひとつあったらしい、半畳程度の狭い空間があり、そこは大人ひとりが入るともういっぱいという塩梅《あんばい》であった。トイレットペーパーのホルダーや、掃除用具などもない。本当に用を足すだけしかできないトイレだ。

しかし、便器は今や無残にも粉々に破壊されてしまっていた。床に散らばった残骸《ざんがい》から、便器だったことが察せられる程度である。

けれども、そんな便器の惨状以上にまず目を惹《ひ》いたのはトイレの壁四方に貼《は》られている無数の札であった。そこに描かれているのは焔《ほのお》を背負い僧衣を身にまとった天狗《てんぐ》の姿であった。天狗の傍らには大葉寺の文字が記されている。これが壁の膝《ひざ》あたりの位置から二メートルくらいの高さまでほとんど隙間《すきま》なく整然と貼られているのである。どうやら火の用心を意味するらしい文言が書かれているけれど、中には樽峰の返り血でひどく汚れているものもある。血は床にも多く飛び散っていて、誰かが踏んだり滑ったりしたのか血の汚れは引き延ばされていた。

「こ、このお札は以前から貼られているものなんですか？」と僕は思わず刑事に尋ねた。

「いや。良治に確認したところ、こんなものは元々なかったらしい。少なくとも、一昨日に冬夏の遺体が消失して屋敷中を捜索した際はこんな状況ではなかったようだ」

つまり、樽峰の死体とともにこの札は出現したことになる。霊験《れいげん》あらたかなありがたいお札も、これだけ大量に貼られていると不気味なことこの上ない。

「えーっと、被害者の樽峰……さん、はどんな感じで殺されていたわけ？　殺されていたんだよね？」

樋山さんが訊くと、

「ああ。間違いなく殺されていた。自殺ではありえない。頭部を鉄棒で殴打されて、頭《ず》蓋骨《がいこつ》陥没、脳挫傷《のうざしょう》。司法解剖の結果を待たずとも、即死であったことが一目で分かるような状態だった」

「この便器も、犯行の時一緒に破壊されたわけ？」

「だろうな。札と一緒で一昨日はここには普通に洋式便器があった、らしい。良治が嘘《うそ》を吐《つ》いていなければ」

「なんで便器まで壊したんだろうなー」

樋山さんはそう云うと塔の中に入り、扉を閉めた。ちなみに扉は高さが二メートル足らずで外開きになっていて、扉の内側にも壁と同様に札がびっしりと貼られていた。

しばらくすると再び扉が開いて、樋山さんは考え込むような仕草を見せた。

「窓。この窓を開けてみたいんだけれど、良いかな？」

扉の反対側にはよく見ると小窓があった。ちょうど僕の胸の高さくらいの位置だ。三〇センチ四方くらいの大きさだろうか。そこにも天狗の札が貼られてしまっていたため、ちょっと見ただけでは分からなかった。

「その窓は開けられない。嵌《は》め殺しだ」

「ふうん。この札ってもう調べた？」

「既に鑑識の仕事は済んでいる。粘着面に塗られているのはどうやらタダの糊《のり》だな。ちなみに、ここに貼られている札に付着している血痕《けっこん》は樽峰のものと同じ血液型だった。打撃を受けた際に勢いよく血が飛び散ったようだな。飛沫《ひまつ》の具合には不自然なところはない。だから、殺害現場はここで間違いないだろう。そして、札から指紋は誰のものもいっさい検出されなかった」

「寺の人間の指紋とかも？」

「ああ。どうも、紙質から判ずるに寺からもらってきたちゃんとした札ではなくて、印刷した紛《まが》い物らしい。だから、犯人が用意したものなのだろう。どうしてこんな真似をしたのかは分からんがね」

そう云われてまじまじと札を眺めると、確かに安っぽいコピー用紙の印象を受けた。塔の内部が薄暗く、パッと見では分からなかった。そうだと分かると途端にありがたみも薄れてくる。

「おっと。ああ、あれが鐘か？」

樋山さんが塔の天井を見上げてそう云ったので、僕も半身だけ塔に入って見てみると、格子《こうし》状に組まれた太い梁《はり》や桁《けた》の隙間からちらりと鐘らしきものが見えた。

どうやらこのトイレは鐘のある場所まで吹き抜けになっているようだった。四方に対してはせまっ苦しいものの、上方には過剰に開放感がある。

しかも、この部屋自体がかなり簡素な施工《せこう》でつくられたものらしく、後に聞いたところではこの塔の床は根太を適当に架けたところに部屋より一回り小さいベニヤ板を床板として乗せただけで、その床板は固定されてもいない。そのため、四方の壁と床が本来接しているはずのところには手を差し入れられるくらいの隙間が空いており、端を踏むと床が少し傾くような有様であった。

そんなわけだから、トイレもキチンとしたものではなく、ベニヤ板の真ん中をくりぬいて、そこに洋式便器をはめ込んだだけのものだった。小型漁船のトイレのようなもので、汚物は床下を流れている沢に落ちるようになっている。便器が破壊された今は床の真ん中にぽっかりと穴が開いている状態で、覗《のぞ》き込むと床下一メートルばかりのところを沢が流れている。

「被害者は発見された時、どんな体勢だったんだ？」

「良治の証言によると、窓の方に顔を向けて坐《すわ》りこんでいたそうだ。足を広げて便器のあった穴を避けて伸ばすようにしていたらしい。扉を開けたところで死体がこちらに倒れて来たから、半ば扉に凭《もた》れ掛かるような感じだったんじゃないかな。頭頂部が大きくへこんでしまっていたから、もう死んでいることはすぐに分かったそうだ」

「人相が分からなくなるほどではなかった？」

「ああ。頭部が完全に潰《つぶ》れてしまっていたわけではない」

「何度も殴られていたのかな？」

「いや。打撃が加えられたのは一度だけのようだ。それが致命傷になってしまった。鉄棒を思い切り振りかぶってぶん殴っても、普通の力では中々あそこまでの傷にはならない。犯人はかなりの腕力の持ち主だ、と云えそうだ。これで女性陣と老人たちは除外、と云いたいところだが――」

　宇津木はそこで唐突に黙り込んだ。

「どうした？」と樋山さんが訊く。

「これはわたしだけの考えではなく、本部の指示なのだが。山狩りは明日も続行されると思う。失踪した冬夏を捜し出すことが事件解決の端緒を開く、というのが本部連中の考えらしい」

「どうしてそんなことを？　樽峰さんの頭部の傷の具合を考えあわせれば、冬夏さんが犯人なんてことはありえないと分かりそうなものですけれど……」

僕はひとり言を呟《つぶや》くようにそう云った。

「足取りがまったくつかめないからさ。ここにいるから君たちは知らないだろうが、山狩りと並行して、駅などの公共交通機関やレンタカー会社、タクシー会社などにも聞き取りをして、冬夏の行方をしらみ潰しに捜している。失踪してから日は浅いので、目撃した人間がいれば記憶はまだ新鮮なはずなのだが、ひとつの目撃証言も出てこないんだ。ただの老人が自分の意思で失踪しただけなら、警察もこんなに血眼になって捜しはしないだろう。だが、冬夏は今や重大事件の参考人だ。犯人じゃないとすれば、自分の暮らしていた家で甥《おい》が殺害されたニュースを聞いて、無視していることになる。まだ新聞もテレビも見ていない可能性はあるけれど、自ら行方を晦《くら》ました人間が、警察の動向を気にしないとは考え難い。殺人とは関係なく普通に失踪して、どこかの町に潜んでいるのなら、この屋敷での事件は絶対耳目に入るはずなんだ。ならば普通、名乗り出てくるだろ？　そうじゃないということは、この事件の犯人なのか、あるいは……」

「冬夏も殺されているか、ということね」

樋山さんが宇津木刑事の言葉を引き取った。

「ああ。考えたくないことだけれどな。だが、そうなると犯行の動機がまるで見えなくなってしまう。これまでは山林開発に乗り出した一高を殺害した、という分かりやすい動機があった。だからこそ、失踪した冬夏が犯人だという見方ができた。しかし、今回の樽峰の殺害は老人の冬夏には不可能だ。一高の殺害は毒矢という飛び道具を使った、いかにもひ弱な老人らしいものだったけれど、今回は鉄棒を使った撲殺だ。それも、何度も繰り返し殴ったのではなく最初の一撃で、だ。若い男、若くなくとも無一か江口くらいの中年男性じゃないと難しい。すると、犯人ではないのに失踪して未《いま》だに姿を見せない冬夏は殺されている、という結論になるんだ。しかし、犯人の動機が霊是家の山を保全することにあるのなら、冬夏を殺害する動機はないはずだ」

　動機という観点から犯人像を描こうとすると、袋小路に陥ってしまうわけか。しかし、それは冬夏が殺害されているという仮定に基づいた話だ。可能性は低いにしても冬夏は天狗屋敷のニュースを未だに知らないのかもしれないし、知っていても動けない状態にあるのかもしれない。なにせ病み上がりの老人なのだから。

　樋山さんはどう考えているのだろうかと表情を窺ったが、冬夏のことはあまり興味がなさそうであった。

「そう云えば、凶器の鉄棒っていうのはどこにあったんだ？」

「作業小屋の方へ無造作に転がしてあった。凶器として用いられたものは鑑定のために持って行ったが、似たようなものが他にも何本かあったから見に行くか？」

　塔の扉を閉めて、作業小屋の方へと渡り廊下を進む。よくよく足元を見てみると、廊下の床にも血痕が認められた。凶器の鉄棒を提げて犯人が作業小屋の方へ移動した証拠と思われた。

　作業小屋の扉は塔と同じスチール製のドアだったが、大型の道具を出し入れする都合もあるためか、観音開きの広いものだった。中に足を踏み入れると埃っぽくて、なんだか黴《かび》臭かった。

　左右の壁に造り付けの棚があり、そこには林業で使われるのであろう、もしくは使われていた道具たちが所狭しと並べられていた。大小さまざまな滑車やロープなどの恐らく林業架線で使用する道具があり、これらは大半が埃を被《かぶ》っていた。他にも何に使うのかさっぱり分からないものが沢山あったけれど、棒状の道具はとりあえずここに全部突っ込まれているらしい。

「おー、すげー。グレンスフォシュじゃーん」

　樋山さんはそういって一本の大振りの斧を手に取った。Ｔ字型の両刃《りょうば》の斧である。特別なにか珍しいものには見えないけれど。

　僕がそう云うと、樋山さんは分かってねーなーっていう顔をした。

「チェーンソーのない昔はさあ、斧使って伐採していたんだけれど。日本ではこういう両刃の伐採斧ってないんだよな。基本的に日本の斧は片刃なの。でも、北欧とかだと今でもチェーンソーだけじゃなくってこういう斧で伐採することもあるみたいよ。アウトドア好きで道具に凝るやつなら、スウェーデンのグレンスフォシュは知っていると思うけれど」

「それで薪割とかしているらしいぞ」と宇津木が云った。

「いいねえ、俺もやりてえよお」

舌なめずりをしながら手斧を握るのは絵《え》面《づら》的にヤバいので控えていただきたい。

そして肝心の鉄棒はというと、長さはいくつか種類があったがどれも断面は六角形をしており、直径約三センチ程度で握りの部分が少しだけ細くなっていた。凶器として用いられたものは三尺ほどであるとのことで、同じ長さのものを手に取ってみた。

「うおっ、想像していたより重いですね」

片手で握って振りかぶろうとしたが、腕を痛めそうだったので両手でしっかり握り直した。聞いてみると、凶器として使われたものもこれと同じで、重量は五キロあるとのことだった。ということはこの鉄棒と同じくらいの長さであるゴルフの七番アイアンが四〇〇グラム程度だから、七番アイアンを一二本まとめて握っているのと大体同じことになるのか。そりゃ重いわ。

「鉄棒のちょうど真ん中より少し上あたりかな、そこに被害者の血と毛髪のついた肉片がべっとりと付着していた。指紋は検出されていない。犯人は樽峰を殺害後、凶器をこの小屋に放り込んで逃げたのだろう」

「たしか、頭頂部をぶん殴られていたんですよね。つまり、かなり思いきり振りかぶらないといけないわけですけれど、老人にはちょっと難しいんじゃないかな。できないとは云えませんけれど」

僕でもかなり根性を入れないと、標的に真っすぐ振り下ろすことは出来ないかもしれない。ともすればよろけてしまってあらぬ所を殴ってしまいそうだ。

「鐘を見に行こう」

唐突に樋山さんはきっぱりとした口調でそう云った。

「鐘って、塔の天辺にあるやつですか？」

「それ以外になにがあるんだ」

そう吐き捨てるように云うと、樋山さんは身を翻《ひるがえ》して作業小屋を出て行った。なにがなんだか分からなかったけれど、僕と宇津木は素直についていく。

塔の扉の脇にある梯子を樋山さんは身軽にのぼっていった。僕は一瞬迷ったけれど、宇津木が後を追ったのを見て、腹をくくってのぼることにした。

梯子は錆《さ》びていて、触れると手に赤茶色の汚れがついてしまった。だが、気にしている場合ではない。どうやら樋山さんはなにかに気がついた様子だった。

塔の天辺に立つと、そこから見える景色は中々壮観だった。

坂の上に建っている天狗屋敷の一階部分と、この塔の天辺はほとんど同じ高さのようだった。屋敷とは反対側を見下ろすと、塔の真下の沢が勢いよく流れていくのが見えた。どうやらすぐそこが切り立った崖《がけ》のようになっているらしい。あちこちに峻厳《しゅんげん》な巌《いわお》が突き出しており、遥《はる》か下方を川が流れているようだが突き出た岩のせいでその様子は見通せない。ただ、かなり深い渓谷なのだろうな、と察した。

塔の天辺は四隅に柱があり、中央に天井から鐘がぶら下がっている。鐘の真下には床が無いため、転落防止のためであろう腰壁が穴の周囲に設けられており、傍からは井戸のようにも見えた。

樋山さんは周りの風景のことなど眼中にない様子で、鐘を凝視していた。口径が五〇センチ程度の半鐘だったが、変わったことにベルのように内側に舌《ぜつ》がついていて、これが内面を打って音色を鳴らす仕組みらしい。舌は電車の吊革《つりかわ》のように金属製のリングを垂らしていた。

「なにを見ているんですか。樋山さん」

僕はとうとうしびれを切らして尋ねていた。

すると、樋山さんはびっくりしたような表情を浮かべた。

「なにをって、お前……鐘に決まっているだろうが」

「変わったところがありますかね」

「変わったところ。変わったところ、ねえ」

そこでなにを思ったのか樋山さんは突然腰壁を乗り越えて、真ん中に空いた穴にひらりと飛び込んでしまった。あまりのことに暫時《ざんじ》僕と宇津木は間抜けな顔になって呆然《ぼうぜん》と立ち尽くしていたが、慌《あわ》てて駆け寄って穴を覗き込んだ。

馬鹿な。ここから地上まで六メートルほどはあるのだ。飛び降りて死にはしなくとも無事では済まないだろう。

「樋山さん！　大丈夫ですか！」

だが、樋山さんは僕たちのすぐ下、二メートルほどの箇所に立っていた。太い梁や桁が交差していて、ちょうどそこが足場のようになっていたのだ。

「なにやってんすか！　危ないですよ」

僕の怒鳴り声など聞こえていないかのように樋山さんは足元の梁や周囲の壁などを丹念に調べている。いったい、なにをやっているのだ。この人の奇行にはすでに慣れているつもりだったが、今回は特にひどい。

やがて樋山さんは大きく頷くとこちらを見上げて手を伸ばした。

「悪い。引き上げてくれ」

僕と宇津木はうんざりとした顔を露骨に見せながら手を伸ばして樋山さんの両手をつかみ、引っ張り上げた。ある程度のところで樋山さんは自分で腰壁の縁をつかんで這《は》い上がってきた。

「マジで勘弁してくださいよ。探偵がこれ以上、事件を増やさないでください」

「大げさだなあ」

そう云うと樋山さんはキョロキョロとあたりを見回した。今度はいったいなにを探しているのだ。

樋山さんは四隅にある柱のひとつに目をつけた。僕は最初ここに上った時、柱に寄り掛かろうかと考えたのだが、風雨に曝《さら》されひどく経年劣化してボロボロだったので、やめておいた。

「なんかありますか？」

「ああ。ここ」

そう云って樋山さんは柱の床に近い部分を指した。そこには大きな傷がついていた。しかし、傷なら他の柱にだっていくらでもある。

「その傷がどうしたんです」

「新しいと思わないか？　他の箇所の傷に比べて」

「いや、どうでしょう……分かんないですね」

そう云われてみるとそんな気もするが、その傷が事件になんの関係を持つと云うのだろうか。宇津木に至ってはこちらにまるで関心を示さず、虚ろな目で煙草をふかしていた。

「頼む相手、間違えたかな……」

そう呟く刑事の声が風に乗って聞こえた。

4

今度は天狗洞が見たい、という樋山さんの言葉に従って僕が案内することにした。宇津木は忙しいから、と云って屋敷に戻ってしまった。見限られたのだろうか。

「別にどうでもいいさ。警察には警察にしかできない仕事をやってもらおう。被害者の司法解剖の結果の報告、とかさ。いつ殺害されたのかが判明すれば是非とも教えてもらいたいな」

草木の生い茂っている小《こ》径《みち》を歩き、天狗洞へと向かった。警察官が手掛かりをもとめてあたりを渉猟したためか、僕の背丈ほどもあった青草はほとんど踏み倒されており、最初に訪れた時よりもかなり見通しが良くなっていた。

既に日が傾き始めているので、現場を確認するならさっさと済ませた方が良い。僕たちは自然と速足になった。歩きながら僕は改めてこの天狗屋敷で滞在中に起こった出来事や、人間関係、目にしたことや耳にしたことについて可能な限り微に入り細を穿《うが》って樋山さんに報告していった。主に、樋山さんが居合わせなかった時にあったことを中心に。

「ふうん。冬夏が藪井医師に託したっていうビデオレターもあとで観《み》たいな。まだ屋敷にあるのか？」

「多分あると思いますよ。観せてもらえるように頼んでみます。ああ、着きましたよ」

一高の遺体を発見した、忌《い》まわしき殺害現場に僕は再び戻ってきた。生ぬるい風が吹いて、錯覚だとは思うが死臭を嗅《か》いだような気がして少し気分が悪くなった。

トンネルは黄昏《たそがれ》時ということもあってか、とても暗い。昼時でもかなり視界が悪かったが、今は入り口あたりに張ってあるチェーンもはっきりと見えないくらいだ。チェーンの両端はトンネルの壁に打ち込まれた杭《くい》につながれており、道具を使わずに外すことは難しそうだった。杭は何度か打つ位置を変えているのか、壁にはいくつも穴があった。

「このチェーンはどういった理由で、いつから誰によって張られているんだ？」

「よそから来た人の出入りを禁止する為に、このあたりの地主である霊是家が大分昔――まだ春秋さんが失踪《しっそう》していなかった頃――に張ったらしいですよ。こんなところ誰が来るんだって感じがするんですけれど、このトンネルを越えて三〇分くらい歩いたら国道があるんですって。まあ、そこまでの道は自動車ではとても入れない未舗装路なんですけれど、なんか、オフロードが好きなバイク乗りが勝手に入り込んできたりすることがあるらしいです。だから、出入りできないようにチェーンを張っているんですって。こっちだけじゃなくって、反対側の出入口にも同じようにチェーンが張ってあるみたいです」と、僕は昨晩に良治から聞いた話をした。

「なるほどな。まあ、こういう風に立ち入り禁止を明示しておかないと、勝手に入って怪《け》我《が》したやつが出た時、管理者責任みたいなのがどうこう云われるかもしれないもんな」

僕と樋山さんはチェーンを潜《くぐ》り抜けると、トンネルを歩いて進んだ。トンネルの壁面は土が露出しており、壁や天井は木組みで土留めがされていた。真っ暗の中、携帯電話のライトを使って行く手を照らす。「どれくらいの距離があるのだろう。もしかして相当歩かなければならないのかな。嫌だな」と考えていたのだが、二〇メートルも歩いたところで反対側の出入口にたどりついた。トンネルの道がやや右に曲がっているため、入り口からは反対側が見通せなかった。真っすぐな道であったならば、きっと入口から反対側の景色を見ることができただろう。

反対側の出入口にもやはり、同じようにチェーンが張られていた。

来た道を戻りつつ、足元、壁、天井などをライトで隈《くま》なく照らして確認したものの、結局トンネルに異常は認められなかった。

「……特になにも見当たらないですね」と僕は拍子抜けして云《い》った。

「まあ、警察が調べつくした後だしな。今さら新しい手掛かりが落ちていたら、むしろ誰かの偽装工作を疑うレベルだ」

それはそうだ。しかし、樋山さんであれば警察が見落としているなにか重大なことに気が付くかと思っていた。

「現場を自分の目で見ておくことが大事なんだよ。それに、天狗の矢の殺人については、もう俺の中ではあらかた真相が分かってきている」

「本当ですか？」

信じられない。僕の中ではまだ目鼻がついていないのに。

「うん。だけど他の事件についてはまだはっきりとしないことも多いんだ。お前以外の人間からも事情を聞いた方がいいな。それになにより、冬夏のビデオレターは観ておきたい。屋敷に戻ろうぜ」

そう云った矢先、樋山さんはトンネルの壁の一点にライトを向けて立ち止まった。そして、僕の方を振り返ってニヤリと笑った。

「もし、警察が見逃したもんがあるとすれば、これがそうだろうよ」

樋山さんが僕に示した壁には、真新しい穴がいくつも開いていた。穴の位置はまちまちで、壁のかなり高いところにもあれば、地面に近い箇所にもある。大きさと深さは人さし指を突っ込めばいっぱいになるくらいのものだった。

　その壁はトンネルの入り口のちょうど正面にあった。

「なんですか。この穴は」

「想像力を働かせるんだよ。そうすれば、この穴がなにかってことはすぐに分かる。この天狗の矢の事件ではいくつも奇妙なことがある。それはなにか？　何故《なぜ》、を見つけるんだ」

　奇妙なこと。殺人事件自体が僕の日常にはほとんど関わってこないので、それ自体が奇妙なことと云えばそうなのだが、樋山さんが云いたいのはそういう話ではないのだろう。

　少しの間思惟《しい》を傾けて、ようやくひとつ思いつく。

「何故、犯人は天狗の矢を全部盗んだのか」

「そうだ。それがまずひとつだ」

　一高を殺すためであれば、トリカブトの毒だけ盗めば充分だ。ピストルクロスボウを用意してきた犯人ならば、矢も同様に準備できただろう。わざわざ人の目につきやすいところにずっと置いてある天狗の矢を盗む危険を犯すことはない。それでも矢を現地調達したかったのであれば、一本、もしくは念のために二本持ち出すだけで事足りただろう。

「毒の入っていた容器は矢筒の中にあったんだろ？　なら、その容器だけを取り出せば良かった。矢とか矢筒は嵩張《かさば》るから、隠すのだって大変だ。クロスボウを準備してきている以上、犯行が計画的なものであることは疑いようもない。なら、どうして矢は現地調達したのか。うっかり矢を家に忘れてきたのか？　ずいぶん間抜けな計画殺人犯だ。だとしても、全部の矢を盗む必要はないよな？　ましてや矢筒なんて絶対に不要だ。背負わなくても良いリスクをわざわざ背負っているように見える」

　どうして犯人は殺人には不要と思われる矢筒や、余分の矢まで持ち去ったのか。トリカブトの毒については、容易に入手できるものとは思えないので、盗んだことに違和感はない。だが、クロスボウを用意した犯人が矢を用意できなかったはずはないのだ。

「犯人はなにも考えていなかった。とりあえず目についた役に立ちそうなものを全部持って行った。というのはどうです？」

「……まあ、それもひとつの推理と云えばひとつの推理だけどな」

　呆れたように樋山さんにそう返されて、これではいくらなんでもひどかったかな、と反省して少し補足する。

「慌てていたんじゃないですか。それに、狙《ねら》いを外した時のために矢は予備で何本か持っておきたかった」

「だが、一本か二本の矢が矢筒から無くなっているだけなら誰も気づかなかっただろう。同様に、毒が無くなっていることにも気付かなかったはずだ。矢筒も含めて全部無くなっていたからこそ、騒ぎになったんだろ？　騒ぎになればそれだけ犯行のハードルは上がる。外した時の為に矢を沢山持っておきたいと考えるような慎重さを持っているなら、そもそも矢を忘れてくること自体がどうかしている。矢と毒が無くなって騒ぎになるリスクを負ってまで現地で矢を調達することと、あらかじめ矢を用意する手間、天秤《てんびん》にかけるまでもないことだと思わないか？」

「ですが、現に犯人は矢を全部持って行っている。合理的に考えれば確かに矢は自前で用意して、毒だけを盗むのが良いとしても、すべての殺人犯が合理的に、最善手で動くわけじゃないでしょう」

「そうだな。けれど、一見すると不合理に見えるこの行動がじつは合理的なものだと説明がつけられるとすれば、どうだ？」

　その合理的な理由というのを樋山さんは教えてくれなかった。

屋敷に戻ったところで、樋山さんは霊是家の人たちから事件の話を聞きたいと云いだした。

「まず、誰から話を聞きたいんですか？」

「そうだな。屋敷にいた永美とか等々力とか、かな。凶器となった天狗の矢がいつまで屋敷にあったのか。それを詳しく聞きたい」

永美は等々力と一緒に晩飯の準備をしていた。彼女がこの厨房《ちゅうぼう》に立つのはあまりないことらしく、等々力にしばしば道具の所在を確認していて、思わず手伝いに入りたくなるような危なっかしい印象を受けた。

忙しそうだったので少し気兼ねしたが、彼女は僕に呼び出されると仕事を抜け出せて嬉《うれ》しそうだった。兄が殺されたことによる屈託はなさそうだった。

「それで、なに。聞きたいことって」と云いながら、永美は樋山さんを好奇の目で見た。

「天狗の矢のことっす。昨日、一高さんが殺害されたのはあの天狗の矢で射貫かれたからなんだけど、あの矢がいつまで広間にあったのかご存知かな、と」

永美はしばらく思い出そうとして唸《うな》っていたが、やがて厨房を振り返った。

「ねえ！　広間の矢っていつまであったか覚えています？」

等々力が手元の作業を止めて、こちらを顧みた。

「あの矢がいつまであったか、ですか？」

「そうそう。どうもこちらの探偵さんがそのことを知りたいらしくって」

いや、樋山さんは別に探偵ではないのだけれど。あえて強く否定する必要もないかと思ってなにも云わなかった。ちょっと工藤俊作っぽいしな。

「無くなった！　って分かったのは、翠と古賀君がわたしに教えてくれたからなのよね。

だから、えーっと、何時くらいだっけ」

「三時頃じゃないですか？」

「その前に矢を見たのは、多分お昼前だと思うのよね。ちょうど樽峰さんたちが出て行く準備をするって云うのでバタバタしていて」

「そうそう！　お弁当を渡すために樽峰さんを捜してわたしと永美さんがあちこちうろついていた時、広間を通って天狗の像を見ましたよう。その時はなにも変わりありませんでした。だから、一一時半くらいまでは矢はあったんだと思います」

一一時半から三時の間に矢はなくなった。

架空の犯人の行動を想像するなら、こうなる。

一時頃に屋敷を出て行く一高を、クロスボウと毒矢を携えて後をつける。そして、天狗洞に差し掛かったところで一高を射殺。使わなかった矢と矢筒、毒の入った容器とクロスボウを近くの草むら（宇津木はどこで凶器を発見したのか教えてくれなかったので想像だが）に投げ捨てて、屋敷に戻った。

あるいは、一高が天狗洞の方へ行くと聞き出して、矢を盗んで屋敷を飛び出して道のどこかで待ち伏せをしていたのかもしれない。天狗洞の道中は草木が繁茂していて、身を隠す場所には事欠かない。

いずれにせよ犯人は一高を背後から射ている。

そして、その時間にアリバイがあるのは一緒に山見をしていた樽峰と朽木、僕と翠の四人だけだ。探偵役の樋山さんが犯人だという大穴も残っている。

その後、冬夏のビデオレターはどこにあるのか、永美に訊《き》いてみた。すると、警察が持って行ったという返答だった。冬夏が犯人かもしれない、と疑っていたわけだから、不思議ではない。もしかすると、行方を知る手掛かりが映り込んでいるかもしれないのだ。

さっそく見せてもらいにいこうと警察の詰めている応接間に行ったら、ビデオを持っているのは宇津木であり、ついさっき彼は山を下りて麓《ふもと》の捜査本部に戻った、と屋敷に泊まり込んでいる死んだ魚のような目をした警察官に告げられた。

思い通りにならず、苛々《いらいら》した様子の樋山さんは髪の毛をかきむしった。

「しゃーねーなあ。じゃあ、俺は他の人間から事情聞いて回るわ。死亡推定時刻になにしていたの？　ってな」

「じゃあ、僕も一緒に」

「いや、お前は薬を盛ったりタイヤをパンクさせたりするヤベー彼女についていろ。ていうか、見張っておけ！　これ以上余計な真似《まね》をされないように」

そうだった。殺人事件の謎解《なぞと》きにのめり込むあまり、僕は翠のことをすっかり失念していた。いつもであれば、彼女を放置したりすると、とんでもないしっぺ返しをくらう。

デート中に友達の電話に出て、少し盛り上がっただけで後日アドレス帳を全消しされたこともある。ご機嫌をとっておかなければ。

屋敷の中を探し回った結果、翠は冬夏の部屋にいた。

彼女はジッと冬夏の棺《ひつぎ》を見下ろしていた。その表情からはいかなる感情も読み取れなかった。なにを考えているのだろうか。声をかけることが憚《はばか》られるような雰囲気だった。

「ナル君か。どうしたの？」

「いや。ずっとひとりにしちゃっていたからさ。怒っているかなって」

「……怒る？　どうして」

僕は口を噤《つぐ》んだ。

ここにきて、ようやくはっきりと理解した。翠になにかがあったのだ。

そのなにかがどういったことなのかは分からない。だが、それは彼女に大きな変化をもたらした。彼女はもう、僕のことを見ていない。少なくとも、刃物を向けて執着するような対象とは見做《みな》していない。

いつからだろうか。

――一高が殺害されたその日からだ。

「ここでなにをしていたの」

「一高伯父さんが殺されて、わたしなりに考えていたんだ。いったい誰が、なんのためにこんなひどいことをしたんだろうって。難しいことは分からないんだけれど。そうしたら」

「そうしたら？」

　しばらくの間、翠は黙っていた。

「思い出したんだ。どうして忘れていたんだろうって、思うようなこと。わたし、ナル君。わたしね」

「うん」

「わたし、人を殺したことがあるの」

　長い沈黙がふたりの間に横たわった。

　僕は翠の顔を直接見ることができなかった。

　なにを訊けばいいのか分からず、誰かに頭を押さえつけられているかのような心地だった。息苦しさに耐えられず、口を開こうとするが言葉が出てこない。

　やがて、水面に小石を投じるように翠はぽつんと云った。

「今は――それだけ覚えておいて」

　翠が去った後、僕はひとりで暗くなった部屋に佇《たたず》んでいた。頭の中がごちゃごちゃとしていて、考えがまとまらなかった。

「……とりあえず、今は翠のことはよそに置いておこう」

彼女の真意がはっきりしない以上、今の告白についてあれこれと考えていても仕方ない。先にはっきりとしていることを確認しよう。例えば……

僕は冬夏の部屋の壁に近寄り、片膝をついた。

彼女と話しながら、ずっと気になっていたことがひとつあった。壁の膝くらいの高さに真新しい汚れがあったのだ。

壁の汚れを調べたら、それは血痕だった。冬夏の納棺の前、朽木や翠と一緒にこの部屋を訪れた時、壁にこんな血はついていなかった。

いったい、誰の血なのだろうか。そして、いつ付着したのだろうか。

この血痕は翠の告白となにか関係があるのだろうか。

分からなかった。こいつも保留だ。警察と、あとは樋山さんにも報告しよう。

それから、夕食後には逗留《とうりゅう》している警察官に呼び出されて、樽峰の事件のことで事情聴取を受けた。今度の刑事は宇津木とは違って、極めて事務的かつ形式的な聞き取りに徹していて、こちらが取り入る隙など毫《ごう》も無かった。一応、冬夏の部屋の壁にある真新しい血痕の件についても報告したが、あんまり響いてなさそうな顔だった。

しかも屋敷の人間がひとりずつ交代で事情聴取を受けて最後の順番だったため、解放されたのは夜遅くであった。

——今夜は夜更《よふ》かししないで早めに休もう。

さすがにもうなにも起こらないだろう。警察がこれだけいる中で犯人が次の凶行に及ぶとは考え難い。安心してぐっすり眠ろう。

そう思っていた。

――わたし、人を殺したことがあるの。

翠の言葉が脳裏でリフレインして、僕は部屋に戻ってからも中々寝つくことができず、布団《ふとん》に横たわりながら自室の入口扉をジッと凝視して朝を迎えることになった。

5

夜明けとともに警察が動き始めたらしい。カーテンの隙間から朝日が差し込む頃、屋敷の中が少し騒々しくなった。頻繁に玄関の戸を開け閉めする音がして、廊下を大勢の人たちが歩く音が響いてきた。

睡眠はあきらめ、服を着替えて廊下に出て行った。

果たして、今日の山狩りで冬夏は発見されるのだろうか。

山だけではなく屋敷の中も隈なく捜索したようだが、冬夏の行方をつかむ手掛かりはなにも見つからなかったみたいだ。葬式の途中で棺の中から謎の消失を遂げ、藪井医師の診療所でビデオレターの撮影後、そこから完全に行方不明になってしまった。

この連続殺人事件は冬夏と密接な関りがあって山に隠れてこちらの様子を窺《うかが》っている、というのが宇津木の考えのようだが、そんなに長い間、山に隠れていられるものだろうか。隠れられたとして、なんらかの痕跡が残りそうだ。警察は冬夏が山に潜んでいる痕跡も見出《みいだ》せていない様子だ。

「おはようございますー」

「ああ。君か」

朝食のために食堂に向かったら、江口がひとりでパンをかじっていた。いつも等々力が朝食を配膳《はいぜん》しておいてくれているのだが、それがない。

「珍しいですね。江口さんが朝食を食べているなんて」

「わたしは朝が強くなくてね。どうしてもあまり食べられないんだ」

「そうなんですね。等々力さんはいないんですか？」

「警察の人間が屋敷に大勢やってきたおかげで、食材が尽きてしまったらしい。買出しに出かけているよ。申し訳ないが、このパンが最後の一枚だ」

「マジすか。っていうか、買出しに出かけても良いんですね」

「外出は可能のようだな」

振り返ってみると、確かに警察から屋敷に留まるように指示は受けていない。ひょっとしたら、行き先さえ伝えれば京都に帰っても別になにも云われないのだろうか。いや、さすがにダメか。

「そうだ。昨日は君のツレにかなり執拗《しつよう》に尋問されたよ。ずいぶんと失礼なことも訊かれたぞ。例えば『遺言状は霊是家に不和をもたらすためにあんたがつくった偽物《にせもの》なんじゃないか』とかね。公証人の作成した遺言状を偽造するなど、不可能だ。というか、調べればすぐに分かる。いったい彼の頭の中はどうなっているんだ」

「どうでしょうねえ」

短くない付き合いではあるが、未だに樋山さんがなにを考えているのかは分からない。

というか、そんなことよりも。

「お腹空《なかす》いたなあ。なにか食べるものないかなあ。ないよなあ。江口さんが最後のパンを食べちゃったからなあ。ああ、お腹空いたなあ」

「なんか嫌味っぽいな」

せっかく食堂に来たのになにも食べるものがないのはひもじい。僕の物欲しげな視線と繰り言にうんざりしたのか、江口はパンを食べ終わってから、さも思い出したかのように「そうだ。部屋にカロリーメイトがあるから君に進呈しよう」と云った。

カロリーメイトを受け取るべく、江口の部屋に行くこととなった。

元々、江口は屋敷に泊まる予定はなかったので、普段掃除があまりされていない客室に押し込められることになったらしい。綺麗《きれい》な客室は僕や樋山さんに宛《あてが》われてしまっていたのだ。そのため、彼の部屋はかなり埃《ほこり》っぽかった。しかも、中部屋なので北向きの窓がひとつあるだけである。

暗かったのでカーテンを開けると、いきなり立派なジョロウグモが眼に飛び込んできて驚いた。窓の外側に窓枠をまたぐようにして大きな蜘蛛《くも》の巣が張られている。この時節にしてはよく肥えた蜘蛛だった。

「窓を開けた方が良いんじゃないすか。なんかかび臭いっすよ」

「網戸がないんだよ。だから虫が入ってくるだろう。わたしは虫が大の苦手でね。その蜘蛛を見るだけでも気分が悪くなるんだ。すまないが、カーテンを閉めてくれないか」

云われた通りにカーテンを閉ざして、江口からカロリーメイトをもらった。これだけでもあるのとないのとでは大違いだ。

そこで江口が玄関の方を振り返って、怪訝《けげん》そうな顔をした。

「なんだか外、騒がしいな」

「本当ですね。なにかあったのかな」

大勢の人間が大声を掛け合っているのが遠くから聞こえてきた。祭りの掛け声みたいだったが、山狩りでなにか見つかったのだろうか。一旦《いったん》気になるとじっとしていられなかった。

「ちょっと様子が気になるので、外を見てきます」

「まるで野次馬だな。君は」

呆《あき》れた様子の江口をその場に残して、僕は屋敷を出て行った。少し曇っていたが、太陽が正面の山の稜線《りょうせん》から顔を出していて、あたりを照らしていた。

坂を下っていくと、こちらに向かって駆けてくる宇津木に出くわした。僕と同じく昨日から一睡もしていないのか、目が真っ赤に充血している。

それ以上に、ひどく慌てている様子なのが気になった。

「どうしたんですか」

「霊是の家の、誰でも良い。冬夏の顔を確認できる人間を呼んできてくれっ！」

「えっ、それじゃあまさか」

「ああ。見つかった。ただし、死体でだ」

僕はあまりのことに絶句して立ち尽くした。

「おい、人を呼んできてくれよ。被害者の首実検に協力してもらいたいんだ」

「あの、どんな状態なんですか。死体は」

当然、翠に見せられるわけはない。だが、死体の状態次第では他の人であっても、ある程度選んだ方が良いかもしれない。

宇津木はしばらくためらっていたが云った。

「バラバラだ。首と手足を切断されている。頭部も損傷が激しい。冬夏と親しい人間に確認してもらいたいんだ。伝え聞いている背格好と顔から判断して、冬夏だとは思うが、わたしたちでは確信までは持てない」

　僕は散々悩んだ挙句、かかりつけ医の藪井に確認してもらうのが一番だと伝えた。冬夏と一緒に暮らしていたのは等々力と千歳なので、ふたりにも見てもらうのが良いかもしれないが、千歳は高齢なのでショックを与えるのはどうかと思う。等々力は今買い出しに出かけているので、連絡して戻ってきてもらうようにする、とも付け加えた。

「良いだろう。君の忠告に従おう」

　恐れていた事態になった。これで棺から消失した冬夏もまた、犯人によって殺害されていたということになるのか。被害者が三人になってしまった。

　結論から云えば、発見されたバラバラ死体は冬夏のものだった。藪井医師と等々力が確認して、顔の様子から霊是冬夏に間違いないという証言が得られたのだ。

　遺体は首、腕と脚の付け根、肘《ひじ》、膝《ひざ》、両手首、両足首を切断されていた。さらに加えて両手の指と胴体が持ち去られ、頭部は歯を全部抜かれていた。かなり細かくバラバラにしたという印象であった。

「死体のすべての切断面と頭部の傷から生活反応が全く検出されなかった。つまり、切断と頭部損傷はすべて死後に行われたものだ。死因は不明。持ち去られた胴体になんらかの損傷があったのかもしれないが、発見されていないから断言はできない。ただ、血中の成分を分析してみたところ、異常は無かったので毒殺ではないと思われる」

手帳をパタン、と閉じて宇津木は天井を仰いだ。

発見されていないパーツ、胴体や指だけが山林に遺棄されている可能性は低いと判断し、現在のところ警察は山狩りを中断して林道沿いの捜索を進めている、とのことだった。

応接間には僕と樋山さん、そして宇津木刑事だけがいた。他の刑事は遺体の発見された草むらの鑑識作業と実況見分に回っている。

「……どこで発見されたんですか？」

「この屋敷に向かう途中の林道脇《わき》だ。私道に入る数キロ手前の箇所だな。昨日までなかった黒いビニール袋がいくつか放ってあって、車に乗っていた捜査員のひとりが気づいて中を検《あらた》めたら、バラバラになった死体が入っていた」

「ちょっと待ってください！　だとしたら、その犯人は僕たちじゃありませんよ。だって、ずっと屋敷から出ていないんですから。死体をそんなところに捨てに行ったりはできません。できるとすれば」

僕はその続きを喋《しゃべ》るのを止《や》めた。

「できるとすれば、今朝買い出しのために屋敷から出て行った等々力だけ、と云いたいんだろ。昨日の夕方には捨てられていなかった。パトカーのドラレコに映っていないことを確認しているから間違いない。しかし、遺体の入ったビニール袋はあまりにも分かりやすいところに遺棄されていた。万一、我々が見落としたとしても、誰かがすぐに発見しただろう。まるで見つけてくれ、と云わんばかりだ」

　屋敷から出て行く人間には行動確認の捜査員がつくことになっており、等々力の場合もその扱いだった。よって、彼女に遺体を捨てに行くことはできなかった。

「冬夏の遺体は殺害後、かなりの時間が経《た》っている。現場の検死ではそこまで正確な時間は出なかったが、少なくとも今日、昨日殺害されたわけでは絶対にない。最短でも、三日――七二時間以上は経過している。胴体があれば胃の内容物や臓器の状態などから、さらに詳しいことが分かるらしいのだが、現状は死斑《しはん》や死後硬直、角膜の濁り具合など、その他の死後変化から判断するしかないので解剖に付してもそれなりの日数が経っている、以上のことは恐らく分からないと思う。ちょっと遺体の損傷が激しすぎるな」

「じゃあ、ひょっとしたら藪井医師の診療所を出てすぐに殺害された可能性もあるってことですか？」

「充分考えられる」

　つまり、樽峰はもちろん一高よりも先に冬夏が殺害されていた可能性がある、というわけである。そして、冬夏には一高と樽峰を殺害する動機があるのだ。

　その瞬間、僕の中でひとつの推理が閃《ひらめ》いた。

「よしっ！　分かった！」

僕は手をパンと叩《たた》いて立ち上がった。宇津木と樋山さんが期待薄な目でこちらを見る。

「この事件。三つの連続殺人事件が起こったように見えますが、じつはひとつひとつ単独の殺人事件だったんですよ！」

「単独の殺人事件？　全部犯人が違うってことか？」と、樋山さんが尋ねた。

「そうです。まず、一高の殺害。これは屋敷に戻ってきていた冬夏によるものです。相続の妨害をしたものの、一高たちは山林の開発を諦《あきら》めずにいた。そこで、もはやこいつらを止めるには殺すしかないと思い詰めた冬夏は天狗《てんぐ》の矢を屋敷から持ち出し、ひとりで天狗洞に向かう一高を追いかけて、後ろから射殺したんです。そして、今度は樽峰を殺そうと思って天狗洞の近くに潜んでいたんです」

　天狗洞の周囲には草木が生い茂っているから、身を隠す場所には困らない。そして、山見の段取りのことは恐らく、屋敷のどこかに忍び込んで聞き耳を立てていたのだろう。広い屋敷な上、まだなにも事件が起きていないから当然警察もいないので、こっそり侵入するのはたやすい。

「やがて樽峰と朽木さんが戻って来て、一高の遺体を発見します。ここで朽木さんに頼まれて樽峰は屋敷に緊急事態を連絡するために走りだします。冬夏は駆ける樽峰を追いかけて、標的が屋敷にたどり着く前に射殺しようとクロスボウを構えます。だが、ここで思わぬ事態に陥ります。狙った矢が外れてしまい、樽峰に姿を目撃されてしまうのです」

「はあはあ、それで？」と全く気の乗らない態度で話を聞く樋山さんをひと睨《にら》みして、僕は構わず話を続ける。

「命を狙われて逆上した樽峰は反撃に出ます。矢を外して慌《あわ》てている冬夏に詰め寄って、そのまま殺害してしまうのです。殺害方法は分かりませんが、血液から毒物の反応が出なかったということは外れた毒矢は使わなかったのでしょうね。だから、扼殺《やくさつ》とかじゃないかと思われます。そうか、分かったぞ。冬夏の遺体をバラバラにした真の目的は、首を絞めた際に残った自分の手の痕跡《こんせき》をなくす為《ため》だったのです」

「なーんか、自分の都合の良いところだけ拾っている感じがするよなあ」と樋山さんは不満げだ。

「茶々いれないでくださいよ！　いいですか？　樽峰は半ば正当防衛の衝動的なこととはいえ、冬夏を殺害してしまったことに慄《おのの》き、犯行を隠蔽《いんぺい》しようと企《たくら》みます。死体を抱えて屋敷への道中を少し逸《そ》れて、作業小屋の方へ向かいます。一旦、死体を塔の中に隠すためです。塔の床板は外れるようになっていて、そこを開けて塔の下に死体を隠した。沢が流れてはいますが、汚物はともかく人間が流れるような勢いではない。その後再び道を戻り、さも天狗洞から戻ってきたかのように無一さんや僕のところに駆けてきます」

　そして警察がやってくる。

「しかし、とりあえずは遺体を隠したものの、翌日には警察が山狩りをするというのを聞いた樽峰は焦《あせ》ります。まさか一高の殺害現場である天狗洞と屋敷以外にまで捜査の手が及ぶとは想像していなかったのでしょうね。塔の下は盲点ではありますが、警察が本格的に捜査を始めたら見つけてしまうかもしれない。それならば、と大胆にも樽峰はその夜のうちに屋敷を抜け出して、冬夏の遺体をバラバラにしてしまう決意をするのです。バラバラにする動機は、まず遺体を隠しやすくすること。その次にさっき云った通り扼殺の痕跡を無くすためです」

「樽峰が夜こっそり自室を抜け出したというのは、その通りだと思うぞ」

　思わぬ援護射撃を宇津木刑事がしてくれた。

「樽峰の事件の詳細について語っていなかったな。彼が普段履いている靴だが、玄関先にあった。死亡時に履いていたのは山を歩くための登山靴だ。こいつは靴脱ぎ場に置かないで、自室に持って行っていたんだろう。恐らく、玄関から出て行ったら我々に見咎《みとが》められると判断したのだろうな。実際、捜査員が全員の部屋前の廊下を監視していた。部屋を出て、トイレやらに行く時も捜査員が少し離れてついていっていた。夜中ずっと酒を飲んでいた君や良治、朽木は知らんだろうが。まあ、一応君たちのこともこっそり監視していたんだよ」

　気づかなかった。まさか刑事に見張られていたとは。

「樽峰は自室の窓から外に出たようだ。彼の登山靴の足跡が窓の前の地面に残っている。そこから屋敷をぐるりと回って、塔へ向かったらしい。玄関前にも警官を立たせておけばよかったな」

　その夜、屋敷の外には警官がいなかった。人員不足で手が回らなかったのだという。

「どうして樽峰が外に出たのか。我々の目を盗んでまで塔に向かったのか。その理由が不明だったのだが、冬夏の遺体を隠した場所に向かった、というのは納得できる理由ではあるな」

「樽峰の死亡推定時刻は？　もう解剖結果出ているだろ」

　樋山さんがそう尋ねると、宇津木は手帳を開いた。

「ああ……解剖の結果、八月一三日の午前一時半から午前二時半の一時間にまで狭められた」

「その時間、アリバイの無い人は？」

「全員ないよ。真夜中のことだ。アリバイがある方が不思議……ああ、いや。古賀君と良治、朽木については夜通し酒宴をしていたからアリバイがあるな。我々につきまとっていた君にも。だが、それ以外の人間は全員アリバイがない。廊下こそ刑事が見張っていたが、樽峰と同じようにして窓から外に出ることは可能だったろうからな。ちなみに樽峰は足跡にまで注意を払わなかったけれど、用心すれば足跡を残すことなく窓から出て行くことも可能だった。その辺に転がっている石を飛び石代わりにしてな」

　すると容疑者は千歳、永美、無一、翠、等々力、江口の六人のいずれかだ。

　こうやって絞られると、犯人は明らかになったかのように思われる。この中で犯行が可能なのは一人しかいない。

「つまり、犯人は――」

「……樽峰の所持品について教えてくれないか？」

　僕の言葉を無視して樋山さんが訊いた。

「所持品。ああ、壊れていたが懐中電灯があったな。恐らく犯人に鉄棒で叩かれたんだろう。そんな壊れ方をしていた。便器の破片と一緒に床に転がっていたよ。それ以外はなにもない」

「なにも？　確かか。携帯電話も？」

「ああ。懐中電灯以外はほとんど手ぶらだった。ちなみに樽峰の部屋に携帯電話は置きっぱなしだったよ。そもそも、ここでは携帯電話は圏外で使えないんだよ」

「なるほど、そうだったな。現場の周囲はどうだ。塔の下の沢はちゃんと調べたのか？」

「調べたさ。川上は綺麗だが、塔の真下は汚い沢だった。汚物を直接沢に流すのって環境破壊じゃないのか。だが、なにも出てこなかったよ」いちゃもんをつけられていると感じたのか、宇津木は少し怒ったような声で返した。

「服装はどうだった？」

樋山さんは問うた。

「昼間見た時と同じだ。紺のズボンにサスペンダー、白のシャツ」

「そして、靴は登山靴」

「そうだ」

どうだ満足か、と云いたげな顔で宇津木は樋山さんを見返した。僕は自分の推理が樋山さんの質問ラッシュで遮られたことに、少なからず不満を覚えた。

「続けても良いですか？」

「どうぞ」と樋山さんは云った。

なおざりな態度にも不満を覚えたものの、僕は気を取り直して推理の続きを語った。

「犯人は屋敷を出ていった樽峰を追いかけました。窓から偶然樽峰の姿を目撃して、不審に思って後をつけたのかもしれません。とにかく犯人は樽峰が塔の下に入って、隠していた冬夏の遺体を引きずり出すのを目撃します。そして、樽峰は沢の近くで冬夏の遺体をバラバラにし始めたのです。血を洗い流すのには、水辺の方が都合は良いですからね。また、解体に必要な道具は作業小屋から拝借したのでしょう。あそこには大ぶりな斧《おの》や鋸《のこぎり》なんかが、いくらでも置いてありましたから。犯人は樽峰が冬夏をバラバラにし終えたところで姿を現します」

「犯人って伏せられると、分かりづらい。さっさと名前を明かせ。もったいぶるなよ」

樋山さんが苛々した様子でそう云った。

「しょうがないですね！　犯人は無一です。なぜなら、樽峰の死亡推定時刻にアリバイがない人物の中で、鉄棒を振り下ろして一撃で相手を死に至らしめることができるのは、男性である無一か江口のどちらかだけだからです。ただ、江口の部屋の窓を僕は確認したのですが、大きな蜘蛛の巣が窓枠をまたぐようにして張ってありました。あれはこの屋敷に来てから一度も窓を開けていない証拠です。そして、部屋の扉の外では警察が目を光らせていた。よって犯行の夜、江口は屋敷を出ていっていません。すると、犯人はもうひとりの男性である無一になる」

永美はここに住んでいた時に使っていた自室で寝泊まりしており、無一は僕たちと同じようにたくさんある客室をひとりで利用している。その部屋の窓は確認していないが、無一が来ることは江口と違って予定されていたことなので掃除がされているはず。ならば、蜘蛛の巣は張っていないに違いない。

「ここからは想像ですが、無一は樽峰の犯行を目撃して、それを理由に脅迫しようとしたのではないかと思います。彼は霊是の山に執着があるわけではないし、冬夏の殺害に復讐《ふくしゅう》を決意するほどの因縁はなさそうです。だから、樽峰を殺した原因は、突発的な諍《いさか》いなのではないかと推測されます。すると、樽峰の決定的な弱みを目撃した無一が脅迫した、というのはそれほど無理のない想像かと」

　僕の話を聞いた樋山さんがこれ見よがしに大きなため息をつき、肩をすくめた。

「それで？」

「そ、それで——逆上した樽峰が無一に襲い掛かります。そして、無一は咄嗟《とっさ》に逃げ込んだ作業小屋で鉄棒を手に取って反撃に出ます。思わぬ強力な武器を突き付けられた樽峰は、塔のトイレに立てこもろうとしますが、追いつかれて後頭部を殴られ、殺害されてしまうのです」

　以上で僕の推理は終わりです、ご清聴ありがとうございました、とでも云えばいいのだろうか。不満があるにしても頼むからなにかもうちょっと反応してくれ、と云いたくなるくらいに樋山さんと宇津木は無反応だった。

「なんか云ってくださいよ、樋山さん」

「ああー、まあよく頑張っている方なんじゃない？　色んなことは無視しているけれど。ただ、樽峰の殺害が可能なのはアリバイがなく、窓から外に出ていくことが可能であった男性の無一だけ、っていうのは百歩譲って認めたとしても、冬夏と一高については完全にお前の想像だ。根拠がない。実際は冬夏がどこで殺されたのかはまるで分かっていないし、一高についてもお前と翠、樽峰と朽木以外の人間には全員犯行が可能だった。ことさら冬夏の犯行を裏付ける証拠があるわけじゃない」

「それはそうですけれど……動機がないですよ。一高を殺害する動機が冬夏以外にはないですし」

「そうかな。人間の腹の内なんて、外から容易に分かるもんじゃない。お前の話は動機の観点からそれらしく整えられているが、それ以外の点からは脆弱《ぜいじゃく》だ。例えば、犯人がどうしてクロスボウは用意しておきながら、矢は天狗の矢を使ったのか。どうやって冬夏は棺から脱出したのか。どうして、塔の壁には天狗の札がびっちり貼《は》られているのか。冬夏のバラバラ遺体がいつ、誰によって林道脇に遺棄されたのか。そういった疑問が、お前の推理ではまるで説明されていない」

　確かに、樽峰が冬夏の遺体をバラバラにしたところで、それを林道脇まで運ぶことはできない。彼はその夜に殺害されてしまっているのだから。

「ちなみに、一高の解剖結果によると、死亡推定時刻は八月一二日の午後一時から二時の間にまで狭められた。背中の矢は、刺さった傷の深さから判断して、一高からおよそ二〇メートルの距離から射出されたと推定されている」と宇津木は云った。

「なるほど。ところで、少し気になったんだが。樽峰の殺害された夜のことだ。もし、誰かが車を使おうとしていたら、警察は気がついたかな?」

「わたしを含めて、徹夜で起きていた警察官が大勢屋敷の中にいたんだ。車のエンジン音がすればね。聞き逃すことはなかっただろう。そもそも、屋敷から外界へ出ていく道の出入り口は天狗洞側も、私道側も警官が二四時間体制でバリケードを張っている。我々に気づかれずにこのクローズドサークルから出ていくことは不可能だ」

「ふうん。まあ、一応信用するか」

偉そうなことを樋山さんが云ったので、宇津木は顔をしかめた。

夜中に聞こえた音といえば、と僕はひとつ思い出した。良治や朽木たちと酒盛りをした夜、遠くでなにか大きなものが倒れるような音と、鐘の鳴る音が聞こえた気がしたのだ。

それを樋山さんと宇津木に話してみた。

「ああ、そういえば若い奴《やつ》の何人かが、そのような音を聞いたと云っていたな」と宇津木が答えた。

では、あれは幻聴ではなかったのだ。

「音の正体を確認しよう、とはならなかったんですか」

「生憎《あいにく》ね。多分、風に吹かれて近くの枯れ木かなにかが倒れた音だろうってことで説明がつけられた。鐘の音についても、塔に鐘があると聞いていたから、強風にでも煽《あお》られて鐘が鳴ったんだろう、とね」

そう云われると、確かにそれほど重要なことに思えなくなってきた。しかし、意外にも樋山さんは僕のその話に食いついてきた。

「その音が聞こえたのはいったい何時の話だ？」

「確か、真夜中の二時だったかな、と」

「周りのやつらは反応しなかったのか？」

「どうだったかな……ああ、そうだ。良治さんはかなり酔いが回っていて、まるで無反応でした。朽木さんはちょうど二階に酒を取りに行っていたので、音を聞いたのかどうかちょっと分かりませんね」

樋山さんは興奮したようにこめかみを激しく指で叩きながら、突然立ち上がって部屋の中をうろつきだした。

「そうか。やはりそうか。なら、あと確認すべきことは」

振り返ると、樋山さんは刑事に詰め寄った。

「冬夏のビデオレターを持っているだろう。見せろ、今すぐに」

「あ、ああ」宇津木は樋山さんの剣幕に気圧《けお》されて、素直にビデオを観《み》るための準備を始めた。

応接間にも古いテレビがあったので、そこにビデオカメラをつないで冬夏のビデオレターを再生した。樋山さんは瞬《まばた》きもしないでジッと画面を見つめていた。一言も喋らなかった。しかし、途中でなにか重要なことに気が付いたのか、指が真っ白になるほど強く手を握りしめていた。

ビデオが終わった。僕と宇津木はしばらく話しかけることを躊躇《ためら》っていたが、やがて樋山さんがこちらをゆっくりと振り返って、笑った。

「わかったぜ……真犯人の野郎が誰なのかがよ」

第五章

天狗屋敷の崩壊

1

僕と樋山さんは応接間で人を待っていた。部屋の隅では宇津木刑事が火のついていない煙草《たばこ》を指先で弄《もてあそ》んでいる。

これから、警察官につれられてこの部屋に入ってくる人物こそが天狗《てんぐ》屋敷殺人事件の犯人だ。

数時間前に樋山さんから事件の真相について、すべてを聞かされた。僕も宇津木刑事もほとんど質問をさしはさむことなく、黙って聞いた。なにか反論をしようとも思わなかった。説明を受ければ確かにそうだ、どうして気が付かなかったのだ、と驚きの喚声を上げてしまうところが多々あった。

けれどもある箇所では信じがたいような、驚くべき事件であった。樋山さんの話を聞き終えてなお、僕はまだ現実にそんなことが可能なのかと疑る思いを払拭《ふっしょく》できなかった。

「頭の中で思い描いても、現実に実行しようとは思わねえよな、普通の人間はさ。だからよ、この事件の犯人は頭のネジがぶっ飛んでいやがるのさ」

ただ殺すのではなく、このような方法で人間を殺そうとするのは、間違いなく異常だ。

しかし、犯人と指摘された人物は僕の印象だと真面《まとも》すぎるくらいに真面であった。とてもそのような狂気を秘めているようには思えなかった。

扉が開いて、警察官とともに犯人が入ってきた。坐《すわ》るように促された席の向かいにいる僕と樋山さんを訝《いぶか》しむように見た。

「どーも。なんで警察に呼び出されたのに、部外者である俺がいるのか不思議に思っているかな。理由は簡単。警察よりも先にこの俺が連続殺人事件の犯人はアンタだ、と見抜いたから。だから、こうやって俺が話をする機会をつくってもらったってワケ」

犯人は瞠目《どうもく》した。しかし、すぐに普段の落ち着いた態度に戻り、樋山さんに説明をもとめた。

「宇津木刑事の面子《メンツ》の為《ため》に断っておくと、これから話すことは警察の見解ではなく、俺個人の考えだ。刑事さんと古賀君には証人として立会を依頼しているだけで、アンタは俺ひとりを論破すれば良い。そうすれば誣告《ぶこく》罪なりなんなりで――」

「いくらなんでも誣告罪は知識が古すぎる。今は虚偽告訴等罪だ」

宇津木がそう云《い》って樋山さんの言葉を遮った。

「どっちでもいいだろそんなこと。あー、はいはい。じゃあ、虚偽告訴等罪やら、名誉毀損《きそん》罪やらで訴えるなりなんなり好きにすればいいさ。さて、長々しい前置きはこれくらいにして、順を追って話そうか」

僕は犯人の顔色を窺《うかが》ったが、その表情は波ひとつ立たない静かな水面《みなも》のように泰然としたものだった。

樋山さんは犯人の顔をジッと見つめながら、口を開いた。

「今回、この霊是家で起こった事件は大きく分けて三つある。一つ目、亡《な》くなったはずの霊是冬夏氏が葬儀の進行中に忽然《こつぜん》と棺《ひつぎ》の中から消えた後、じつは生きていて相続を妨げるために行方を晦《くら》ませるという一方的な宣言をビデオレターで残し、失踪《しっそう》した事件。二つ目、霊是一高氏が天狗洞と呼ばれるトンネルで毒矢で射られて殺害された事件。三つ目、塔で山林のブローカーである樽峰が何者かに鉄棒で頭部を砕かれて絶命した事件。そして、樽峰の事件が起こった直後に、失踪したはずの冬夏氏の遺体がバラバラに切断された状態で発見されている」

こうして振り返ってみると、この短い期間にとんでもない事件が連続して発生している。それも東京や大阪といった都会の中心地ではなく、こんな人里離れた山奥の屋敷を舞台にして。

天狗の仕業ではないか、と一時は考えもしたけれど結局はやはり人の仕業であった。しかし、眼前の人物がそれを引き起こしたと考えると、けだし恐ろしいことである。

「まずは、一つ目の事件から話そうか」と云いながら樋山さんは机の上にある灰皿を近くに引き寄せた。

「棺からの消失の事件は、俺がとある事情で臥《ふ》せっていたんで古賀君から話を聞いた。

それによって分かったことは、常に誰かが冬夏氏の遺体が納まった棺の傍にいたということだ。では、その誰かが冬夏氏の共犯者なのだとすれば話は単純なんだが、そうは問屋が卸さねえ。冬夏氏の姿が全員に確認されたのは納棺のタイミング、一〇日の夜だ。そこで棺に釘《くぎ》が打たれた。そうして、翌朝までの間は古賀君と翠さんが棺の傍にいた。彼らふたりともが共犯だとすれば、冬夏氏を逃がすことは朝飯前だっただろう。しかし、それはありえない。なぜなら、古賀君は初めてここに来た人間であり、全くの部外者だからだ。だから、古賀君を共犯者として考えるのは、いくらなんでも無茶だ。さらに翌日、棺を大葉寺まで運ぶ間に葬儀社の社員が棺を持っている。もし、その時点で棺の中が空っぽであれば、手に持った時の重さで彼らはすぐに気がついたはずだ。葬儀社の社員が冬夏氏の共犯である可能性はあるだろうか。これもちょっと考え難い。さらに、棺を持った人間の中には一高氏がいた。彼は冬夏氏の失踪に協力することは絶対にありえない人物なので、この時点で棺の中には冬夏氏はまだいたと考えるべきだろうし、それが順当なものの考え方ってやつだ」

　最初、ドライアイスなどの一定の時間で消えてなくなる性質のものが冬夏の身代わりとして棺の中に入っていた可能性も考えた。しかし、最終的にはそういったものが入っていたとは考え難い、という結論になった。人間の体重と錯覚するくらいの重さで、煙のように消えてなくなるものなど思いつかなかった。

樋山さんは胸ポケットからラークを取り出した。

「じゃあ、霊柩《れいきゅう》車に乗せられてからはどうだ。冬夏氏が棺から出て行くチャンスはあっただろうか。答えは無し、だ。ノーチャンス。霊柩車には一高氏が同乗していた。彼が冬夏氏を棺から出すことはない。そして、釘を打たれた棺から自力で脱出することは冬夏氏にもできなかっただろう。少なくとも、同乗する一高氏に気付かれぬよう、音を立てないまま棺の窓から抜け出て、走る霊柩車から下りるのは不可能だ。では、やはり大葉寺に到着した時点でも冬夏氏は棺の中にいたと考えられる。さて、そこからはプロのマジシャンでも脱出が困難なシチュエーションになる。なにせ、棺は衆人環視の中で大葉寺の金堂の祭壇まで運ばれたんだ。そして、間もなく法堂和尚《おしょう》が冬夏氏の消失に気付いて声を上げることになる。さて、ここでもし法堂和尚が冬夏氏の共犯者であればどうだろうか。本当はいなくなっていない冬夏氏を見ながら、ご遺体がなくなったと騒ぎ立てる。そして、古賀君たちが他の者を呼びにいっている隙《すき》に棺を片付け、空の棺を代わりに置いておいたとすれば。そして、その手伝いを金堂に残っていたアンタがしていたとすれば」

ラークに火をつけて、樋山さんは眼前の犯人を見据えた。

「ねえ。朽木さん」

2

「わたしが和尚さんと一緒になって、冬夏さんを逃がしたと？」

　相変わらず朽木の声は淡々としていた。

「ああ。冬夏氏の目的は一高氏の相続の妨害にあった。それは霊是家、ひいては天竜の山を守るということであり、その計画に賛同するのは山に対する深い愛着を抱いた人物。この地で長く林業をしてきたアンタや、藪井医師や法堂和尚のように代々祖先が大事にしてきた天竜の山を受け継いで、管理してきた人間しかいねーだろ」

「それはどうでしょうか。そもそも、古賀さんは和尚さんが騒がれた時に棺の中を見に行かれていましたよ。その時、棺は空だったのではないですか？　それとも、彼も共犯者なのですか？」

　僕は慌《あわ》てて手を振って否定した。

「いや、違う。違いますよ。僕は共犯者ではない。ただ……棺を覗《のぞ》きに行った時、確かに中身は空でした。人の姿はなかった」

　僕の言葉に樋山さんは頷《うなず》いた。

「こいつは今まで天竜の地を踏んだこともない。調べればすぐに分かることだがな。さっきも云ったが、完全な部外者だ。なんの利害関係にも属さない」

「ならば、その彼が空だったと云うからには、棺から遺体が消えたのはやはり間違いないことなのでは？　和尚さんが棺に近づけたのは、納棺のわずかな時間と寺に運び込まれてからでしょう。であるならば、冬夏さんをどこかに逃がす暇なんて、ないと思いますが」

「逃がす、ねえ。そろそろ本題に切り込む時機がきたな」

紫煙を漂わせつつ、樋山さんは口を開いた。

「冬夏氏は生前、自分の葬儀のために棺を用意していた。しかし、それはひとつではなかった。彼は全く同じ棺をふたつ用意していたんだ。自分の入った棺と空の棺をどこかですり替えることで、失踪したように見せかけようと考えていたからだ」

宇津木が大きく頷いた。

「棺をつくったのは冬夏氏の旧友で、今年の六月に冬夏氏から直接製作の依頼が持ち込まれたらしい。同じデザインの棺をふたつ作るという奇妙な依頼ではあったが、デリケートなことなので深く訊《き》くようなことはしなかったという」

樋山さんは続ける。

「そして……そのふたつの棺がすり替えられたことはほとんど疑いようがない。なぜなら、今屋敷にある冬夏氏が入っていたと目される棺からは、一緒に入っていたはずの副葬品まで無くなっている。副葬品として入れられていたのは冬夏氏の写真と愛用の手ぬぐいだそうだ。冬夏氏が仮に棺から抜け出したのだとすれば、手ぬぐいを持ち去ることはあるかもしれねえが、自分の顔写真など持ち去るだろうか。いや、少し考え難い。誰であってもその状況なら余計な荷物は置いていったはずだ。さらに、古賀君に思い出してもらったんだが、冬夏氏の納棺の際に最初の一本目の釘だけは遺族や親類が石で打ったそうじゃねえか。アンタもそれに参加したんだろ。その時、釘の頭が少し曲がってしまったのを覚えているか。しかし、昨日宇津木刑事が蓋《ふた》を外すために棺から抜いた釘はすべて新品のように真っすぐだった。これはつまり、冬夏氏の納められた棺と、今この屋敷にある棺は同じ見た目をしているがまったく別のものだ、ということになる」

朽木は口許《くちもと》に手を当てて、唸《うな》った。

「では、あなたの考えによると冬夏さんは」

「ああ。殺されたんじゃねえ。心臓の発作で亡くなっていたんだ。最初からな」

冬夏は殺害されたのではなく、最初の急性心不全で死んでいた。

それが樋山さんの推理であった。

「棺に釘を何本、どこに打つのか、棺をどの部屋に安置するか、どのような段取りで葬儀を進行するのか。そういった全体の流れから細々したことまで、法堂和尚が取り決めたそうじゃねえか。すべては冬夏氏と法堂和尚、藪井医師、そしてアンタの四人があらかじめ計画したことだったんだ。冬夏氏が死亡した時、遺体を盗み出して失踪したように見せかけること。すべてはこのためにあった。違うか？」

「…………」

朽木は答えなかった。

しかし、樋山さんは構わずに話を続ける。

「考えてみれば当然と云えば当然の話だけれどな。急性心不全から回復したばかりの高齢者に、仮令《たとえ》本人の希望だとしても全身麻酔をして仮死状態にする医師なんてありえない。本当にくたばっちまう。それにまあ、田舎の診療所にそもそもそんな設備があるかも疑問だ。だが、そんな常識的な考えが吹っ飛んでしまうような証拠を藪井医師は持っていた。そう、例の冬夏氏の失踪宣告ビデオレターだ。しかし、あのビデオレターが生前に冬夏氏によって用意されたものだとすればどうだろうか。ビデオレターの内容に鑑みて、この失踪計画自体が冬夏氏の発案であることが間違いない以上、充分考えられることじゃねえか。自分の死後、一高氏に山林が相続されることを妨げる為に、冬夏氏自身が遺体を消失させるトリックを法堂和尚、藪井医師、アンタの三人に伝えた。計画はシンプルなものだろう。まず、冬夏氏は自分が危篤《きとく》に陥れば非常に高い確率でかかりつけ医である藪井医師のところへ運ばれると考えていた。そして、もし診療所に運ばれて、そのチャンスがあればそこで遺体の消失を実行していただろう。しかし、冬夏氏も自分がいつ死ぬのかまでは正確に予想できない。診療所にいる藪井医師も、いつ来るのか分からない機会に二四時間備えておくことはできねえ。診療所に出入りする患者、看護師、業者の目を潜《くぐ》って遺体をどこかに隠してしまうことは困難だったに違いねえ。遺体はそのまま屋敷に返されることとなった。ちなみに、死後冬夏氏の部屋に遺体が安置されるのは、生前から本人たっての希望だったそうだな。もとより診療所で遺体を消失させるのは難しいと予想していたんだろう。本丸はここからだ」

言葉をいったん切り、樋山さんは深く煙を吸って、静かに吐き出した。

紫煙が樋山さんと朽木の間に漂う。

煙幕に表情を隠しながら、樋山さんは話を進める。

「冬夏氏が死んだ。この訃《ふ》報《ほう》は藪井医師によって瞬《また》く間に共犯者の法堂和尚とアンタに伝わった。そして、計画通り遺体が屋敷に返されたことも連絡した。法堂和尚は葬儀会社と綿密な打ち合わせを行い、生前に冬夏氏が最後の寝床として希望した棺があることを伝える。この棺を使用することこそが、最大の要《かなめ》、絶対に違《たが》えることのできない条件だったんだ。それ以外のことは、その場その場で対応していけると考えていたんだろうな。わざわざ全面柾目《まさめ》の棺にしたのは、板目の棺の場合は木目の違いがどうしてもはっきり出てきてしまうので、棺がすり替わったことに気づかれるリスクが高くなるからだ。天竜杉の棺ということであれば、あらかじめ棺を用意したことの不審さを払拭できると計算した。そういったところまで周到に考え抜かれていたワケだ」

僕は大きく頷いた。

「確かに。天竜杉の棺だって聞いたからこそ、生前に自分の棺を用意した冬夏さんの行動をおかしいとは感じませんでした。普通の感覚から云えば、棺を用意するなんて『もうすぐ俺は死ぬ』って宣言しているみたいですもんね。これで用意されたのがタダの合板の棺であったならば、なにか深い意図があるんじゃないか、という疑いを抱いて葬儀に臨んだでしょう」

板目と柾目の違いについては、朽木の口から説明を聞いた。まさか、あの棺にそこまでの思惑が絡《から》んでいたとは夢にも思わなかった。非常に巧妙な迷彩だったわけだ。

「まあ、そういうことだ。さて、冬夏氏の訃報を聞いた法堂和尚とアンタは急いで屋敷に駆け付けた。そして、冬夏氏の遺体が計画通り用意した棺に入れられて、冬夏氏の部屋に安置されていることを知って安堵《あんど》した。あとは遺体を消失させるだけだ。もし、それが可能な状況であれば、このタイミングで冬夏氏の遺体を外に運び出しただろうが、折の悪いことに盆のため親類縁者が屋敷にひしめいていた。千歳さんと等々力さんしかいない普段の屋敷の中であればいざ知らず、ここから冬夏氏を外に運び出すのはいくらなんでも難しい。そこで、遺体の消失は大葉寺で実行されることになった。この遺体消失トリックは冬夏氏の遺体が二階の自室に安置され、なおかつ用意されていた棺の中にあることが最低条件だ。古賀君には棺が大葉寺に運ばれた日のことを可能な限り詳細に思い出してもらった。この屋敷の階段は知っての通り、かなり狭い上に急勾配《きゅうこうばい》だろう？　棺を抱えて一階におろすためには、棺の頭側と足側をそれぞれ人が持って階段を下っていくしかねえ。当然、その時に棺は斜めに傾けられる。すると、中の遺体は棺の下側に偏《かたよ》ってしまうんだ。結果として、棺の窓を開けても遺体の顔が見えない状況になる。大葉寺で古賀君が棺の窓を覗いて遺体がない、と思ってしまったのは、遺体が足側へ偏り、窓の位置に頭がない状態になっていたからだ」

「ちょっと待ってください。いくらなんでもそれは無茶ではありませんか？　棺の大きさは冬夏さんの身長よりもそれほど大きくつくられていたわけではない。傾けて遺体の位置が少しズレたからといって、窓から覗き込んで遺体がまるで見えないなんて状態にはならないと思いますが」

　僕が棺の窓を覗き込んだ時は、冬夏の髪の毛一本も落ちていなかった。

「そうだな。棺は全長一八〇センチ、冬夏氏の身長は約一六〇センチ。二〇センチほどの余尺になる。窓は一尺四方だから、完全に身体が足側へズレたとしても、頭頂部くらいは窓から見えるはずだよな。古賀君はかなり窓に顔を近づけて覗き込んだということだから、なおさらだろう。そういうわけだから、アンタは冬夏氏の遺体、恐らく膝《ひざ》から下を切断して持ち去ったんだろう？　そして棺のすり替えの際に藪井医師に切断した部位を託した」

　違うか？　と尋ねるように樋山さんは煙草の先端を朽木に向けた。

　大きな衝撃を受けたように朽木の身体《からだ》が硬直した。そして、ゆっくりと口許が緩んで穏やかな笑みを浮かべた。

「なにか……しくじってしまいましたかな？」

「ああ。冬夏氏の部屋の壁に真新しい血痕《けっこん》があるのを、古賀君が発見してくれた。冬夏氏の遺体が納棺される直前にはなかったので、どのタイミングで血が出るようなことがあったのかな、と。釘打ちの前、アンタは『冬夏さんとふたりきりにしてほしい』と云って、遺体とひとりで向き合う機会をつくった。そして、まだ釘の打たれていない棺から冬夏氏の遺体を出して、背負っていたリュックサックから、遺体を切断するための道具や室内に血が飛び散らないようにするための敷物などを取り出して広げた。遺体の身長を縮めるために膝から下を切断し、傷口はきつく縛って何重にも包帯を巻いた。切断した足はリュックに入れて、回収した。血の臭《にお》いが残るのを防ぐために窓を開けて、すべての仕事が終わった時には消臭剤まで撒《ま》いた。そこまでしても、アンタは壁に一滴の血をつけてしまった」

　あの夜、冬夏の部屋には消臭剤の人工的な花の芳香が異様に漂っていた。葬儀会社が遺体の腐敗臭を誤魔化すために撒いたのかと考えていたが、あれは遺体を切断したことによって発生する血の臭いを打ち消すために朽木によって撒かれたものだった。

「膝から下を切断すれば、冬夏氏の身長は五〇センチほど縮む。もちろん体重も減ってしまうわけだが、代わりになにか錘《おもり》を入れたのか？　棺を運んだ人間は中に冬夏氏の全身が入っていると信じて誰も疑わなかったようだが」

「錘なんて入れていませんよ。常にふたり以上で棺を運んでいたので、誰もおかしいと思わなかったのでしょう」

　釘打ちの際、葬儀社の社員が棺の窓を開けてその場の人間全員に冬夏の顔を見せた。あの時点で既に膝から下が切断されていたなど、誰が考えるだろうか。もし、蓋を開けられたりすれば、その時点で発覚してしまう。極めて危ない橋だった。

「あなたはいったいどうしてこのトリックに気がついたのですか？」

「冬夏氏は死んでいる。ビデオレターを観《み》て、すぐにそのことに気がついたんだよ。そこからは、遺体をどのようにして消失させたのかを考えることに専心し、同じ棺がふたつ用意されていたことや、部屋に残っていた血痕をはじめとする様々な証拠を組み合わせて、アンタたちのトリックを推理したのさ」

「ほう。あのビデオレターを観ただけで、冬夏さんが亡くなられていることに気づいたのですか」と朽木は感嘆の声を上げた。

「ああ。なんてことはない。あのビデオレターに映っていた冬夏氏は顎髭《あごひげ》を生やしていた。納棺の前にエンゼルケアとして、髭を剃《そ》られていたはずなのに。剃ってからビデオを撮影するまでの短い時間で髭が生えたのか、というと霊是の家はみんな毛が薄いのだとか。そのように古賀君が翠さんから聞いたらしい。ならば、とてもそんな短時間で髭がビデオ越しでも分かるくらいに伸びることはないだろう、と思ってね。すなわち、あのビデオレターはこの失踪騒ぎが起こる前に撮影されたもの。そうだとすれば、冬夏氏は既にこの世にはいない、と考えるべきだろう」

「なるほど。中々おそろしい方ですね。あなたは」

3

「それでは次の事件に話を移そうか。第二の事件。天狗洞での一高さん殺害について、だ」

　長いこと喋り続けて咽喉《のど》が渇いてきたのだろうか、樋山さんは少し声がしわがれていた。軽く咳払《せきばら》いをしてから続ける。

「この事件の話を最初に聞いて、俺は大きな違和感を抱いた。それは、どうして屋敷にあった天狗の矢を犯人は凶器として用いたのか、ということだ。矢はピストルクロスボウという道具で射出されたのだが、クロスボウを用意した犯人が矢を用意しなかったというのは不自然だ。それも、大勢の人間が目にするような場所に置いてあった矢をわざわざ危険を冒して入手するのは、計画的な殺人犯の行動としては少し慎重さに欠けるように思われる。凶器の矢に塗られていたトリカブトの毒は、矢筒の中に入れられていた。これだけをこっそり取り出していれば、誰も異変には気づかず、当然毒が無くなったことにも犯行が発覚するまでは誰も騒ぎ立てなかっただろう。ここで俺は逆転の発想をしたんだ。犯人はむしろ、矢が無くなったことに気づいてほしかったのではないか、と。だからこそ、天狗の矢を使ったのだ、と」

「ほう。どうしてそんな結論に至ったのですかな」

　樋山さんは指に挟んだ煙草を灰皿の上に乗せた。ほとんど喫《す》わないまま大部分が灰になってしまった。

「順を追って説明しよう。まず俺は、天狗洞と呼ばれている現場に足を運んでみた。そこで、壁に奇妙な穴がいくつも開けられているのに気づいた。ちょうどトンネルの入り口の正面に位置する壁だ。そして、遺体発見直後の現場周辺の状況について、古賀君から話を聞いた。すると、一高さんを射殺することは極めて困難であることに思い至ったんだ。朽木さん。アンタも天狗洞に行っているから、知っているだろうが、あのトンネルの前は元々下草や雑木が生い茂っていて、とても見通しが良いとは云えない状態だったんだろ。トンネルのすぐ近くに立つまで、そこにトンネルがあるということが分からないくらいにひどかった、と古賀君は云っている。俺が見に行った時には警察官が実況見分のためにあたりを歩き回ったため、草木が踏み倒されていてそれほど視界は悪くなかったけれど、それでもトンネルの入り口は木の枝や青草で半ば隠れているような有様だったぜ」

　樋山さんが確認するように僕を見たので、大きく頷いた。犯行時、天狗洞の周辺は確かに見通しがとても悪い状況であった。離れた所にいる誰かを狙《ねら》い撃つことなど、とてもできない場所だったのだ。

「一高さんの司法解剖の結果、矢は二〇メートルほどの距離から射られたと判明した。すると、一高さんはトンネルに入ってすぐのところで倒れていたので、犯人はトンネルから約二〇メートル離れた場所から一高さんを狙ったことになる。先述した通り、トンネルの周囲は草木で覆《おお》われて視界がまるで利《き》かなかった。こんな場所で犯人は被害者を狙い撃つことができるだろうか。いや、那須与一にだって不可能だ。そもそも、もっと見通しの良い場所は他にいくらでもあるのに、天狗洞で狙う理由がない。殺人犯の心理として、ここで矢を射ることはしないだろう。しかし、現実にはここで犯人は犯行に及んだ。俺はこの不自然さと洞窟《どうくつ》の壁にあった穴、そして犯人が天狗の矢を盗んだ理由を並べて、ひとつの推理を立てた。それはずばり、凶器のクロスボウと矢は事前に――矢が盗まれたと騒ぎが起こるずっと前に――仕掛けられていたのではないか、というものだ」

「仕掛ける？　それは……いったいどのようにして？」と朽木は尋ねた。

　樋山さんはそこで言葉を切ると、新しい煙草に火をつけた。

「そうだな。天狗洞の周囲には雑木や下草が生い茂っていたので、そのうちの——例えば、喬木《きょうぼく》の枝にピストルクロスボウを固定する。弓を引いて毒矢をセットして、後は引き金を引くだけで発射される状態にしておく。そして引き金に細いワイヤーを結わえつけ、反対の端は木の幹を経由してから天狗洞に回して、天狗洞の道に対して横一文字に張っておく。壁にはあらかじめ鎹《かすがい》かなにかを打ち込んで、ワイヤーを張れるような工夫をしておけば、こういった簡単なワイヤートラップがつくれる。アイヌ民族が狩猟で使うアマッポという仕掛け弓から着想を得たんじゃねえのかな。構造は違うが、糸に触れると矢が発射されるという仕組み自体は同じだな。クロスボウは改造されて、少しの力で引き金が引けるようになっていたそうなので、ワイヤーに触れれば簡単に矢は発射されただろう。天狗洞の壁にあった沢山の穴は、固定したピストルクロスボウの角度や位置を調節する過程で、幾度となく試射したためにできたものだ。こうすれば、視界が悪かろうが良かろうが、トンネルを通過しようとした人間に向かって矢が自動的に発射される。だから、天狗洞が犯行場所として選ばれたんだ。こういった自動装置を利用した場合、広い屋外だと標的が道の端を歩くか、真ん中を歩くかまでは中々誘導できない。ちょっと立ち位置が変わるだけで、矢が命中しないおそれがある。しかし、狭いトンネルであれば、きちんとクロスボウをセットしておけば高い確率で標的に矢を当てることができる。そして、こうした自動装置を用意したからこそ、アンタは天狗の矢を使ったんだ」

「やっと最初の疑問に戻ってきましたね。なぜ——天狗の矢が使用されたのか、という。教えてもらえますか？」

殺人犯として糾弾されているはずの老人は、どこか愉快気にそう尋ねた。

樋山さんは部屋にいる全員を見まわして、口を開いた。

「クロスボウが自動で発射されるような罠《わな》が、現場には仕掛けられていたのではないか。仮に、警察がそういった推理をした場合、その推理はどのように発展していくことが予想できるだろうか？」と樋山さんは宇津木に尋ねた。

すると、宇津木は少し考え込んだ様子を見せてから云った。

「まず……どの時点で罠が仕掛けられたのかを特定しよう、と考えるだろうな。罠が設置されたと推定される時間にアリバイのないものが犯人だから」

樋山さんは頷いた。

「それで？　他にはどんなことを考える？」

「罠が仕掛けられたと推察される時間帯にアリバイのない人物中、仕掛け弓の罠のある場所に被害者を誘導した人物がとりわけ怪しい。そうなると、被害者が天狗洞に行くことになったきっかけを調べる」

「今回の場合は――朽木さん。一高さんが天狗洞に行くことになったのは、アンタと樽峰両人と山見をする場所について話し合った結果だったわけだな？　この他にもアンタを疑う要素はあるぜ。そもそも、被害者が荷物を背負ったりしていれば、矢は刺さらなかったのではないか。どうして被害者はほとんど手ぶらに近い状態で山に向かったのか――朽木氏が荷物をすべて持つと主張したからではないか。こうした具合に、矢が射出される罠があらかじめ仕掛けられていたという案が出されると、アンタにたどり着くまでそれほど時間は掛からないのさ」

　罠が仕掛けられていたのであれば、そこに誘導した人物が犯人である疑いが濃い。それだけの単純な話ではある。

「だが、天狗の矢をすべて盗み出すことによって、アンタが犯人であるという真相にたどりつき難くすることができる。それはつまりどういうことか――説明しよう。現在のところ、矢が盗まれたのは、一一時半から三時の間と特定されている。これは屋敷にいた永美さんや等々力さんといった人たちの証言を突き合わせた結果だ。しかし、実際に犯行に使用された矢と毒はそれよりもずっと以前に持ち出されていたんだ。罠の設置に使用するために持ち出した際は、矢を一本と毒物だけが持ち出されたので、誰も気がつかなかった。アンタは早朝に罠を設置した後、樽峰と一高さんが天狗洞を通行するように誘導した。山見の話を一高さんから相談された際は、好都合だとほくそ笑んだことだろう。もし、向こうからの相談がなければ、アンタから天狗洞の向こうの山を見に行くことを提案していたんじゃねえのか？　そして、山見のために屋敷を出る直前になって、アンタは罠に使用しなかった残りの天狗の矢を矢筒ごとリュックに入れて隠し持った。こうすることで、矢が盗まれたのは一一時半前後である、少なくとも早朝の時点では盗まれていなかったという証言を屋敷の人間にさせることができる。よって、罠が設置されたのも一一時半以降である、という錯覚をつくりだすことで、その間、ずっと樽峰と行動していた自身には罠を設置する時間が無かった、と警察に思い込ませることができるわけだ。そのためだけにアンタは天狗の矢を使用したんだ」

　朽木はそこで首を傾《かし》げた。

「ですが……クロスボウの罠が早朝から設置されていたとなると、罠を設置したわたしはともかく、一緒にいた樽峰さんはどうして引っかからなかったのですかね。お話を聞く限りでは、トンネル内にワイヤーを張ったとのことですが、その存在を報《しら》せることなく樽峰さんに触れさせないようにするのは困難に思われますが。まさか、彼とわたしが共犯だったなどとは云いませんよね」

　樋山さんはニヤリと笑って、

「それがこの犯行の中で一番上手《うま》いところだ。ワイヤーは、トンネルの出入口の通行を妨げるチェーンの少し上に張ったんだろう？　あまり高すぎるところに張ってしまうと、ちょうど顔の正面にきてしまって、いくら薄暗いトンネルの中でも気づかれるおそれがあるからな。道を塞《ふさ》いでいるチェーンは、地面から九〇センチ程の高さに張られていた。これは、俺や古賀君の背丈、一七五センチくらいの身長の人間だと腰よりも少し低い、股下高《またしたこう》より少し上の位置だ。だが、これを跨《また》ごうと思うと腰の高さよりも足を上げて跨がなくてはいけない。やってみると分かるんだが、中々辛《つら》い。潜り抜ける方がはるかに楽だ。当然、小柄な樽峰は跨ごうとも思わなかっただろう。しかし、一高さんは一九〇センチ以上の上背がある。足も俺たちより長かった。先刻、無理を云って調べてもらったんだが、一高さんは股下高が九五センチあった。腰の高さは一二〇センチ。彼であれば、チェーンは潜り抜けずに跨いで通過しようとしてもおかしくはない。そのことを計算してアンタはワイヤーを張った。とても巧みに考えられた犯行だったわけだ」

「はっはっは。お褒めに与《あずか》り光栄ですが、残念ながらそれは違いますよ。いや……しかしこれは怪我《けが》の功名とでも云うべきですね」

　朽木の言葉に樋山さんは怪訝《けげん》そうな顔になった。

「チェーンの上にワイヤーを張ったのは、あそこならばチェーンを張るための杭《くい》を打ち込んだ形跡が壁にいくつもあったので、新たにワイヤーを張るための金具を打ちつけても、後から見てその痕跡が目立たないと判断したからなのです。ああ、ちなみにワイヤーを張る為の金具は、ワイヤーにある程度の重量がかかり続けると外れるくらいの深さに打ち込んでおきました。万一、矢の刺さった被害者が張られたワイヤーによりかかった状態で発見されてしまったら、一発でトリックが分かってしまいますからね。トンネルの中は暗いので、地面に金具やワイヤーが落ちていてもそうそう気づかないだろう、と思いました。ですが、ワイヤーを張る高さについてはなにも考えていなかった。最初から一高さんを狙おうと思って仕掛けたわけではないのです。別にあのトリックで死ぬのは樽峰さんでも良かった。樽峰さんが死んだ時は、ふたりで歩いていたら突然背後から誰かに矢で襲われた、と証言するつもりでした。結果的にあなたの仰《おっしゃ》るとおりになっただけのことです。ああいう小細工をした一番の理由は、わたしが既にひ弱な老人だからです。毒矢で狙って外してしまった時、相手の抵抗をかわしてとどめをさしたり、姿を見られる前に素早く逃げたりすることが困難だからです。そのため自分の手ではなく、罠を仕掛けてそこにふたりを追い込む、という手段を選んだだけなのです。失敗しても、即座にわたしの仕業だと露見しないような形の罠を仕掛けて、ね。わたしがとっても臆《おく》病《びょう》だった。それだけのことですよ」

　老人は自らの罪を認めるような発言をした。それは僕と宇津木刑事にとっては衝撃的なことであったが、樋山さんはまるで動じなかった。

「臆病？　それは違うな。アンタは恐れなど知らない。その証拠に、樽峰殺害のトリックは恐ろしく大胆で、大掛かりなものだった。こんな殺し方をするのは天才か、狂人か、あるいはそのどちらもか――」

　そして、樋山さんはやおら立ち上がった。

「このトリックについては、実際に見てもらった方が説明しやすい。場所を現場に移そう」

4

　樋山さんにつれられて、僕と宇津木と朽木、あとトリック実演の手伝いのために数人の警察官が殺害現場である塔へやってきた。天候は極めて良好で、風は微《かす》かに吹いていたがそれほど強くなかった。

　塔の入口扉の前に立って、樋山さんは再び推理の続きを語り始めた。

「一高さんが中々山にやって来ないことから、アンタは罠が成功したことを悟った。そして、どうせなら樽峰と一緒に死体の第一発見者となりたかった。そうすれば、樽峰に完璧《かんぺき》なアリバイの証言をしてもらえるからな。けれども、同時に仕掛けの処理もこっそりとしておきたかった。そうしたわけで、アンタはわざと死体発見時に足をくじいてみせて、通報を樽峰に依頼した。そうして樽峰が傍を離れている間に、固定していたピストルクロスボウを立木から外して、ワイヤーやそれを張るために天狗洞の壁に打ち込んだ金具などを回収した。その後、リュックに入れていた矢筒や残りの天狗の矢、毒の入った容器をピストルクロスボウと一緒に近くに投棄した。代わりにワイヤーや金具をリュックに仕舞って、屋敷に戻ってから警察が来るまでの間に適当な場所に置いたんだろう。ワイヤーも金具も、昔から林業をしているこの天狗屋敷にはあったとしても、別におかしいものじゃねえからな」

僕が現場の天狗洞に駆け付けた時、足をくじいたと云って蹲《うずくま》っていた朽木の背中には大きなリュックサックがあった。今思えば、そこに犯行の決定的な証拠が隠されていたのだ。そう思うと、僕の詰めの甘さが悔やまれる。

——樋山さんであれば、その場で「リュックの中身を見せろ」くらいは平気で迫っただろう。

「さて、天狗洞での犯行を遂行したアンタは、次の標的へと照準を合わせた。樽峰だ。けれども、屋敷の中には警察がいる。常人の神経であれば、ここでの犯行は避けて屋敷を出て行った後、もっと云えば天竜の外で樽峰を狙うだろうな。宇津木刑事もまさか自分たちのいる屋敷で殺人が実行されるなんて考えもしなかったはずだ。しかし、警察の到着するはるか以前から、アンタは樽峰を殺害する段取りを終えていたんだ。アンタがどうしてこの屋敷での殺害にこだわったのかは分からねえ。だが、現に殺人は起こった。しかも、樽峰の殺害された時間にアンタにはアリバイがあった」

　そう、樽峰の死亡推定時刻は午前一時半から二時半の間である。その時間帯、朽木と僕と良治はほとんど一緒だった。一度だけ、朽木は自室に酒を取りに行くために席を外したが、せいぜい五分にも満たない時間だった。そのような短時間では樽峰の殺害どころか、塔と屋敷の往復すら難しい。

「樽峰は屋敷の向かいに立つ建物――関係者に塔と呼ばれている、この場所で殺害された。警察が屋敷にいて住人の動向に注意していたが、部屋の窓から外に出て塔に向かうことは可能だった。樽峰はどうして塔へ行ったのか。俺は犯人に呼び出されたのだと考えた。どのような口上で誘い出したのかは分からねえが、樽峰は一高さんが亡くなっても霊是の山を諦《あきら》めず、良治氏に云い寄っていたそうだから、彼の名前を騙《かた》ったのか。あるいは氏を説得する上手い方法がある、屋敷には警察がいて落ち着いて話ができないので、夜分に塔へ来てくれ、だとか。まあ、山を絡めればいくらでも口実はつくれただろう。グレーな商いをしていた樽峰ならば、警察の耳目を避けたいと云われれば素直に受け入れたと考えられる。呼び出された樽峰は塔の中で犯人を待つ。そして、やってきた犯人に後頭部を鉄棒で殴打されて死亡。一見するとそのような筋書きになってしまいそうではあるが、いくつかの奇妙な点に説明がつかない」

そう云うや否《いな》や、樋山さんは扉を開けた。すると、以前にも目撃した異様な光景が再び眼前に現れた——かと思いきや違う。壁に貼《は》られていた無数の天狗のお札はすべて剝《は》がされており、部屋の真ん中に開いた穴には新しい洋式便器がはまっていた。

「まず、塔の壁にびっしりと貼られていた大葉寺の天狗《てんぐ》のお札。お札とは云ってもコピーした偽物《にせもの》なんだけれど、これが塔の四方の壁——大体床から五〇センチの高さから二メートルくらい上方にかけて、ほとんど隙間なく貼られていた。さらに奇妙なのは、塔の内部にあった洋式便器まで破壊されていたことだ。これだけ狭い部屋だから、狙いを外してしまって便器に鉄棒が命中した、というのは考え難い。人が中にいる状態では、どうやったって便器だけを破壊することはできない。被害者には致命傷となった後頭部以外に外傷はない。よって、あの便器は樽峰を殺害後、わざわざ死体を部屋の端なりにずらして壊したと考えられる。どうしてそんなことをしなくてはならなかったのか。これだけじゃない。現場の状況をじっくりと観察して、俺は事件の見方を根底から覆《くつがえ》すようなあることに気がついた」

　朽木は黙って話の先を促す。その面持ちは穏やかでありながら、樋山さんの言葉に多大な興味を示しているようにも見受けられた。朽木の計画を事細かに白日の下に晒《さら》さんとする樋山さんの推理は、彼にとってはある意味自分の大仕事についての評価を聞くようなものなのかもしれない。

「樽峰の傷の深さから判ずるに、鉄棒はかなり勢いよく叩《たた》きつけられたと推察される。頭頂部だから、犯人は自分の頭上に鉄棒を構えてから、振り下ろした。そう考えるのが自然だ。しかし、それは物理的に不可能なんだよ。なぜなら、凶器となった鉄棒は長さが九〇センチあり、被害者は塔の中にいたところを撲殺されている。飛び散った血痕の具合から、外で殺害されて運び込まれたわけではないことがはっきりしている。そして、塔は大人ひとりが入るともう満員という狭さだ。犯人と被害者が一緒に入っていたとは考え難い。塔の扉の高さは二メートルもない。すると、長さ九〇センチの鉄棒を振りかぶって被害者の頭頂部に叩きつけるなんて真似《まね》は絶対にできないんだ。どうやってもドア枠に鉄棒が当たってしまい、振りかぶれない。よって、あの塔の入口に犯人が立って、中にいる樽峰の頭部を狙ったとすれば、鉄棒はほとんど勢いをつけずに命中したはずなんだ。振り上げて構えることができない状態であれば、いくら鉄棒とはいっても一撃で殺害するのは難しいだろう。何度も殴って殺害されていたのであれば納得できなくもねえが、実際は一撃で仕留めている。最初にこの矛盾に気がついた時は、もしかしたら鉄棒は上から落下してきたのではないかと考えた。犯人は塔の梁《はり》の上で被害者を待ち構えて、入ってきたところに鉄棒を落とした。だが、これも梁と塔の床までの距離がそれほど稼げないことが分かったので違うと判断した。梁から床までの距離は三メートルもなかったからな。樽峰が立っていたにしろ、便器に坐《すわ》っていたにしろ、鉄棒の落下距離は二メートルもなかったことになる。五キロの鉄棒を落として当てても、頭を砕いて一撃で殺害できる威力になるとはとても思えない。そこでひとつのとんでもない方法が俺の脳裏に浮かびあがった」

「是非聞かせてもらいたい。ただ、その前にちょっといいですかな」

　朽木はそう云《い》って懐《ふところ》から煙草《たばこ》を取り出してくわえた。樋山さんは歩み寄ってライターの火をつけてやり、話を続けた。

「鉄棒は振り下ろされたのでも、落とされたのでもない。ならどうしたのか。ある場所に固定されていたのではないか。そうして、そこに向かって樽峰の方が勢いよくぶつかっていったのではないか。例えば——この床を吊《つ》り上げて梁に頭部をぶつけさせる、とか。馬鹿《ばか》な。どうやったらそんなことが可能になるのだ、と最初は自分でも否定したよ。いくらなんでも絵空事に過ぎるってな。しかし、そのアイデアは膠《にかわ》のように俺の頭の中に張りついて消えなかった。そんなところに古賀君が『真夜中に奇妙な音を聞いた』と話してくれたんだ。遠くの方で大きなものが倒れるような音と、鐘の鳴る音がした、と。警察の中にもこの音を聞いた者がいたようだが、山に囲まれた屋敷だからな。風に吹かれて枯れ木が倒れたり、塔にある鐘が鳴ったりしたのだろう、とあっさり片づけられちまった。だが、俺はこの奇妙な音が午前二時——樽峰の死亡推定時刻に聞こえたという事実に着目した。もしかしたら……もしかしたらこの奇妙な音は樽峰を殺害したトリックと密接な関りがあるのではないか。すると、それまで目について気になっていたいくつかの痕跡や道具が意味を持ってきた。そして、大掛かりなドミノ倒しのような装置が人知れず用意され、それによって床が吊り上げられて樽峰は殺害されたのではないか、という考えに到達したんだ。だがしかし、これだけの話ではアンタがどのようなトリックを用いたのかが分からないので、実演しながら順を追って説明しよう。細かな箇所で事実と異なるかもしれねえが、すべてが終わってからまとめて指摘してくれ」

　樋山さんは頭の中を整理するためだろうか、しばらくの間目を瞑《つぶ》って考え込んでいたが、やがて口を開いた。

「アンタが天狗洞のクロスボウの罠と、塔のトリックを仕掛けたのはおそらく、八月一二日の早朝だろう。クロスボウの罠は、ひょっとしたらもっと以前かもしれねえが。塔のトリックについては、八月一一日の午後、葬儀中に失踪《しっそう》した冬夏氏を捜索するために良治氏が塔を確認した際、異変に気がつかなかったそうなので、一二日の早朝にセッティングされたと考えられる」

　樋山さんに命じられ、塔の床と壁の間にある隙間に手を差し入れて、僕は床板を持ち上げた。予想していたよりもかなり重かったので、少しよろめいてしまう。

「そのまま傾けて床板の裏側をみんなに見せてくれ」

　樋山さんの指示に従うと、床板の裏側には道路脇《わき》にある側溝の蓋――正方形のグレーチングが貼りつけられていた。道理で重いはずである。

「まず犯人は、土場にある中でも頑丈なグレーチング蓋を一枚拝借した。おそらく、このような正方形のます蓋タイプのものを選んだんじゃねえかな。次に塔の床を外した。この床板は根太の上に乗せただけなので、今古賀君がやってくれたように簡単に取り外せる。はめ込まれた洋式便器の部分に接着剤をつけてグレーチングをはりつけ、くっついたことが確認できたところでグレーチング蓋の四隅に一本ずつ細いロープを結わえつける。後の仕事のために、ここは丈夫だけれど細いロープでないといけない。そうした後にロープのグレーチングに結んでいない方の端だけを外に出して、床を元通りにする」

　ロープがすぐ傍らに用意されていたので、僕は樋山さんの云った通りにロープをグレーチングの四隅の穴にしっかりと結びつけた。そうしてからロープのもう一端――かなり長いので束ねられていた――は床の上側にくるようにして、床板を元通りにした。

　ここから先は先刻樋山さんから説明を受けたので、どうすれば良いのか云われずとも分かる。僕はロープの束を頭上の梁を目掛けて投げた。何度か失敗したものの、さほど手間取らずに四隅に結ばれた四本のロープすべてを梁に引っかけることができた。

「このようにロープのもう一端は梁に引っかかるようにして頭上に投げ、自分は塔の天辺から梁の上に下りる。引っかかっているロープを回収後、今度はさらに上へ向かって投げる。再び塔の天辺へ戻ると、塔の内側の壁の四隅を伝うようにしてロープを緩く張り、四本のロープを撚《よ》って一つに束ねる。さて、天辺に行こうか」

天辺には警察官たちが先回りしていて、彼らが既に梁の上に立ってロープを天辺へ出してくれていた。脚立《きやたつ》を使って警察官は自力で梁から天辺へ上がってくる。

樋山さんは警察官から四本の細いロープを受け取ると、素早く器用に四つ編みにして、一本の普通の太さのロープに仕立て上げた。

そうして一本になったロープを手に持ったまま、塔の天辺にぶら下がった釣鐘の舌、ちょうど輪の形になっているところに警察官が持ってきてくれた滑車を取り付けた。

「釣鐘の輪をそのまま滑車として用いたのかもしれない、と最初は考えたんだが、耐久性や引張力《ひっぱりりょく》の伝達性に不安があるので、やはり滑車を取りつけたんだろう。作業小屋に滑車はうなるほどあったからな。まあ、なんでもいい。力の方向を変えるための器具がここにはあったと思われる。滑車の溝にロープを通したら、その先端を今度は投げ縄結びにして、谷側に並んで立っている杉の木のいずれか、ちょうど屋敷にのぼる坂の正面に位置する杉目掛けて投げる」

流石《さすが》に樋山さんは林業経験者なだけあってロープワークはお手の物であった。あっという間にロープの先端にカウボーイが使うような投げ輪をつくってしまった。

樋山さんは塔の天辺の端に立って谷を睥睨《へいげい》すると、そこに立っている一本の杉に向かって投げ輪を放った。

輪が木立の先端にはまったら、すぐにロープを引いて輪を縮め、しっかり木に結ぶ。

「あと、古賀君、あれ持ってきて。ほら、あのグレンスフォシュ」

僕は一瞬なんのことか分からなかったが、樋山さんが靴の先で柱を軽く蹴《け》ったことでなにを要求しているのか察し、慌てて塔を下りて要望されたものを取りに行った。

「お待たせしました」

「おう、ありがとう」

樋山さんは僕の手から大振りの両刃《りょうば》の手《て》斧《おの》を受け取った。

そして、谷側にある塔の屋根を支える柱のひとつに口笛を吹きながら近づき、勢いよく両刃の斧を振りかぶって――柱にぶっ刺した。

斧は床に近い高さに突き立ててある。完全な奇行であったが、宇津木をはじめとする刑事たちはその行動の意味を既に説明されて理解しているので、なにも云わない。傍《はた》から見ると警察が狂人を取り巻いているようで、異様だった。

「さあて！　ここまででもかなりの作業量ではあるが、まだやらなくてはならないことがある。今度は凶器となる鉄棒だ。これを梁の下側――便器の真上に位置する箇所――にくくりつける必要がある。だけど今回は面倒なので、警察の方にお願いしてやっておいてもらった」

　樋山さんはここでひと呼吸おいた。

「ようやく――ドミノ倒しの全貌《ぜんぼう》が見えてきただろ。この仕掛けは杉の木を倒すことで作動する。木が倒れることで床下のグレーチングに結びつけたロープが引っ張られ、滑車によって接着されたグレーチングと一緒に床が真上に吊り上げられて、結果として便器に腰かけていた樽峰が梁に固定された鉄棒に頭部をぶつける。そんな装置をつくったんだよ。壮大なループ・ゴールドバーグ・マーダー・マシン。馬鹿げている。だが、実行されて成功したんだ。そして現場の不可解な状況のすべてを合理的に説明することが可能なトリックでもある。だから、この装置を設計可能な人物は誰なのか、と俺は自問してみた。それは朽木さん、アンタだけなんだよ」

　朽木はなにも返さない。しかし、それは明らかに無言の肯定であった。

「では、細かな点を補足していこう。まず、この装置の起動――ロープを結びつけられた杉の伐倒はいかにして行われたのか。云うまでもないことだが、真夜中にチェーンソーや斧を使って木を倒したりする音が聞こえれば、警察もさすがにおかしいと気づくはずだ。そもそも、アンタは樽峰の死亡推定時刻には屋敷にいた。だから、直接木を伐ることはできない。どうしたのか。これこそが朽木さん――アンタが犯人であると推理した根拠なんだ」

　樋山さんは朽木を振り返った。

「なんてことはない。木にはあらかじめ受け口と追い口がつくられていたんだよ。一定の力を加えるだけで木が倒れるギリギリの状態にしておいた。そう、早朝の時点で既にスイッチをつくってあった。だが、これには熟練の技術がもとめられる。もし、受け口や追い口が深すぎれば、アンタが意図しないタイミングに自然の風で勝手に木が倒れてしまうおそれがある。逆に、浅すぎると木を倒すのにもとめられる力が大きくなりすぎて、スイッチを起動するのが困難になる。その伐倒における絶妙な加減。こればかりは屋敷の中で可能なのはアンタしかいない」

　朽木が伐倒をする場面を僕は思い出していた。彼は、クサビを何度打ち込めば木が倒れるのかを正確に云い当てていた。

　確かに、朽木でなければできない芸当だ。

「それから、起動するためになにを用いたのか。これは恐らく、屋敷の納屋《なや》の前に停めてある大八車。あれを使ったんじゃねえのか。大八車には薪《まき》をつくるためのタンコロが沢山積載されていた。坂に停めてあるが、勝手に転がっていかないよう、車輪の下にクサビが打ってある。このクサビにあらかじめ細い紐《ひも》を結びつけておき、それを二階の自分の部屋の窓から回収できるように伸ばしておく。すると、アンタは二階の自室から紐を引っ張るだけでクサビを外し、大八車を坂の下へと走らせることができる。アンタが千歳刀自《とじ》に頼まれたという、東屋《あずまや》をつくるために木を倒し、切り株を抜根し、整地してほしいという仕事。千歳さんに確認してみたところ、東屋をつくったらどうかという提案は、大分昔にアンタからされたって云っていたぜ。なぜ、あのタイミングでその仕事にとりかかったのか。それは、土場の地面がぐちゃぐちゃであったり余計な木があったりすると、坂を下っていった大八車の勢いが土場に差し掛かったところで殺されてしまったり、受け口と追い口をつくった木とは別の木に衝突してしまうおそれがあったからだ。アンタは気まぐれや善意で仕事に取りかかったのではない。大八車が勢いを保ったまま殺人装置の起動スイッチとなる木にぶつかるようにするため、その道をつくるために整地をしたのさ」

　樽峰が殺害された日の朝、朽木はかなり早い時間から薪割をしていたという。あれは自分が坂の下に走らせた大八車を引っ張るための口実だったのではないか。薪割のためのタンコロを集めているのだと云えば、土場で彼が大八車を引いているのを目撃しても、誰一人怪しまない。いつの間にか納屋の前から大八車が移動していることに気がついても、朝早くから動いてやっていたのだろう、ご苦労さん、と思われるだけだ。

「では、実際に装置を作動させてみよう」

　樋山さんはまるで小さな子どもが新しい玩具《おもちゃ》を手にしたようにウキウキとした様子だった。絶対この実証を楽しんでやっているな、と僕は思った。

5

樋山さんは今さっき投げ輪を結びつけた谷際《たにぎわ》の木の根元に立っていた。手にはチェーンソーが握られている。頭上を見上げて、木の枝ぶりや重心を確認している。やがて、伐倒する方――塔のある側とは反対方向――を向いて、次に谷を見下ろした。

チェーンソーのエンジンがかけられ、刃の回転する音が山間《やまあい》に響く。僕は天狗屋敷の坂の上から樋山さんが木に受け口をつくる様子を観察していた。やがて音が静かになり、樋山さんは自分のつくった受け口の角度や大きさをジッと確認していた。しばらくして大きく頷《うなず》くと、再びチェーンソーを構えて今度は反対側から追い口をつくり始めた。そして、ある時点でピタリと動きを止めた。

樋山さんはチェーンソーを片手にぶらぶらとこちらにやってきた。チェーンソーで受け口と追い口を彫られた木は、一見するとそれまでとなにも変わらない様子で立っていた。風が吹いても傾いて倒れたりはしない。

「かなりしっかりとツル幅を残しているからな。普通の風じゃ倒れねえよ」

「ツルってなんすか」

「木を伐倒する方向に入れる、斜めと水平の三角形に切り取られた口のような部分を受けロ。その反対側から入れる水平の切れ込みを追い口っていうんだけれど、そのふたつの切れ込みは入れる高さがそれぞれ違っていて、大体追い口は受け口の三分の二くらいの高さに水平に入れる。このふたつの切れ込みの間にある、切り残しの部分をツルっていうんだよ。この切り残しの部分、ツルがちょうど蝶番《ちょうつがい》のような役割を果たして、重心が受け口側に移り、木が倒れる。これが追い口切りっていう、最も基本的な伐倒の理屈だ。セオリーだとツルの幅、つまり切り残しの幅は木の直径の一〇分の一だとか、色々あるんだけれど、木っていうのはひとつとして同じものなんかないからな。熟練のプロほど、木をどう倒したいのか――ゆっくり倒れるようにしたいのか、すぐに倒れるようにしたいのか、どの方向に倒したいのか、そういうことを考えて木の特徴を観察し、ツル幅や切れ込みの高さなんかを調整して望む方向へ、計算通りの勢いで木を倒すことが出来る。俺もある程度の経験はあるから、多少はできる。だがまあ、この屋敷にいる人間だと俺以外には朽木しかできねーだろ。ただ木を倒すだけならともかく、この調整に関しては少しの練習で身につくような技術じゃない。そんで、これができないとこのトリックは実行不可能だからな」

　僕は一つ、意地悪な質問を思いついた。

「今気がついたんですけれど……アリバイがなかったら樋山さんが犯人である可能性は排除できていないんじゃないですか？　樋山さん滅茶苦茶《めちゃくちゃ》犯人っぽいですよ」

「いいところに気がついたな。まあ確かに俺にも可能なトリックに思えるが……このトリックの肝は大八車の走る道を整地することだからな。朽木は手ずからそれをやっている。俺はなにもしていない。それになにより、俺の呼び出しに樽峰のやつが素直に応じると思うか？　この家の人間と接点のない俺が、良治や千歳の名を借りることにも無理がある。アリバイがあろうがなかろうが、俺には難しい」

　それはそうだ。

　さて、と云うと樋山さんは二階の窓を見上げた。

「じゃあ、俺たちが塔に行って手を挙げるのが確認できたら始めてくれ！」

　樋山さんの言葉に、二階の窓際に立っている宇津木は頷いて返した。

　最後に樋山さんは僕が用意した大八車の状態——云われた量のタンコロを積んで、坂の指定された場所に停めて、クサビを車輪の下に打ち込んである——を矯《た》めつ眇《すが》めつ点検し、やがて満足したのか塔の方へと歩き始めた。

「まさかこの実証のためだけにわざわざ新しい洋式便器を調達させたりして、現場を事件前の状態に復元するよう警察に命じたのですか？」

「必要なことだろ。せっかくやるんだったら、徹底しないとな。というか、こんなトンデモ馬鹿トリック、目の前でやってやらねえと頭の固い警察は信じねえって」

「じつは自分でもやってみたかっただけでしょ」

「……分かるか？」

　悪戯《いたずら》のバレた子どものような笑みを浮かべつつ、樋山さんは塔へと向かう。僕は半ば呆《あき》れながらもその後を追った。この人らしいな、と心底思った。

　塔にたどり着くと、樋山さんは扉を開けた。

　洋式便器の蓋《ふた》には小さな丸太が縦に置かれていて、その上にはスイカが乗っていた。表面には水滴が浮かんでいて、緑と黒の縞《しま》模様が目にも鮮やかだ。直径三〇センチは優にあるだろう。どこに出しても恥ずかしくない大玉のスイカである。丸太は縄で便器に縛り付けられていて、その上のスイカも杭で丸太の木口に打ち込まれて固定されている。

　このスイカは被害者——樽峰の代わりである。

「このスイカは無理云って等々力さんに買って来てもらったもんだから、実験が終わったらキチンと食べないとだめだぞ」

「本気で云っています？」

「当り前だろ。俺は食い物を粗末にするのが嫌いなんだよ。お前の頭で試して良いんだったら、今からでもスイカ君と交代してもらってもいいが」

「あーもうっ！　分かりましたよ。食べればいいんでしょ、食べれば！」

　樋山さんは片手を挙げて宇津木刑事に合図をした。

　すると、二階にいる宇津木刑事は窓から半身を出して、紐を引くような動作をした。

クサビが外されたのだろう。坂の中途に置かれていた大八車がゆっくりと下り始めた。動き出しの最初はそれほど勢いがなかったものの、段々とスピードが加速していき、坂を完全に下り切る頃にはかなりの速度に達していた。大八車はそのまま土場に入っていき、僕と樋山さんはそれを追いかけた。

ガタガタと大八車は揺れながらも、真っすぐに樋山さんが追い口切りをした立木へと突進していく。

やがて大八車は木立に衝突して――静止した。意外にも大きな音はしなかった。

それよりも――驚くべきことに、大八車を受け止めた木はゆっくりと谷側へ向かって傾き始めたではないか。少しずつ、少しずつである。よく見なければ倒れようとしている風にも見えなかっただろう。じつに緩慢な動きであった。

慌《あわ》てて僕と樋山さんは塔の入口へ戻った。

「さあ、どうなる？」

ドスンッ！　という大きな地響きがあたりにこだました。

そして、ズルズルズル、という音とともに木が谷の斜面を滑って落ちていくのが分かる。倒木が谷底へと滑落していく絵が脳裏を過《よぎ》る。

続いて、眼前の床から壁に沿って天井に延びる細いロープは、それまで弛緩《しかん》していたのがにわかに緊張し、やがてものすごい勢いで床が引き上げられた後にゴスンという鈍い音が聞こえた。

さらに、聞き覚えのある鐘の音が聞こえた。ロープが引かれたことで鐘が振られて音を出したのだ。間違いない。あの時の音もこうして鳴ったのだ！

僕と樋山さんは顔を見合わせると、急いで梯子《はしご》を駆け上がって塔の天辺へとのぼった。

「よし！　ロープが少しずつ斧の歯に食い込んでいくぞ！」

自分の狙《ねら》った通りになったのがよっぽど嬉《うれ》しいのか、樋山さんは目の前の光景を見て小躍りしかねない様子だった。もともと床を吊り上げる四本のロープは途中で一本に編まれて滑車を通り抜け、立木へと伸びていた。その時は木と塔の高さはほとんど同じか、むしろ木の方が少し高いくらいであったので、地面に対してほぼ平行にロープは張られていた。

しかし、今やそのロープは谷底に落ちた木に向かって伸びているため、張られているロープは塔の天辺の床をほとんど擦らんばかりであった。そして、倒れた木の方向に引っ張られたロープは、あらかじめ柱にぶち込んであった両刃の斧に深く食い込みつつあった。

時間にすればそれほど長くはなかっただろう。床が吊り上げられてから三〇秒も経《た》っていない。斧に食い込んだロープは突然引きちぎれて、木に結んであった側は一瞬で谷底へと消えて行き、足元の塔の床はすぐに落下して元の位置に戻ったようであった。

腰壁に手をかけて樋山さんと僕は塔の中を天辺から見下ろした。

「は、ははは。見ろ！　古賀君。俺が云った通りだろう？　このために天狗のお札は必要だったんだよ！」

鉄棒をくくりつけた梁とその周囲の壁には、スイカの赤い果肉がべったりと飛び散っていた。

6

塔の前で再び樋山さんと朽木は対峙《たいじ》した。

「このように――狭い部屋で撲殺されれば、床はもちろん周囲の壁にも飛散した血痕《けっこん》が残らなくては不自然だ。だが、床を吊り上げて梁の鉄棒に被害者をぶつける、という殺害方法では床に血を残せても、地上の四方の壁には血痕が残せない。本当の殺害地点である梁自体やその近くに血痕が残ってはまずいので、新聞紙やビニールシートなどをあらかじめ養生のため貼っておくことを最初に考えたんだろう。それと同じ流れで、どうにかして地上の四方の壁に血が残せないか、とアンタは考えた。死体を殴りつけて血をまき散らすことも一度は考えたかもしれねえな。だが、高齢のアンタには重い鉄棒を振り回せるだけの十分な腕力はない。よって、死因となった一撃と比べてあまりにも浅い死後つくられた傷が死体に残っていると、血を現場にまき散らすために死体を殴ったと警察に勘繰られるおそれがある。結果、アンタは一旦《いったん》血痕を天狗《てんぐ》のお札の壁紙に受け止めさせて、それを地上の四方の壁に貼り直すことで、本当の殺害地点を偽装したのさ。四方の壁の表面積や、被害者と壁の間にある距離などが変わるわけではない。犯行現場そのものを偽装するわけではないので、そうそう不自然な血痕のつき方にはならない。だから、警察の目を騙《だま》すのは比較的容易だったはずだ。実際、騙されたわけだしなあ？」

　宇津木が苦々しい顔をしてみせた。

「では、アンタがどうやって犯行の準備を進めていったのか、俺の推理を話そうか。犯行前、アンタは梁の周囲の壁に天狗のお札を貼り付けた――おそらく、この時はお札がズラリと印刷された大きな壁紙が四枚だけだったんじゃないかと思われる。不安定な足場である梁の上に立ちながら壁に一枚ずつお札を貼りつけるのは、危険な上に大変な労力だからな。梁の周りの壁には糊《のり》の痕跡はなかったので、ピンかセロテープなどで四隅を留めたんだろ。ここまでが下準備」

　樋山さんが身を屈《かが》めて朽木の顔を覗《のぞ》き込む。

「そして樽峰が計画通りに死亡し、夜が明ける前にアンタは薪割をするといって土場へ行き、すべての仕掛けの回収を始めた。まず、立木に衝突させた大八車を引き上げた。

それから塔へ行って梁の上に下り立ち、くくりつけた鉄棒と周囲の壁や梁に巡らせた養生用紙を取り外した。そして、血痕の付着した天狗のお札の壁紙をカッターナイフで裁断し、たくさんの天狗のお札をつくりあげた。元々梁の周囲の壁に貼ってあった時と同じように——血痕のつき方に不自然な印象を与えないように注意して——塔の内側の壁にお札を貼っていった。細かなことではあるが、扉は開いていて鉄棒を握った犯人が入り口に立っていた、という設定なので、扉の内側には血がついていないお札を貼った。よって、天狗の札が印刷された大きな壁紙は実際に養生用紙として使われて血のついてしまう四枚以外にも、もう一枚、血のついていないものがあったと推察される。次に便器を鉄棒で破壊した。これは床下に接着してあるグレーチングを外すためだ。そのためにグレーチングは床板それ自体ではなく、はめ込んであった便器に接着したと推定される。ああ、そうそう。柱にぶっ刺した斧や滑車を回収しておくのも忘れちゃいけないな。鉄棒と斧と滑車は作業小屋に戻し、ロープを結びつけたグレーチングは沢に入って塔の下に潜って回収した。急いでそれらの仕事を済ませると、グレーチングは土場の元あった場所へ戻して、ロープと余った壁紙は谷底にでも放り捨てたんだろう。以上の仕事を終えて、アンタはなにくわぬ顔で薪割を始めた」

　要領が良ければ、三〇分程度ですべてをやり遂げられると思われた。天狗の札を壁に貼る作業が一番時間をくいそうだが、先に壁に糊をべったりつけて片っ端から貼っていけば、狭い壁なので想像しているよりも短時間で仕上げられるのではないだろうか。なにも左官屋のような丁寧な仕事を要求されているわけではない。

「この犯行で最も大事なのは引き金を引く――すなわち、大八車のクサビを抜くタイミングだ。樽峰が間違いなく塔の中にいる時に実行しなくてはならない。これについては想像になるが、アンタは樽峰と真夜中の密会の時間をあえて大雑把に決めておき、樽峰が先に来た場合はその合図として塔の窓を内側から懐中電灯で照らす、というような取り決めをしておいたんじゃないかな。俺や古賀君のいる一階の窓からだと、作業小屋と塔は周囲にある木立が邪魔して見えねえが、二階のアンタの部屋からは塔を望むことができる。警察に気づかれずに会うためだ、とかなんとか適当な理由をつけて、被害者に来たことが分かる合図を出すように促した。いずれにせよ、待ち合わせるのに屋外に立っているということはないだろう。このへんはやぶ蚊がひどい。云われずとも樽峰は塔の中に入っただろうな」

　殺人者として告発を受けているはずの当の本人は、達観したかのような笑みを浮かべていた。まさか、まだ自分が逮捕されることなどない、と余裕を持っていられるはずもない。

「なにか、間違っているところはあるか？」

　そう尋ねる樋山さんに対して、老人はゆっくりと首を横に振った。

「いやあ。なにも。細かな部分や段取りの順序なんかで少し異なる点はありますが、まるでずっとわたしを監視していたかのようだ。脱帽です」

あまりにもあっさりとした敗北宣言に、僕は拍子抜けした思いを隠せなかった。

犯人が降伏し、事件は解決した。

けれども、どうしても解《げ》せないことがあった。警察が朽木を連行してしまったら、それを確認する機会は永遠に失われてしまう。

堪えきれなくなり、僕は老人の前に進み出て尋ねた。

「どうしてこんなことを……なにがあなたを犯行に駆り立てたんですか」

朽木は一瞬不意をつかれたような表情になったが、やがて口を開いた。

「ああ……簡単なことですよ。冬夏さんに頼まれたからです」

それは、想定していた答えのひとつであった。

「今年の春先、冬夏さんは心臓の発作で倒れたんですよ。その時は大事に至らなかったのですが、いよいよ死が間近に迫ってきていると感じたのでしょう。わたしを呼び寄せて、一高さんと樽峰さんの殺害を頼まれたのです」

一緒に酒を酌《く》み交わした夜。眼前の老人は確かに「春秋さんや、冬夏さんに頼まれた仕事であれば、やるかもしれませんね」と云った。その時はまさか朽木が犯人だとは考えていなかったけれど。

「樋山さんの推理を聞いていて、疑問に思ったんです。どうしてあなたはこんな不確実な方法で殺人を実行したのか、と」

「探偵さんはその疑問に対してなにか意見をお持ちですかな？」

しばらく考える素振りを見せた後、樋山さんは云った。

「直接手を汚すような方法を避けたんだろう。アンタが自分で云っていたように、標的の息の根を止めきれずに反撃された時、老人であるアンタには分が悪い」

「そうですね」

朽木は曖昧《あいまい》に頷いた。

しかし、僕は首を横に振った。

「ですが、僕はそれでは納得できません。何故《なぜ》なら、あなたの手にはトリカブトという強力な毒があった。トリカブトを使えば、反撃の余地など毛ほども与えずに命を奪う方法がいくらでもある。ましてや、当たるかどうかも分からない弓矢のトリックを弄《ろう》する必要はどこにもない。塔のトリックに至っては、成功したのが奇跡みたいなもんです」

僕の言葉に対して、朽木は初めて口を閉ざした。

沈黙の時間が長引き、答えを聞くことはもう諦めなくてはならないのか、と覚悟しようとした矢先、

「少し……言い訳がましいかもしれません。喋《しゃべ》るのはあまり気が進まないのですが、こ

こまできたら素直に白状しましょう」

朽木は対面から真っすぐに僕を見返した。

「どうしてあのような不確実な手段を用いたのか。それは、わたしに殺意がなかったからですよ。一高さんも、樽峰さんも、心の底から殺したいと考えたことは一度もありません」

「それはいったいどういうことですか」

「病床にいた冬夏さんから必死の形相で頼まれた仕事だったので、断ることは絶対にできません。しかし、山を守るためになんとしても一高さんたちを殺さなくてはならない、という風にはどうやっても思い込めませんでした。そう。肝心かなめの殺意が湧《わ》かなかった。こんな半端《はんぱ》な気持ちで殺人なんて実行できるのだろうか。そう思うと、すんでのところで手が止まってしまうのではないか、と怖くなりましてね。ならばいっそのこと自分は直接手を下さず、なおかつ成功する確率が低い方法で殺人を計画することにしたのです。もしそれで失敗したとしても、自分は精一杯やった、という言い訳があの世の冬夏さんに向けて成り立つだろうと思ったのです」

運を天に任せた、と眼前の老人は云った。

「頼まれた仕事である以上、中途半端なことはできません。ですから、あんな大掛かりなトリックになったのです。あくまでもわたしは死力を尽くさなくてはならなかった。

最後はどちらに転ぶことになるやら、と気を揉《も》んでいたら一高さんも樽峰さんも、両方ともわたしの仕掛けにかかって死んでしまった。これに一番びっくりしたのは間違いなく犯人であるわたし自身です。なにか……それこそ天狗のような化生《けしよう》の類《たぐい》が、目に見えない因果を操っているかのようでした」

なんと皮肉なことだろうか。もはやこの世にはいない冬夏だけが望んだ殺人。すべてがご破算になってしまった方が、生きている者にとってはどれほど良かっただろう。

「わたしが犯行をこれほど素直に認めることができたのは、どこか人間の思惑を超越したものの存在を感じたからかもしれませんね。今さらジタバタと抗《あらが》うのは無意味だ、と」

人間の思惑を超越した存在——それは、もしかして。

ある事実に気がついて僕は戦慄《せんりつ》していた。

朽木が塔のトリックを作動させて樽峰を殺害した夜、僕は彼と賭《か》けをした。マッチの火を連続して一発でつけることができるかどうか、というような他愛《たわい》もない賭けだった。賭けの対象となったのは朽木の秘蔵の酒であったが、彼が装置を起動させるために二階に上がる口実としたのは、賭けに負けたからその酒を取りに行く、ということではなかったか。

だとすれば、

「もし……僕があの賭けに敗れていたら、朽木さん。あなたは樽峰さんの殺害を諦《あきら》めていたのではないですか」

老人は少しの間沈黙し、

「さあて、どうでしょうかね」と云った。

あの時、朽木は「これもまた、山の神の意思というわけですかな」とつぶやいていた。明言こそしないものの間違いない。老人はあの賭けに命運を委《ゆだ》ねていたのだ。そうに違いない。知らず知らずのうちに僕はサイコロにされていたのだ。丁が出れば決行、半が出れば断念。

ショックが大きかったものの、まだ確認すべきことは残っていた。むしろ、こちらの方が本命である。

「……お話しいただき、ありがとうございました。もうひとつ確認したいことがあるのですが」

これは本当に訊《き》くべきことなのかどうか、僕は未《いま》だに迷っていた。事の真偽が分かったところで、誰も幸せにはならない。このまま胸の内にそっと納めておくべきことなのではないか。

しかし、僕はすでにその疑問を投げかけてしまっていた。

「霊是の山には――七年前に行方不明になった春秋さんの遺体が隠されていますね？」

時間が止まってしまったのか、というような錯覚を抱かせる沈黙。

こちらを見つめる朽木の目の色が変わった。

警戒、怒気、諦観《ていかん》、様々な感情の色が瞳《ひとみ》の中で混ざり合っていたが、一瞬のうちに真っ黒な拒絶の色に落ち着いた。果たして僕がどこまでの情報を握っているのかを探り出さないことには、自分はなんの情報も出さないぞ、という鉄の意志。

口に出した以上は片をつけなくてはならない。仮令《たとえ》答えが返ってこなくとも。

「最初に疑問に感じたのは、冬夏さんのバラバラ遺体が発見された場所でした。樋山さんの推理で、死体が棺《ひつぎ》から消失した方法は分かりました。大葉寺で死体の棺と空の棺のすり替えを実行し、恐らく死体の入った棺は寺に来ていた藪井医師が、朽木さんによって切断された部位と併せて車に積んで持ち去ったのでしょう」

僕たちが大葉寺を訪れた時、参拝客駐車場には何台か車が停められていた。その中に藪井医師の用意した車があったに違いない。そして、僕と翠が金堂を飛び出したタイミングで棺を和尚《おしょう》や朽木と協力して担《かつ》ぎ出し、急いで車に乗せて走り去った。中々際どい仕事だけれど、やってやれないことはない。

「ですが、そこからが解せない。冬夏さんの死体はかなり細かくバラバラにされていました。それだけじゃない。指と胴体は未だに発見されておらず、歯まで全部抜かれている。これらは死体の運搬を容易にし、なおかつ身元を分からなくするための工作だとしか思えない。しかし、冬夏さんの死体の入ったビニール袋が遺棄されたのは非常に目立つ、屋敷からもそれほど離れていない分かりやすい林道脇だったそうです。まるで早く見つけてくれと云わんばかりじゃないですか。そんな場所じゃなく、どこか遠い山奥にでも埋められていたら死体の発見はもっと遅くなったでしょう。そうなれば、死体の劣化もずっと進行していて、等々力さんどころか誰に確認してもらっても冬夏さんの遺体だとは云えない状況になっていた。おまけに胴体はなく、指は切断され、歯は抜かれ、指紋と歯型の照合さえできない。それこそが本来冬夏さんが藪井医師や法堂和尚、あなたに頼んでいたことなのではないですか？　自分の遺体を消失させて、身元が特定できないくらいに損壊させてどこか遠くに遺棄する。そうすることによって、山林の相続を妨げようとした。自分の生死が永遠に特定できないような状態にしようと考えたのです」

　朽木は恐ろしいほどに無表情を貫いていた。

「ここでひとつの仮説が思い浮かんだのです。元々の計画では冬夏さんの死体はどこか遠く、少なくとも天竜の外にまで運んで処分するはずだった。天狗屋敷との関連が浮上しないくらい、どこか遠方に。しかし、突発的なアクシデントにより、断念せざるを得なくなった。それどころか、一刻も早く遺体を警察に発見してもらう必要が出てきた。だからこそ、警察がすぐに発見できるような、天狗屋敷へ続く道の途中に遺棄したのです。では、その突発的なアクシデントとはなにか。冬夏さんの遺体が発見されることで中止になったのはなにか」

——山狩りだ。それ以外にない。ちょうど冬夏の死体が発見される前、警察による山狩りが実施されていた。殺人事件の前に姿を消した冬夏の足取りがまったくつかめず、警察は彼が事件に深くかかわっていて、自分がよく知っている山のどこかに潜んでいるのではないか、もしくは既に殺害されて山に遺棄されているのではないか、と考えていた。被害者か犯人かは判然としないながらも、山狩りで冬夏を捜索していた。

「では、そこまでして山狩りを止《や》めさせなくてはならなかった理由はなにか。そこで、翠が話していたことを思い出したのです。彼女の誕生日に、普段は穏やかなあなたや冬夏さんから怖い顔で見られた記憶がある、と。そして、その場に春秋氏がいた気がするけれど、どのような状態だったか覚えておらず、なにか大変なことになったという気持ちでいっぱいだった、と。そして場所は……山だそうです」

僕はさらに続ける。

「春秋氏が失踪したのは、七年前の五月の四連休初日、憲法記念日。つまり、翠の誕生日なんです。偶然で片づけるにはちょっと不気味な符合です。果たして翠の記憶はなにを意味しているのか。彼女に再度聞けば、なにかを思い出すかもしれませんが——」

「やめたほうがいい」

これまでになく強い口調で朽木はそう云った。

目の前の老人は一気に老《ふ》け込んだようであった。

「やめてくれ。間違っても翠さんにはそんな話を聞かせないでくれ。あの子は色々と感じやすい子だから。参ったな。これについては墓場まで持っていくつもりだったのに」

初めて朽木の本音が聞けた気がした。これまでの丁寧な口調は、周囲と距離を取ることで自分の本心を気取《けど》らせないための鎧《よろい》だったのだ。

「そこまで考えているのなら、隠し立てをする理由もない。ただ、約束してもらいたい。これから話すことは公《おおやけ》にしない、と。君だって翠さんをむやみに傷つけたりはしたくないだろう？　あれは彼女の責任ではない。ただの――不幸な事故だったんだ」

「……わかりました」

「――七年前のことだ。その日は風が強かった。春秋さんは急勾配《きゅうこうばい》の現場の間伐をしていたんだ。下草が多くて視界が悪く、目当ての立木の周りだけチェーンソーで簡単に下刈りして、伐倒していた。春秋さんひとりが先行して現場に入っていて、わたしと冬夏さんは後から応援に駆けつけた。ちょうど、尾根筋の木を倒そうとする春秋さんが林道から遠目に見えたので、わたしたちは作業の様子をしばらく眺めていた。そうしたら、びっくりしたことに、翠さんが下草をかき分けて春秋さんの方へ向かっていたんだ。ちょうど伐倒する木が倒れるであろう方向だ。わたしと冬夏さんが大声を上げたけれど、春秋さんはチェーンソーの音で聞こえないようだった。やがて、木が少しずつ傾き始めたところで春秋さんも翠さんの存在に気づいた。慌てて木の倒れる方向を変えるべく、チェーンソーの刃を無理な方へ入れた。すると、風が強かったこともあり、木は思いっきり春秋さんの方へ倒れた。間の悪いことに、翠さんはその様子をしっかりと目《ま》の当《あ》たりにしてしまった。そして、春秋さんを押しつぶした木が滑落して、翠さんの方へ向かっていったんだ。その後、翠さんは慌てて退避しようとして尾根から転げ落ち、頭を強く打って気を失ってしまった。ただ、幸いにもこちらは大事に至らなかった。しかし、春秋さんの方は即死だったんだ。事の顚末《てんまつ》をすべて目撃していたわたしと冬夏さんは、本来であればすぐに警察や救急に連絡すべきだったのだけれど、そうすれば事故の経緯は記録に残る。おそらく、永遠に。その記録は翠さんを生涯苦しめ続けるだろう。『自分のせいで祖父が死んだ』という風に。春秋さんに少しでも生存の見込みがあったのであれば、迷わず通報できたが、完全に身体《からだ》が押しつぶされてしまっていて、誰がどう見ても絶対に助からないことが明らかな状況だった。そして、意識を取り戻した翠さんがどうやらショックから事故の記憶を失っているらしいと分かり、この事故はわたしと冬夏さんの胸の内にだけ留めておくことにしたんだ」

　その判断の正否は重要ではない。

　大事なのは霊是の山には春秋の遺体が隠されていること。彼の死には翠が深く関係していること。そして、彼女自身はそのことを覚えていないこと、だ。

「小さい頃の翠さんはよく、現場へ向かう車にこっそり乗りこんだりしていた。春秋さんがそれに気づかずに彼女を連れていってしまったんだろう」

朽木が殺人を実行したのは、冬夏に頼まれたからだけではなく、この事情も関係しているのかもしれない。春秋の遺体と一緒に氏の車も山中に遺棄しているのであれば、人知れず回収するのは容易ではない。ましてや大規模な開発事業が始まれば個人の林業とは比較にならない数の業者や人間が頻繁に出入りするようになり、遠からず秘密が明らかになってしまうだろう。

殺意はなかったと朽木は云ったが、果たしてそれは本当であろうか。

だが、人の心の内側にまで立ち入ることはできない。

僕は僕の知りたかったことをすべて確認できた。ならば、ここまでで満足すべきだ。

「答えていただき、ありがとうございました。こんなことを云《い》うのはおかしいかもしれませんが。どうか……お元気で」

朽木は一瞬きょとんとした表情になったが、薄く滲《にじ》ませるように笑ってみせた。

「あなたも」

朽木が連行される時、通り過ぎざまに「翠さんをよろしく頼みます」とつぶやく声が聞こえた気がしたが、僕はなにも聞こえなかったふりをした。

僕は屋敷の中を歩き回っていた。

朽木が警察につれていかれて、屋敷の中は騒然としていたが翠の姿はどこにも見当たらなかった。

――また、わたしの前で人が死ぬ。

冬夏が発作で倒れた時、翠がふと口にした言葉。

彼女の心の底に封じ込められていた忌《い》まわしい記憶。それは翠の心が大きく揺さぶられる度、湖底の泥が舞い上がるようにして彼女の脳裏に姿を見せたのだろう。翠自身はずっと自覚していなかったが、祖父のことを思い出すたびに彼女は傷つき、恐怖していたのだ。

屋敷の外に出て、天狗洞へと向かう小径《こみち》を見遣《みや》ると翠の背中が見えた。僕はあとを追って駆けだした。

坂をのぼりつめたところに翠は佇《たたず》んでいた。

僕が声をかけようと近寄る前に彼女は振り返った。

「ナル君。わたしが少し前に云ったこと、覚えている？」

――わたし、人を殺したことがあるの。

そうだ。彼女はすべてを思い出していたのだ。一高を殺害した犯人は誰で、なんのために殺したのかを考えていく中で、その動機となった事件が自分の記憶の底に沈められていると気がついたのだ。

「春秋さんは翠が殺したわけじゃない。朽木さんは云っていたよ。不幸な事故だったって」

「…………」

翠はなにも答えなかった。

きっと、そんなことは云われなくても彼女は理解している。僕の言葉は彼女の心にさぞ空しく響いたことだろう。重要なのは彼女自身が罪悪感を抱えている、ということだ。罪の意識というものは、理屈で割り切れるものではないのだ。

「わたし、お爺《じい》ちゃんっ子だったの。でも、振り返ってみると自分でもびっくりするくらい、お爺ちゃんの失踪《しっそう》に関わろうとしてこなかった。お婆《ばあ》ちゃんに電話をする時だって、お爺ちゃんが戻って来たのかどうか、なにか手がかりが見つからなかったか、少しも訊《き》かなかったもん。思い出そうとすると、すごく辛《つら》くて……」

ふたりの間に風が吹いた。黄昏《たそがれ》に差し掛かろうとしていた。

蜩《ひぐらし》の声が遠くから響いてくる。誰に呼び掛けているのかも分からないその寂しい鳴き声が、僕と翠の沈黙を浮き彫りにした。

「ずっと怖かったんだ」

「なにが——怖かったの？」

「大事な人が、わたしの大好きな人が突然いなくなっちゃうんじゃないかって。どうしてこんなに不安な気持ちでいっぱいなんだろうって思っていた。自分でも、抑えられないくらいに。ナル君のことも好きになればなるほど、どこかにいなくなっちゃう気がして怖かった」

大好きな祖父が死ぬ瞬間を目撃したにもかかわらず、その記憶を封印したことで翠の胸中には原因不明の空白が生まれた。それは年月を経るほどに大きくなり、やがて彼女の対人感情や愛情表現を屈折させるに至った。

「でも、もう大丈夫」

そうだ。今の翠はもう違う。

祖父の死についての記憶を取り戻したことで、正面から心の傷と向き合う覚悟をしている。これまでのように理由の分からない不安に苛《さいな》まれることはない。

「ナル君。今までありがとう。ずっとずっと大好きだったよ。今も……大好き。だけど、もう解放してあげる。わたしはこれから長い時間をかけて、自分の記憶と向き合おうと思うんだ。前を向けるのがいつになるのか分からない。ひょっとしたら、乗り越えることなんてできないのかもしれない。それに付き合わせるのは悪いから、さ。だから、ここでお別れしよう」

それでも、彼女はもう泣いてはいなかった。

日が沈む。朱に染められていた空が暗くなっていく。

しかし、また日が昇ることを僕たちは知っている。だから別れを告げる時、悲しい気持ちになる必要などないのだ。

「バイバイ。いつかまたどこかで会えたらいいね」

背中を向けて、翠はそう云った。

しばらくの間、なにか彼女にかけるべき言葉を探していたが、どうしても思い浮かばなかった。

とても空《むな》しい気持ちだった。

夕映えの空が暮れてゆく中、僕は諦めて長い坂を下っていった。

一度も振り返ることはしなかった。

坂のふもとには息を切らした様子の良治が立っていた。どうやら、僕と同じように翠をずっと探し続けていたらしい。複雑な表情で僕を見ると、

「翠ちゃんは？」と尋ねてきた。

「坂の上にいます。多分……行ってあげた方が良いと思います」

僕がすべてを云い切る前に、良治はすぐ脇《わき》を通り抜けて翠の元へ駆けて行った。

もう、僕にできることはなにもない。そう思った。

それから翠には会っていない。

エピローグ

天狗《てんぐ》屋敷殺人事件はかくして幕を下ろした。

毎年、夏の暑い時分になると翠のことを思い出すけれど、再会は果たせていない。

天狗屋敷で別れてから、夏休み明けの大学に翠の姿はなかった。住んでいたマンションは引き払われ、電話もつながらなくなった。風のうわさで霊是春秋の遺体が発見されたことは聞いたけれど、詳細を調べることはしなかった。

いつしか、翠は僕の思い出に生きる女の子のひとりになった。

季節が幾度か巡り、僕は彼女のことを忘れようと努めた。

そんな矢先のことだった。

彼女から、たった一度だけ近況の報《しら》せが届いたのである。

結婚を報告するハガキだった。時候の挨拶《あいさつ》もなしに、結婚したことを報せる文言が記されていた。こちらからの返信を望んでいないのだろう。差出人の住所は天狗屋敷のものになっていた。

白無垢《しろむく》に身を包んだ翠と紋付き袴姿《はかますがた》の良治が並んで坐《すわ》っている写真がハガキには載っていた。写真の中の翠はすごく綺麗《きれい》で、初めて見せる翳《かげ》のない笑顔を浮かべていた。結婚願望のあまりない僕だけれど、この娘となら結婚したら幸せになれるだろうな、と心底思った。すると、過去の様々なヤバい行動もお茶目な悪戯《いたずら》くらいに思えてくるから不思議だ。

そう云うと、樋山さんは苦笑する。

「思い出っていうのは美化されるもんだな。あんだけ迷惑をかけられた女でも、過去の中で生きている姿は魅力的なんだから」

「そういうもんですよ。男ってやつはいつだって元カノと今カノを比較してしまう悲しい生き物なんです」

「お前やっぱ最低だな！」

苦すぎるコーヒーを流しに捨てて、僕と樋山さんがそろそろ仕事の片付けをしようか、と話をしていたところで、事務所の玄関扉が激しく叩《たた》かれた。

「なんだなんだ、本日の営業はもう終了しましたよー」

樋山さんがぼやきながら扉を開けると、そこには先ほど親元に送り届けて来た家出少女の真奈美が泣き腫《は》らした目をして立っていた。

「おい！　また家出してきたのか、このガキは」

目を剥《む》く樋山さんの脇《わき》をすり抜けて、真奈美は僕の前に駆け寄ってきた。
「お願い！　助けてほしいの！」
「どうしてここが？」と僕は不思議に思って尋ねた。
「父親が探偵さんの名刺を持っていたから……そんなことはどうでもいいの！　わたしの父親がさっき警察につれていかれて。殺人の容疑だって。わたし、わたし、どうすればいいのか分からなくて。頼れる人なんてもう誰もいないの。だからお願い、助けてよ！」

助けてよ！

そう懇願する真奈美の声が、翠の声のように僕の耳には響いた。

あの時――天狗屋敷で別れを告げた時――本当は翠も助けをもとめていたんじゃないのか。過去のトラウマを乗り越える手助けを欲していたのではないのか。

当時の僕には、翠にどのような言葉をかければいいのか、まるで分からなかった。

だから、結局なにも云わずに黙って立ち去ったのだ。

しかし、言葉など必要なかったのかもしれない。僕よりも事情を知らないはずの良治は、きっとなにか特別なことを彼女に話したわけじゃないだろう。

おそらく、翠の傍に寄り添っていただけだ。だけど、それが一番大事なことだった。

歳月が流れ、彼女と連絡をとることさえできなくなってから、時々そんな風に思うことがある。後悔はしていない。いずれにせよ、僕と翠は共に歩くことはできなかっただろうから。

そして今、翠は僕とは違う男の隣で幸せになっている。

でも、仮に目の前で彼女が助けをもとめていれば、僕はきっと手を差し伸べずにはいられないだろう。

なんだかんだあっても結局、僕は翠に惚《ほ》れていたのだ。

「わかった。話を聞くよ」

やれやれ、といった顔で樋山さんが客に出すコーヒーをつくるためにキッチンへ向かった。その後、真奈美の父親が捕まった事件『七人ミサキ連続殺人事件』をきっかけに僕と彼女は付き合うことになるのだが、それはまた別のお話。

本書は「第10回新潮ミステリー大賞」最終候補作を改題・改稿したものである。

デザイン　川谷康久（川谷デザイン）

天《てん》狗《ぐ》屋《や》敷《しき》の殺《さつ》人《じん》

新潮文庫　お－117－1

令和六年六月一日発行

著者　大《おお》神《がみ》晃《こう》

発行者　佐藤隆信

発行所　株式会社新潮社

郵便番号　一六二―八七一一
東京都新宿区矢来町七一
電話　編集部(〇三)三二六六―五四四〇
読者係(〇三)三二六六―五一一一
https://www.shinchosha.co.jp

価格はカバーに表示してあります。

乱丁・落丁本は、ご面倒ですが小社読者係宛ご送付ください。送料小社負担にてお取替えいたします。

印刷・錦明印刷株式会社　製本・錦明印刷株式会社

ISBN978-4-10-180286-2 C0193